나의 글로 세상을
1밀리미터라도
바꿀 수 있다면

Writing to Change the World

공감과 연대의 글쓰기 수업

나의 글로 세상을 1밀리미터라도 바꿀 수 있다면

김정희 옮김

메리 파이퍼 지음

티라미수
THE BOOK

| 일러두기 |

* 본문에 나오는 단행본은《 》로, 잡지와 기사, 노래 제목 등은〈 〉으로 표기했다.
* 국내에 번역 출간된 도서는 출간 제목으로 표기하고 원제는 따로 병기하지 않았다. 단, 출간됐다가
  절판된 도서는 원제의 한글 번역문과 원문을 병기하였다.
* 노래 제목은 한글 번역과 원제를 병기하되, 원제가 국내 독자들에게 익숙한 일부 노래는 영어 제목을
  한글 발음으로 옮기고 원제를 병기하였다.
* 권말의 〈추천하는 책〉에는 원작의 출간정보를 게시하되, 국내에 번역 출간된 도서는 국내판 정보도
  함께 수록하였다. 여러 판본으로 출간된 경우에는 제목만 명시했으며, 현재 국내 절판된 도서는 절판
  정보를 함께 게시하였다.
* 이 책의 원제는《세상을 바꾸는 글쓰기Writing to Change the World》이다.

안네 프랑크와 넬슨 만델라

그리고 더 나은 세상을 위해

언제 어디서나 글을 쓰는 모든 작가에게

더 다정하고 공정한
세상을 위하여

인류는 역사상 그 어느 때보다 큰 갈림길 앞에 서 있다.
한쪽은 절망과 체념으로 이어지고
다른 한쪽은 완전한 소멸로 이어진다.
부디 우리에게 지혜가 있어 올바른 선택을 할 수 있기를.

우디 앨런 Woody Allen

우리 앞에 체념 아니면 소멸밖에 없다는 우디 앨런의 걱정만큼
은 아니어도 상황이 충분히 나쁜 건 사실이다. 삶이 쉬웠던 적 있
을 리 만무하지만 오늘날 우리에게 닥친 문제는 그 어느 때보다도
광범위하다. 인류의 오랜 역사에 있어 지난 수백 년 이전에는 당장
눈앞의 문제만 해결하면 됐다. 배가 고프면 곡식을 심고 물고기를
잡고 채집을 했다. 아이가 울거나 부모에게 죽음의 시간이 다가오
면 그들을 어루만지며 노래를 불러줬다. 날씨가 추우면 불을 지폈
다. 짐승이나 다른 인간의 공격을 받으면 죽을힘을 다해 막아섰다.
맞닥뜨린 문제 대부분은 해결되지 않았지만 적어도 해결의 기미는
보였다.

　　오랜 시간 인간은 대륙 저 멀리는커녕 바로 옆 산 너머의 일도
모르고 살았다. 그들은 자신이 보고, 듣고, 맛보고, 냄새 맡고, 만질
수 있는 것만 알았다. 잘 여문 블루베리를 발견하면 따다가 저녁으
로 먹었다. 어른들은 서로를 위해 무엇을 해야 하는지 알았다. 이

윗집 오두막이 불타면 새로 짓는 걸 도왔다. 아이들이 부모 없이 홀로 남겨지면 맡아 길렀다.

오늘날 우리 감각은 기술을 통해 증폭된다. 우리는 세계 도처에서 상세한 정보를 받는다. 매일 건물이 파괴되고, 아이들이 굶주리고, 마을 전체가 질병으로 죽어가는 모습을 본다. 우리 뇌와 부신 호르몬 시스템은 세계 각지의 사건에 전기적·화학적 반응을 일으킨다. 하지만 우리 몸은 그런 문제에서 멀찍이 떨어져 있고, 그들을 돕기 위해 직접 나서서 할 수 있는 일은 아무것도 없다. 우리 대다수는 넘쳐나는 자극과 무력감이 한데 얽혀 내뿜는 독성으로 인해 불안과 절망에 빠진다.

우리가 사는 이 혹독한 세상에서 가장 핵심적인 문제를 꼽으라면 나는 오존층 파괴, 삼림 파괴, 미국 내 그리고 각 국가 간의 빈부격차를 들겠다. 우리는 2,700만 명이 굶주리는 세상, 못사는 나라 아이들이 잘사는 나라 아이들을 위해 장난감을 만드는 세상, 미국 인구 3분의 2가 비만과 싸우는 동안 자금 부족을 이유로 세계 식량계획World Food Programme, WFP 예산이 삭감되는 세상에 산다. 우리 인간은 같은 인간을 비롯해 살아 있는 모든 생명을 죽이는 대량학살 종이 됐다.

우리는 지금 우리의 아름다운 민주주의가 눈앞에서 무너지는 걸 목도하고 있다. 정부가 제네바협정을 무시하고, 고문이 수사기법으로 활용되는 것만 봐도 그렇다. (고문은 미국 역사상 단 한 번도 공식 정책이었던 적이 없다.) 역사에서 흔히 보듯 권력은 지혜나 연민이 아니라 부의 크기에 따라 분배된다. 세상은 불량배와 폭력배가 지배한다. 날이 갈수록 십자군과 지하디스트가 충돌했던 중세의 위기에 휘말려 오도 가도 못 하는 듯한 기분이 든다. 계몽사상은 그 빛을 잃어가고 있고, 과학은 혹사당하는 동시에 무시의 대상이 되고 있다. 첨단기술은 공동의 지혜가 쇠락하는 동안 급속하게 발전하고 있다. 미국은 소비에는 강하지만 도통 음미할 줄은 모른다. 심리치료사로 활동해온 지난 30년에 비춰 볼 때 미국인이 지금보다 더 극심한 스트레스에 시달린 적은 없었다. 뉴스가 일기예보였다면 매일 똑같았을 것이다. "먹구름으로 뒤덮였습니다. 토네이도 경보를 발령합니다!"

헌법, 조국, 지구의 구원을 간절히 바라면서도
여전히 타인에게 인사 건넬 줄도 모르고
거리를 이리저리 거니는 사람들 때문에
나는 공허함과 외로움, 적막함, 영혼의 메마름을 느낀다.
샘 스미스 Sam Smith

거리감은 책임을 무효화한다.
가이 데븐포트 Guy Davenport

우리는 〈뉴욕타임스〉 칼럼니스트 앤서니 루이스Anthony Lewis의 표현대로 '실존적 무지existential blindness'의 시대에 산다. 아동옹호단체인 아동연합The Alliance for Childhood에서 〈테크 토닉Tech Tonic〉이라는 제목으로 발표한 보고서에 따르면 보통의 미국인은

1,000개 이상의 브랜드명을 인지하는 반면, 토착식물이나 동물은 채 10여 종도 구별하지 못한다고 한다. 우리는 세상에 일어나는 수많은 일을 알지만, 그 의미나 그렇게 행동함으로써 초래될 결과는 알아채지 못한다. 우리가 사는 세계에는 리더가 필요하지만 사람들은 그 리더를 어디서 어떻게 찾아야 할지 속수무책이다.

우리는 오늘날을 정보의 시대라고 부르지만 정작 지혜는 공급 부족에 시달린다. 인간의 생각을 담아내는 언어는 그저 마케팅 도구로 쓰이곤 한다. 스타일이 본질에 앞선다. 전쟁은 평화라 불리고, 파괴는 발전이라 불린다. 환경파괴는 부차적인 문제로 다뤄지거나 아예 무시된다. 과장광고와 왜곡광고는 진실을 하찮게 만들거나 그 의미를 희석한다. 나는 불분명한 언어 사용의 예로 2004년 봄 의회 청문회에서 미 정보국장 조지 테닛George Tenet이 했던 말을 즐겨 인용한다. 그는 대량살상무기에 대한 정부의 부정확한 정보에 대한 질문에 이렇게 답했다. "그 자료는 유례없이 정책결정과 부합하지 않습니다." 무슨 말인지 해석 좀 부탁한다.

때로는 언어 자체가 무기로 돌변하기도 한다. 위스콘신주의 제임스 센슨브레너James Sensenbrenner 의원은 필요한 서류를 갖추지 못한 채 급히 조국을 떠나 망명을 신청하는 사람들을 단속해야 한다며 이렇게 외쳤다. "테러리스트들이 미국의 망명 시스템을 갖고 장난치지 못하게 해야 합니다!" 하지만 그는 망명 신청자들이 정말로 테러리스트와 관련 있는지 확인되지 않았다는 사실은 언급하지 않았다. 그리고 분명히 말하건대 그는 내가 아는 망명 신청자들, 그러니까 중국 군부로부터 달아난 티베트 승려, 정부의 탄압을 피해 도망친 인권운동가, 민주주의를 두려워하는 지도자들 때문에 조국을 등진 미국의 위대한 친구들을 알지 못한다.

'다른 사람들'을 대상화하고 비인격화하고 비인간화하는 도구로 사용될 때, 언어는 무기가 된다. '우리와 다르다'는 꼬리표가 달리면 그들에게는 더 이상 문명화된 행동 법칙이 적용되지 않는다. 불법체류자를 뜻하는 'illegal alien'이 좋은 예다. '불법'이라는 의미의 'illegal'이나 '이질적인' 또는 '외국인 체류자'라는 의미의 'alien', 두 단어 모두 지칭하는 사람을 우리와 분리시킨다. 게다가 미국은 불법체류자를 상당히 형편없이 다룬다. 하지만 세상에는 불법인 사람도, 이질적인 사람도 없다. 이것이 진실이다.

공정사법연대the Coalition for a Fair Judiciary의 캐이 데일리Kay Daly는 미사일 같은 말로 사람들을 문자 그대로 폭격했다. 그는 자기가 '좌파'라고 부르는 것에 대해 이렇게 썼다. "당신은 그들을 압니다. 당신은 그들을 봤습니다. 임신중절을 지지하는 미치광이, 과격한 페미니스트, 국기에 대한 맹세와 십계명을 공격하며 소송을 제기하는 무신론자, 환경운동가, 무턱대고 환경보호를 주장하는 극단주의 동물권 운동가, 국제연합을 숭배하는 세계정부주의자, 공격적인 동성애자, 반군사적인 히피 평화주의자……." 데일리는 사람이나 이념에 대해서는 이야기하지 않는다. 오로지 우리와 그들을 편 가르고 악마화한다. 이런 과정이 반복되고 쌓여서 지난 세기 우리에게 처참한 결과로 돌아왔다.

로큰롤 가수 테드 뉴전트Ted Nugent는 미국총기협회National Rifle Association, NRA 연례회의 연단에 서서 다른 사람들을 대상화했다.

"난 자동차 절도범이 죽기를 바랍니다. 강간범이 죽기를 원해요. 강도가 죽기를 원해요. 아동성추행범이 죽기를 바랍니다. 법정은 어림도 없어요. 가석방도 안 됩니다. 조기 출소도 안 돼요. 난 그자들이 죽기를 바랍니다. 그자들한테 공격을 받으면 총으로 쏘세요."

진보주의자에게도 상대를 비인간화하는 나름의 방법이 있다. 그들은 '근본주의자', '촌뜨기', '보수 우파' 같은 말을 쓰면서 상대의 관점에 대해 뉘앙스의 차이, 개인적 차이, 또는 공감의 여지를 전혀 허용하지 않는다.

말이든 총이든, 나는 무기에는 아무런 관심이 없다. 내가 원하는 건 너무나 붐비는, 이 기진맥진한 지구의 구조대원이 되는 것이다. 우리 대원들은 다른 사람이 더 명확하게 생각하고, 마음을 열고, 정직해지도록 돕는 역할을 할 것이다. 서로가 서로에게 연결되는 걸 가로막는 사람들에 대한 해독제가 될 것이다. 인간성을 회복시키고, 대상화에 반대하며, 사람들이 서로 더 많이 이해하고 공감하도록 도울 것이다. 우리는 철학자 마르틴 부버Martin Buber가 인류를 두고 표현했던 '나와 너 관계I-thou relationship'를 이뤄내도록 도울 것이다.

부버는 '나와 그것I-it'과 '나와 너'의 관계를 구분했다. '나와 그것'의 관계에서는 살아 있는 모든 생명을 피상적으로 다룬다. '그것'은 그저 우리의 목적을 돕기 위해서만 존재한다. 은행원은 기본적으로 우리에게 돈을 내주는 사람일 뿐 그 존재는 무시된다. 오래된 숲은 벌목을 기다리는 목재다. 하지만 '나와 너' 관계로 옮겨간 은행원은 우리와 마찬가지로 욕망이 있고, 꿈이 있고, 사랑하는 사람이 있는 존재다. 오래된 숲은 목재를 넘어 그보다 훨씬 큰 목적을 지닌다. '나와 너'의 관계에서 봐야 우리 마음에 비로소 은행원이나 숲을 향한 존중심이 생겨난다. '나'와 '너'가 '우리'의 관계로 진입한다.

다르다는 개념이 한번 뿌리를 내리면 상상조차 못 할 일도 아무렇지 않게 하게 된다. 우리는 노숙자를 스쳐 지날 때 얼굴을 잘 보지 않는다. 얼굴을 보면 그가 사람으로 느껴져 그냥 지나치기 힘들어지기 때문이다. 베트남전 당시 미군은 베트남군을 '더러운 황인종 새끼들'이라고 불렀다. 이라크전에서는 이라크군을 '쥐새끼들', 그들이 탈출하는 경로를 '쥐구멍'이라고 불렀다. 심리적으로 인간은 나와 똑같이 굶주리고, 지치고, 겁먹은 젊은이보다 쥐를 훨씬 쉽게 죽일 수 있다.

연결되면 책임감이 생긴다. 연결되지 않으면 품위 있는 사람이라 해도 마실 물조차 부족한 인도나 아프리카 마을을 그대로 방치하는 결과를 낳을 정부정책이나 지원사업에 표를 던진다. 우리가 하는 행동이 어딘가의 누군가에게 고통스러운 결과를 안겨준다는 인식을 머릿속에서 지워버리기 때문이다. 여기에 꼬리표가 한몫을 한다. '민간인', '무지렁이', '반란세력', '적군', 심지어 '시위대' 같은 꼬리표를 단 무리는 지워버리기가 쉽다. 우리와 조화를 이루지 못하는 사람들에게 꼬리표를 달면 그들의 인간성을 무시할 수 있다. 그럴 수 없도록 우리와 그들을 연결하는 이야기를 들려주는 것, 그것이 작가로서 우리가 져야 할 책임 가운데 하나다. 그들의 역사, 그들의 가족, 그들의 감정, 그들의 정당한 요구 등을 통해 '그들'이 얼마나 복잡한 인간인지 보여주는 이야기를 만들어 독자와 지구상의 모든 이들을 연결해야 한다. 우리는 1차원의 전형적 인물을 독자들이 공감할 수 있는 다차원의 개인으로 탈바꿈시킬 수 있다. '나와 너' 관계로 이어지는 세상을 만드는 데 작가는 막중한 역할을 할 수 있다.

———————

종들이 길에 나가
악한 자나 선한 자나 만나는 대로 모두 데려오니
혼인 잔치에 손님들이 가득한지라
《마태복음》 22장 10절

———————

모든 것은 다른 모든 것과 얽혀 있다.

존 뮤어 John Muir

———————

우리는 거대한 인간 나무에 달린 한 장 잎사귀다.

파블로 네루다 Pablo Neruda

———————

생태과학의 출현은 이렇게 간단히 요약된다. 모든 것은 연결돼 있다. 하지만 이런 연결은 자신이 모든 것의 중심이라고 생각할 수 있게 해주는 '소비자'라는 개념에는 저주나 다름없다.

빌 맥키번 Bill Mckibben

좋은 글은 열린 마음, 생각, 말 그리고 행동을 불러일으켜 세상을 하나로 연결한다. 모든 독재정권은 사람들을 겁주고 고립시킴으로써 중요한 문제를 공개적이고 투명하게 논의할 기회를 차단해 자신의 목적을 이룬다. 사회적·경제적 정의를 증진하려면 이와 정반대로 하면 된다. 진실을 말하고 시민들의 공적인 토론을 장려하면 된다.

좋은 글은 세상에 대한 독자의 지식을 넓혀주거나 그들이 공공선을 위해 행동하도록 독려하거나 다른 좋은 글을 쓸 수 있도록 영감을 주기도 한다. 우리는 누구나 자기 관점, 자기 준거의 틀로 세상을 느끼고 이해한다. 작가는 독자가 가진 준거의 틀을 확장시켜 세상의 더 많은 부분을, 더 정확하게 인식하도록 돕는다.

좋은 글은 사람을 다른 사람, 다른 생명, 이야기, 아이디어, 행동과 연결시킨다. 독자가 세상을 새로운 관점으로 보게 해준다. 작가는 늘 사람들에게 묻는다. '당신은 어떤 경험을 했나요?' 작가는 듣고, 관찰하고, 다른 사람으로부터 배운 것을 글로 공유한다. 세상을 잇는 글쓰기는 공감 훈련에 다름 아니다. 게다가 여성운동가이자 언론인인 글로리아 스타이넘Gloria Steinem이 말했듯, '공감은 가장 혁명적인 감정'이다.

세상을 잇는 글쓰기는 '변화를 일구는 글쓰기'로, 훌륭한 심리치료처럼 사람들이 변할 수 있는 조건을 만들어낸다. 세상을 잇는 글쓰기의 목적은 일련의 생각과 감정, 행동을 불러일으키는 데 있다기보다 독자가 그 글을 통해 깨달음을 얻고 성장하도록 하는 데 있다. 심리학자 도널드 마이켄바움Donald Meichenbaum은 심리치료사를 '희망 공급자'라고 정의했다. 세상을 바꾸기 위해 글을 쓰는 작가 역시 희망 공급자다.

당연한 말이지만, 작가는 자기 생각을 다른 사람들과 나누기 위해 충분히 애쓰는 사람들이다. 우리는 소극적이지도 않고, 완전히 냉소적이지도 않다. 그랬다면 우리 생각을 나누려고 애를 쓰지도 않을 것이다. 우리에게는 글을 통해 메시지를 전하고 세상을 연결하고자 하는 간절한 욕망이 있다.

어느 동네든 문화 연결자cultural connector가 있기 마련이다. 문화 연결자는 위기가 닥치면 누구를 찾아야 하는지를 안다. 일자리를 알선하고, 법률적인 문제를 돕고, 집을 구해주고, 학교를 수리하고, 자금이 필요한 프로젝트를 위해 기금을 모은다. 사람들을 서로 만나게 해주고, 다른 사람을 이해하고 존중하게 해준다. 작가는 독자라는 공동체의 문화 연결자다.

《모든 곳의 한가운데The Middle of Everywhere》에서 나는 난민을 돕는 미국인을 '문화 중개인cultural broker'이라고 표현했다. 문화 중개인은 난민들에게 그들이 알아야 할 것을 기꺼이 나서서 알려주는 사람이다. 병원, 대중교통 시스템, 상점, 학교, 도서관, 공원 등은 물론이고 같은 지역 출신 난민들을 만날 수 있는 곳도 알려준다.

작가는 지식 세계의 문화 중개인이다. 작가의 일은 최선을 다해 우리가 아는 걸 다른 사람과 나누는 것이다. 나는 우리가 사는 이 지구를 하나로 연결된 공동체로 바꾸고 싶다는 희망을 품고 이 책을 쓴다. 코미디언 그루초 막스Groucho Marx의 유명한 말을 뒤집어 이렇게 말할 수 있겠다. 나는 모든 사람을 회원으로 받아주지 않는 클럽이라면 어디에도 속하고 싶지 않다(그루초 막스가 헐리우드의 한

클럽에 "저는 저를 회원으로 받아주는 클럽에는 들어가고 싶지 않습니다"라는 전보를 보낸 일화가 유명하다 - 옮긴이).

> 위대한 연극은 위대한 질문이다. 그렇지 않다면 그저 기술에 불과하다. 나는 세상을 변화시킬 의도가 빠져 있는데 내 시간을 들일 만한 극작품은 상상할 수 없다.
>
> 아서 밀러 Arthur Miller

> 단어는 이따금, 은총의 순간에, 행위의 자질을 획득한다.
>
> 엘리 위젤 Elie Wiesel

훌륭하게 잘 표현된 열정적인 견해는 세상을 더 좋게 혹은 더 나쁘게 바꿀 수 있고, 또 실제로도 그렇게 한다. 세계 최초의 인권 선언을 구체적으로 명시한 페르시아의 키루스 2세Cyrus the Great, 플라톤, 아빌라의 성녀 데레사Theresa of Avila, 아니면 《톰 아저씨의 오두막》을 쓴 해리엇 비처 스토Harriet Beecher Stowe를 생각해보라. 아돌프 히틀러와 카를 마르크스, 마오쩌둥의 글, 혹은 이슬람 공화국 수립의 단초가 된 아야톨라 호메이니Ayatollah Khomeini의 맹렬한 글을 떠올려보라. 작가의 글은 건물과 수로가 허물어지고 난 뒤에도 오래도록 살아남는다.

오늘날에는 많은 작가가 무슨 글을 쓰든 자기 사상이나 견해 때문에 투옥되거나 처형될 리 없는 국가에 산다. 하지만 우리는 다른 시대, 다른 장소에 살면서 진실을 말하기 위해 목숨을 걸었던 작가들을 잊지 말아야 한다. 로마의 초대 황제 아우구스투스는 시인 오비디우스Ovid를 추방했다. 스탈린은 보리스 파스테르나크와 알렉산드르 솔제니친을 포함해 수많은 작가를 고문하고 감옥에 가뒀으며, 시인 오시프 만델스탐Osip Mandelstam을 숙청했다. 독일 신학자 디트리히 본회퍼Dietrich Bonhoeffer는 독일의 유대인들을 구하고자 쓴 글이 빌미가 돼 목숨을 잃었다.

나는 인터넷상에서 '스테인리스스틸 마우스Stainless Steel Mouse'라는 별명을 쓰는 리우 디Liu Di의 이야기에 감동을 받았다. 베이징 사범대학교 심리학과 대학원생이었던 그는 학교 컴퓨터를 사용할 수 있는 특권을 동포들을 향해 인권에 관해 이야기하는 창구로 활용했다. 결국 그는 친청 교도소에 수감돼 혹독한 환경에서 힘겨운 노동을 하며 수년을 복역했다.

세상을 바꾸겠다는 목표를 갖고 펜을 들었다면 당신은 이제 글과 이슈를 중요하게 생각하는 공동체의 일원이다. 당신은 부모들에게 예방접종에 대해 교육하고자 하는 소아과 의사일 수도 있고, 더 설득력 있는 설교문을 쓰고 싶어 하는 목사일 수도 있다. 음주운전을 주제로 논설문을 쓰려는 고등학생이거나 농장 이주노동자들에게 그들의 권리를 교육하고자 하는 노동운동 조직책일 수도 있다. 아니면 시민의 자유를 침해하는 애국자법Patriot Act에 반대하는 변호사거나 바다소 구조활동을 펼치는 플로리다 주민일 수도 있다. 당신이 누구든, 글로 세상을 바꾸고자 한다면 이 책이야말로 당신을 위한 책이다.

작가로서 당신의 인생 목표에는 내가 감히 상상조차 할 수 없는 속 깊은 큰 뜻이 있을지도 모르겠다. 그게 뭐든 당신은 운이 좋다. 영화배우 오시 데이비스Ossie Davis는 자기 세대 흑인들은 운이 좋은데, 마틴 루서 킹이 그들에게 "모든 사람의 시민권을 위해 일하라"는 도덕적 임무를 부여했기 때문이라고 말했다. 그들은 그 임무를 중심으로 자기 삶을 일굴 수 있었다. 그러면서 데이비스는 다음 세대에 그런 뚜렷한 목표가 없는 것을 두고 염려했다. 소설가 바바라 킹솔버Barbara Kingsolver가 말했듯, "행복한 사람과 불행한 사람의 차이가 있다면, 행복한 사람은 훌륭한 연장처럼 자신의 쓸모를 발견했다"는 것이다.

———————

동아프리카의 어느 호숫가에 홀로 앉아 있을 때, 공동체가 무엇인지 문득 떠올랐다. 공동체란 모닥불 주위에 모여 누군가가 들려주는 이야기를 듣는 것이다.
빌 모이어스 Bill Moyers

이야기는 서로를 서로에게 연결해주는 가장 기본적인 도구다. 스토리텔링은 인간의 모든 감각을 동원하게 할 뿐 아니라 좌뇌와 우뇌의 활동을 활발하게 자극한다. 이야기는 우리의 몸 전체와 뇌 전체의 반응을 이끌어내기 때문에 다른 유형의 글보다 훨씬 강력한 감정을 일으킨다. 사람들은 이야기에 관심을 기울이고, 이야기를 기억하고, 이야기를 통해 변화한다. 이야기는 의미로 가득한 생각의 단위이자 말로 된 모유다.

건강한 문화에는 세대에서 세대로 전해지는 건강한 이야기가 있다. 미국 사우스다코타 지역의 토착민인 수부족에게는 부족민과 버팔로 그리고 모든 살아 있는 생명이 서로 연결돼 있다는 '신성한 생명의 고리'에 관한 이야기가 전해 내려온다. 이 신화를 바탕으로 형성된 이들의 신념체계는 수부족 구성원이 정서적으로 안정되고 더 강한 공동체로 발전해나가는 원동력이 됐다. 오스트레일리아의 토착 원주민은 대지는 몸이요, 자신들은 그 몸을 대변하는 혀라고 생각했다. 따라서 이들의 의무는 흙과 물과 식물과 동물을 대변하는 것이었다. 이러한 관계 설정 덕분에 그들은 주위의 모든 생명을 두루 보살피는 훌륭한 보호자가 됐다.

오늘날 미국에는 얄팍하고 저속한 이야기가 넘쳐나 지저분한 눈처럼 우리를 덮고 있다. 선생님보다 창녀에 관한 영화가 더 많고, 할아버지 할머니보다 연쇄살인범을 다루는 텔레비전쇼가 더 많다. 노인, 평범한 사람, 소수민족은 영화나 텔레비전쇼의 소재로는 흥미 요소가 부족하다고 여기기 때문이다.

대중매체에서 섹스는 상의나 보호, 혹은 관계에 대한 욕구 없이 이뤄지는 가벼운 행위로 묘사된다. 성적인 관계를 맺는 데에는 샌드위치를 사는 것 정도의 헌신만 있으면 된다. 폭력은 가장 사소한 문제를 해결하는 방법으로 다뤄지고, 그것도 대개 마지막이 아니라 제일 먼저 동원된다. 무엇보다도 폭력이 그 행위가 미치는 영향과 분리돼 그려지는 것이 최악이다. 망연자실한 조부모나 비통해하는 친구들, 고아가 된 아이들의 모습은 텔레비전에 나오지 않는다. 섹스와 마찬가지로 폭력은 명쾌하고 탐스럽다.

비즈니스의 관점에서 모든 생명은 한 단어로 압축된다. 바로 '이

윤'이다. 환경운동가 존 뮤어는 "돈으로 바꿀 수 있는 것 가운데 안전한 건 없다"고 말했다. 광고인은 공기를 오염시키고 건강을 악화시키며 쓸모없는 제품을 팔기 위해 광고를 디자인한다. 담배와 술이 기운을 북돋는 것처럼 묘사한다. 광고는 우리 아이들에게 행복의 본질에 대해 잘못된 교육을 하고 있으며, 세상 모든 위대한 종교의 가르침과도 정반대되는 길을 제시한다. 광고는 당신에게 당신이 필요로 하지 않는 뭔가를 사면 기분이 좋아질 거라고 말한다. 코미디언 조지 칼린George Carlin은 이를 아주 재치 있게 표현했다. "가진 걸 늘려서 행복해지려고 하는 건 온몸에 샌드위치를 휘감아서 굶주림을 채우려는 거나 다름없죠."

　우리에게 뭔가를 팔려는 목적을 가진 사람들의 이야기는 우리를 구원하지 못한다. 우리에게는 인내하고, 함께 나누고, 시야를 넓히라고 가르쳐주는 이야기가 필요하다. 톨스토이는 부를 일컬어 '그것 없이도 할 수 있는 일의 개수'라고 정의했다. 미디어교육협회Media Education Foundation의 섯 잴리Sut Jhally에 따르면, 우리가 하루에 보고 듣는 광고는 하루 3,000여 개에 이른다. 광고 없는 세상을 상상해보라. 아니면 우리에게 과일과 채소를 더 많이 먹으라고, 이를 닦으라고, 고모할머니에게 전화하라고, 서로를 친절히 대하라고 격려하는 메시지를 하루에 3,000개씩 보내는 나라를 상상해보라.

　마음을 치유하는 이야기는 사람들에게 희망을 주고, 공감을 가르치며, 행동하도록 격려한다. 이런 이야기에서는 슈퍼히어로가 아닌 평범한 사람들이 주인공이다. 소방관이나 선교사, 의사, 생물학자, 교사, 배우, 부모는 매일 친절하고 용감한 행동을 한다. 수많은 대학생이 수업을 듣고 파트타임으로 일하면서도 시간을 쪼개 자원봉사 프로젝트에 참여한다. 학업 성취도가 우수한 장애 학생이 있고, 친구들을 놀리거나 괴롭히지 않는 아이도 있다.

미국인은 언제나 무법자를 사랑해왔지만 진정한 영웅은 가족이나 가까운 친척, 우리의 인생 여정을 돕는 주변의 선량한 사람에 가깝다. 대부분의 사람들이 공직자나 사회 개혁가를 믿지 못하지만, 우리에게는 지금 당장 책임을 지고 더 나은 세상을 만들어줄 사람이 절실하다.

이 책의 제목이 좀 거창하게 들릴지 모르지만, 긍정적인 변화는 올바르게 행동하는 품위 있는 사람들로부터 나온다고 나는 믿는다. 그리고 대부분의 사람들은 매일 선한 행동을 한다. 미친 듯 날뛰는 건 정부와 기관, 기업들이다. 이 글을 쓰면서 나는 내 할머니 아그네스를 떠올렸다. 할머니와 할아버지는 1920년대에 콜로라도 동부 목장에서 농사를 지으며 자식 다섯을 키웠고, 더스트볼Dust bowl(1930년대 발생했던 지독한 가뭄 – 옮긴이)과 대공황을 겪었다. 평생 열심히 일했던 할머니는 은행에 채 2,000달러가 안 되는 재산을 남기고 돌아가셨다. 하지만 할머니는 사랑받고 사랑했으며 생애 대부분을 만족스럽게 살았다. 할머니는 바람에 굴러다니는 덤불과 방울뱀들 한가운데에 자신을 위한 의미 있는 우주를 창조했다.

할머니를 마지막으로 방문했던 건 캘리포니아대학교 졸업반 때였다. 할아버지는 돌아가시고 할머니는 암으로 하루하루 죽음에 가까워지고 있었다. 그리고 한창 대중심리학 도서에 빠져 있던 나는 자만심으로 가득했었다. 내가 할머니에게 물었다. "할머니, 행복하게 사셨어요?" 할머니는 내 질문을 무시했다. 나는 할머니가 못 듣기라도 한 듯 집요하게 다시 물었다. 그제야 할머니는 얼굴을 찌푸리더니 화를 내다시피 하며 대답했다. "메리, 난 내 인생을 그런 식으로 생각하지 않아. 내게 주어진 시간과 재능을 제대로 잘 썼나? 내가 있어서 세상이 더 살기 좋은 곳이 되었나? 나 자신에게 이렇게 묻지."

'당신은 오늘 쉴 자격이 있어요'라고 쓰는 사람은 세상에 영향을 미칠지언정 세상에 힘을 보태지는 못할 것이다. 이 책은 아그네스 할머니처럼 그들이 있어 세상이 좋아지기를 바라는 사람들을 위한 책이다.

당신이 자기 생각을 분명하게 다듬고, 새로운 희망과 새로운 에너지를 경험하며, 당신이 가진 최고의 견해를 가장 효과적으로 전달하는 데 이 책이 도움이 되면 좋겠다. 나의 목표는 당신이 당신의 열정과 이상을 행동으로 옮기도록 돕는 것이다. 이 책은 글쓰기 방법에 관한 책이 아니다. 세상을 더 살기 좋은 곳으로 만들기 위한 글쓰기 방법을 알려주는 책이다. 너그러운 마음과 담대한 영혼을 가진 역량 있는 작가들을 위한 책이다.

우리는 언어로 가득한 세상에 산다. 언어는 우리 인간 공동체에 정체성, 의미, 관점을 부여한다. 작가는 오염 유발자가 될 수도 있고, 오염을 제거하는 청소부가 될 수도 있다. 권력과 탐욕의 언어에 우리를 파괴할 잠재력이 깃들어 있듯 이성과 공감의 언어에는 우리를 구해낼 힘이 있다. 작가는 더 상냥하고, 공정하며, 아름다운 세상을 만들어나가는 데 영향을 미칠 수도 있고 이기심과 고정

관념과 폭력을 조장할 수도 있다. 작가는 사람들을 하나로 묶을 수도, 갈라놓을 수도 있다.

이어지는 각 장에서 나는 설명에 중점을 둘 것이다. 그것이 나의 주된 표현수단이기 때문이다. 나는 책과 기사, 연설문을 쓴다. 하지만 시인이나 소설가도 이 책에서 유용한 아이디어를 찾으면 좋겠다. 이 책을 쓰면서 설정한 두 가지 과제가 있다. 글쓰기에 대해 내가 하고 싶었던 이야기를 하고, 글쓰기 과정을 직접 보여주는 것이다. 덕분에 작업이 좀 더 복잡해졌지만 그만큼 더 진실해지고 보람을 느낄 수 있었다. 글을 붙잡고 씨름하는 동안 글쓰기에 대해 더 많은 것을 배웠다.

나는 내가 가장 잘 아는 것, 즉 '연결의 글쓰기'를 알려줄 것이다. 이 글쓰기 스타일은 공감을 얻고 동기를 부여하기 위해 스토리텔링을 활용한다. 하지만 여전히 로마로 통하는 길은 무수히 많아서, 나와 스타일이 전혀 다른 작가들의 아이디어와 사례도 다룰 것이다. 역설이나 유머, 노여움, 그리고 물샐 틈 없는 논리적 주장은 다 그것이 들어가야 할 적당한 자리가 있다.

나는 심리치료사로서 글을 쓰기 시작했다. 그리고 심리치료가 나와 세상을 연결하고 변화를 이끌어내는 것에 관해 많은 가르침을 준다고 생각한다. 인간 중심의 상담을 지향했던 심리학자 칼 로저스Carl Rogers는 관계를 통한 변화의 원리를 세심하게 만들어냈다. 그는 변화를 촉진하는 최선의 방법은 사람들을 있는 그대로 인정하는 것임을 발견했다. 그리고 다양한 세대의 심리치료사에게 무비판적인 태도와 공감, 진정성이 상담에 얼마나 중요한 요소인지를 강조했다.

심리치료와 옹호하는 글, 둘 다에서 관계는 중요하다. 상호 존중과 신뢰는 영혼의 성장을 북돋는다. 심리치료를 하든 글을 쓰든 모든 견해에 대해 열린 마음과 기꺼이 다시 생각해보는 태도가 필요하고 관점도 넓혀야 한다. 인간관계는 관심 범위를 넓힐 수 있는 환경을 조성해준다. 심리학자 스탠리 밀그램Stanley Milgram은 지금은 잘 알려진 '6단계 분리 이론six degrees of separation(6단계만 거치면 서로 모르는 사람들끼리도 쉽게 연결될 수 있다는 이론 – 옮긴이)'을 1970년대에 제시했다. 그 뒤로 컴퓨터와 휴대전화가 보편화되고, 아웃소싱이 일반화되면서 우리는 서로 더 가까워졌다. 밀그램이 아직 살아서 자신의 이론을 다시 검토한다면 아마 사람들 사이의 거리가 둘 혹은 세 단계로 좁혀졌다는 사실을 깨달을 것이다.

전 미국 대통령 린든 존슨Lyndon Johnson은 이렇게 말했다. "이 세상이 형제 사이가 되는 대신 단지 이웃에 머물지 않기를 바랍시다." 9.11을 비롯한 모든 테러 행위가 바로 그래서 벌어진다. 같은 공간을 나눠 쓰고 있는 사람들이 서로를 이해하고 돕는 방법을 알지 못해서 그런 비극이 생긴다. 나는 당신이 형제애나 자매애로 이 세상을 뭉치게 하는 일에 힘쓰기를 바란다. 글은 우리를 독자에게, 온 세상에 연결해준다. 우리는 글을 써서 생면부지의 낯선 사람들을 지지하고 그들에게 영향을 미칠 수 있다. 다른 나라가 입은 피해를 복구해줄 수는 없지만 적어도 약간이나마 도움이 될 법한 글은 쓸 수 있다. 우리는 글로써 공감이라는 줄을 엮어 새로운 유형의 연결망 세상을 만들 수 있다. 우리 모두를 위해 더 나은 세상을 구축하는 새로운 은유를 만들어낼 수 있다. 희망의 문법과 구원의 문장을 창조해낼 수 있다. 그렇게 우리는 솟구치는 신선한 초록빛 생각을 마주하게 될 것이다.

비영리 교육단체인 아웃워드바운드 U.S.A.Outward Bound U.S.A의 설립자 조시 마이너Josh Miner가 말했다. "운이 좋다면 당신은 생애 단 한 번 위대한 생각을 떠올릴 수 있을 것이다." 내게 만약 그 위대한 생각이 있다면, 아마 사람들을 하나로 연결하는 일이 세상을 구할지도 모른다는 것일 테다. 나는 이 책을 읽는 모든 사람에게 위대한 생각이 있다고 생각한다. 당신이 그 생각을 명확하고 예리하게 다듬어 다른 사람들과 공유하는 과정에 내가 도움이 되기를 바란다. 한 발 앞으로 나아가 당신만이 할 수 있는 중요한 이야기를 세상에 들려주기를 바란다. 자, 이제 온힘을 다해 시작할 준비가 됐는지.

차례

들어가는 글   더 다정하고 공정한 세상을 위하여 ················· 7

1부

나만이 할 수 있는 이야기: 나에서 출발해 우리에 닿기

1장   **세상을 잇는 글쓰기** ································· 35
　　　　작디작은 발걸음일지라도　　　　　　　　40

2장   **나의 이야기 발견하기** ······························ 52

3장   **목소리 찾기** ···································· 66
　　　　나다운 글쓰기　　　　　　　　　　　71

4장   **누구나 작가가 될 수 있다** ······················· 75

5장   **고유한 스타일로 글 쓰기** ······················· 91

2부

헤엄치듯 글쓰기: 첫 문장부터 퇴고까지 글쓰기의 모든 것

6장 일단 뛰어들기 _ 글쓰기의 시작 ················ **105**
더 대담하게, 더 진솔하게   111
글쓰기를 방해하는 악마에게 맞서기   113
서로를 지지해줄 동반자 찾기   117
글쓰기가 시간을 온전하게 만든다   120

7장 물과 친숙해지기 _ 공감을 통한 변화 일구기 ··········· **122**
변화를 꿈꾸는 작가를 위한 글쓰기 규칙   125
내면의 어둠을 인정하고 다스리기   135

8장 헤엄치며 나아가기 _ 글쓰기 과정 ············· **146**
마음에서 우러나는 글쓰기   147
흥미로운 풍경 발견해내기   151
모든 것이 글감이다   152
주장을 펼치는 방법   153
독창적으로 생각하기   155
경계를 탐구하기   157
세심하게 묘사하기   159
작은 목소리로 신뢰 쌓기   162
딱 맞는 은유 찾기   163
문서 정리하기   165
조사하고 연구하기   168
인터뷰하기   170
펼치고 좁히기를 반복하기   174

9장 나의 위치 고민하기_관점 ···················· **176**

내부인, 외부인, 관련된 비평가   179

대명사 선택하기   184

프레임 넓히기   187

연민과 공감   191

10장 정리운동_고쳐쓰기 ······················ **194**

잠시 멈추고 거리 두기   196

소리 내 읽기   197

간결하게 하기   199

독자를 정해 집중력 높이기   200

믿을 만한 독자에게 읽혀보기   204

완벽한 제목 고르기   207

시작부터 끝까지 집중력 잃지 않기   208

다시 한번 독자를 생각하기   209

끝내야 할 때를 인정하기   211

성공에 대해 정의하기   212

3부

행동으로 옮기기: 편지글부터 블로그까지 유형별 글쓰기

11장 편지 쓰기 ································· **217**

연결이 지닌 놀라운 힘   218

설득력 있는 편지의 요건   231

12장 연설문 쓰기 ··· 235
　　자신감 있는 연설을 위한 준비　　　　　　　　239
　　이야기의 힘　　　　　　　　　　　　　　　243
　　효과적으로 전달하기　　　　　　　　　　　250
　　무대공포증 이겨내기　　　　　　　　　　　252
　　질의응답　　　　　　　　　　　　　　　　256
　　태도　　　　　　　　　　　　　　　　　　258

13장 에세이 쓰기 ··· 261
　　정서적 연결을 만들어내는 방법　　　　　　　262
　　관찰하고 반문하기　　　　　　　　　　　　271

14장 블로그 쓰기 ··· 273

15장 음악과 시 쓰기 ·· 282
　　가사와 멜로디　　　　　　　　　　　　　　284
　　시　　　　　　　　　　　　　　　　　　　290

나오는 글　고요한 행동 ··· 299
추천하는 책 ··· 307

1부

나만이
할 수 있는
이야기

나에서 출발해 우리에 닿기

1장 _____ 세상을 잇는
글쓰기 _____

_____

암울한 시대에도 노래를 부를 것인가?
그래도 노래 부를 것이다. 암울한 시대에 대해.

베르톨트 브레히트

_____

사람을 사랑하는 것 이상으로 진정 예술적인 것은 없다.

빈센트 반 고흐

처음으로 나의 세계관을 바꿔준 책은《안네의 일기》였다. 네브래스카주 비버시티에 살던 시절, 열두 살 때 일이다.《안네의 일기》를 읽기 전까지는 그럭저럭 악의 존재를 모른 척 무시하고 살수 있었다. 시카고의 한 초등학교에서 불이 나 아이들이 목숨을 잃었다는 사실은 알았다(1958년 12월 1일, 성모마리아학교Our Lady of Angels School에서 불이 나 학생 92명과 수녀 세 명이 사망한 사건으로 한 학생이 방화 사실을 자백했지만 증거 불충분으로 공식적인 화재 원인은 밝혀지지 않았다 - 옮긴이). 어른들이 이성을 잃으면 어떻게 되는지도 봤다. 학교에서 친구들을 괴롭히는 못된 아이들도 겪었다. 막연하게나마 캔자스시티나 시카고에 보석 도둑, 은행 강도, 알 카포네 스타일의 갱 같은 범죄자들이 있다는 것도 알았다. 하지만 그 책을 읽고서야비로소 아이들을 조직적으로 죽이는 어른들이 있다는 사실을 깨달았다. 인간에 대한 내 이해의 영역에 안네 같은 영웅뿐 아니라 그를 죽게 만든 악당들까지 포함된 것이다.《안네의 일기》를 읽는 동안 나는 내 마음속에 머물던 천진난만한 아이를 잃었다.

2003년 9월, 쉰다섯 살 때 워싱턴 D.C.에 있는 홀로코스트 메모리얼 박물관을 방문해 안네 프랑크 전시를 관람했다. 거기서 작은 격자무늬를 한 안네의 일기장 표지와 그의 손 글씨가 빼곡히 적힌 종이, 그리고 가족사진을 봤다. 전시장에서 상영되는 비디오 영상에서는 안네의 아버지 오토 프랑크Otto Frank의 고용인이자 안네의 가족이 숨어 살던 은신처로 식량을 조달해주던 미프 히스Miep Gies의 증언이 흘러나오고 있었다. 미프는 안네를 늘 진실을 알고 싶어 하는 소녀로 기억했다. 다른 사람들은 그들을 안심시키고자 전해주는 희망의 말을 믿으려 했지만 안네는 문까지 따라와 미프를 붙잡고 물었다. "진짜 어떻게 되어가고 있는 건가요?"

윤기 나는 짙은 색 긴 머리에 하얀 옷을 입은 안네의 짧은 영상도 있었다. 안네는 발코니에 서서 거리를 행진하는 결혼식 파티 행렬을 향해 열렬히 손을 흔들었다. 몇 초짜리 짧은 영상이었지만 결혼식 촬영 기사의 렌즈에 포착된 안네의 열정과 생기발랄한 모습은 내 뇌리에도 아로새겨졌다. 그의 힘찬 손짓이 우리 모두를 향한 것인 듯했다. 안네의 작은 몸이 드리운 그림자가 수십 년의 시간을 뛰어넘어 우리에게 중요한 메시지를 던지는 듯했다.

전시 막바지에 관람객들은 길에서 걸인들을 지나치며 느꼈던 감정과 경험을 담은 안네의 에세이 〈주세요Give!〉를 어린 소녀의 목소리로 들을 수 있었다. 안네는 안락한 집에 사는 사람들이 걸인의 삶을 이해하는지 궁금해하며 이런 희망을 전했다. "모두가 적당한 때를 기다리지 않고, 지금 당장 조금씩 세상을 바꿔나간다면 얼마나 멋질까요." 그리고 그 희망을 실현하기 위한 행동도 제안했다. "당신이 줘야 하는 걸 주세요. 우리는 언제나 뭔가를 줄 수 있어요. 아주 작은 친절한 행동 하나라도 말이지요." 그리고 이렇게 글을 끝맺는다. "세상에는 빵과 재물, 돈과 아름다움이 넘칩니다. 신께서 우리 한 사람 한 사람에게 충분하도록 세상을 창조하셨으니까요. 이제 우리가 할 일은 당장 그것을 좀 더 공평하게 나누는 것입니다."

안네 프랑크는 결국 타인에게 목숨을 잃었지만, 짧고 제한된 자신의 삶을 통해 진실과 희망이라는 선물을 우리에게 남겼다. 나치를 피해 비좁은 다락방에 가족과 함께 숨어 살아야 하는 두렵고 괴로운 현실 속에서도 아름다움과 기쁨을 추구했다. 그는 죽었지만 그의 글은 살아남아 인간의 영혼은 최악의 상황에서조차 아낌없이 베풀 수 있음을 증명해 보였다. 또한 숫자가 난무하는 전쟁과 대학살의 통계 뒤에 우리가 도와야 할 수많은 선한 사람이 있다는 것을 상기시켰다.

삶이 평화롭게 흘러가기를.
폭력에서 벗어나기를.
어떻게 하면 세상을 더 살기 좋은 곳으로 바꿀 수 있을지
오래도록 생각하는 법을 배우기를.
케찰코아틀 Quetzalcoatl

모든 글은 세상을 바꾸는 데 힘을 보탠다. 비록 세상의 아주 작은 일부 혹은 글을 읽는 사람의 기분이나 특정한 종류의 아름다

움에 대한 이해를 바꾸는 정도의 미미한 역할을 할지라도 말이다. 세상을 더 나은 곳으로 변화시키는 글은 작가의 의도나 그 글이 세상에 미친 영향에 비춰 평가할 수 있을 것이다. 시인 메리 올리버Mary Oliver는 아마도 환경운동에 영감을 주려고 〈기러기Wild Geese〉를 쓰지 않았겠지만, 환경운동가들은 그 시에서 동기를 부여받았다. 밥 딜런은 〈불어오는 바람 속에Blowin' in the Wind〉를 저항가요로 작곡할 의도가 전혀 없었다고 말하지만, 그의 노래는 20세기 후반 수많은 저항운동에 불을 지폈다. 한편, 토리 에이모스Tori Amos나 인디고 걸스Indigo Girls, 오조매틀리Ozomatli 같은 음악가는 노래를 듣는 사람들에게 특정한 방향으로 영향을 미치기를 바랐고, 그 목표를 이루는 데 성공했다. 레이첼 카슨의 《침묵의 봄》은 작가의 의도와 영향력 둘 다를 아우른 좋은 예다. 그는 책에서 특정 농약의 사용을 멈춰야 한다고 강변했는데, 책 출간의 여파로 미국에서 유기염소 계열 살충제인 DDT의 사용이 전면 금지됐다.

나는 아버지에게서 2차 대전 당시 아버지와 동료들 사이에 통용되던 이른바 '26법칙'에 대해 들은 적이 있다. '26법칙'이란 한 가지 행동에 대해 무엇을 기대하든 당신이 기대하지 않았던 스물여섯 가지 결과가 생긴다는 법칙이다. 이 법칙은 글쓰기에도 적용된다. 어떤 한 가지 목적으로 쓴 책이 전혀 예상치 못한 파급력을 발휘할 때가 있다. 이를테면 업턴 싱클레어Upton Sinclair의 《정글The Jungle》은 애초에 이주 노동자에게 행해지는 착취와 열악한 작업환경에 대한 주의를 환기시키려고 쓴 소설이었다. 하지만 뜻밖에 정육업계의 비위생적인 환경에 대한 시민들의 격렬한 반응이 이어졌고, 이를 계기로 가공육 처리과정과 엄격한 감독에 대한 일률적인 기준을 세울 수 있었다.

작디작은 발걸음일지라도

모든 예술의 진정한 목적은 진, 선, 미다.

존 가드너 John Gardner

예술은 사람들이 자유롭고, 기쁘게,
그리고 자발적으로 자신을 희생해 인류에 봉사하게 만든다.

톨스토이

예술은 공동체에 뿌리내린 가장 지독한 마음의 병,
의식의 부패를 치유하는 약이다.

로빈 콜링우드 Robin Collingwood

변화를 일으키고자 하는 글이 전부 위대한 저술일 필요는 없다. 물론 그중 어떤 것은 예술이다. 시인 월트 휘트먼의 〈미국이 노래하는 소리가 들리네I Hear America Singing〉나 에이브러햄 링컨의 게티즈버그 연설이 그렇다. 개중에는 캐서린 뉴먼Katherine Newman과 데이비드 하딩David Harding, 사이벨리 폭스Cybelle Fox가 함께 작업한 《광란: 학교 총기사고의 사회적 뿌리Rampage: The Social Roots of School Shootings》처럼 다소 직설적인 글도 있다. 그런가 하면, 예술적인 면과 직설적인 면을 모두 갖춘 작품도 있다. 국제 환경운동가이자 세계 최고의 녹색저널리스트인 빌 맥키번Bill Mckibben의 《실종된 정보의 시대The Age of Missing Information》가 좋은 예다. 이 책에서 그는 산에서 지낸 일주일과 집에서 케이블 텔레비전을 보면서 지낸 일주일의 가치를 비교했다. 산 정상에 오른 그는 경외심을 불러일으키는 거대한 뭔가와 연결돼 있는 듯한 경험을 한 뒤, 머리는 맑고 마음은 평온한 상태로 산을 내려왔다. 반면, 케이블 방송을 보며 지낸 일주일 동안에는 자신이 우주의 중심이며 원하는 모든 것을 가질 만한 자격이 있다는 소리를 듣고 또 들었지만, 끝없는 욕구불만과 극도의 무기력함만 경험했다. 한 주가 끝날 무렵 그는 멍하고 불안하고 외로웠다.

유능한 작가라고 해서 모두 다 글을 뛰어나게 잘 쓰는 문장가는 아니다. 하지만 어떻게든 분명한 메시지는 전달한다. 이들의 글은 교양인이나 문학 비평가를 겨냥한 글이 아니다. 사촌이나 농사꾼, 직장 동료, 이웃, 자영업자, 그리고 투표권이 있는 아무개에게 영향을 미칠 목적으로 쓴 글이다. 평범한 사람을 대상으로 설명하는 글을 쓰려면 스토리텔링 기술과 명료성, 서로 다른 것을 연결하는 능력 등 다양한 재능이 필요하다. 논평이든 연설문이든 시든, 그 형식이 뭐가 됐든 노련한 작가는 창의력과 의식적인 통제력을 발휘한다. 그들은 독자의 관심을 끌 수 있는 글, 그리고 빨려들 듯 흥미진진한 글을 쓰려고 노력한다.

세상을 바꾸는 글을 쓰고자 하는 작가는 극작가이자 시인인 찰스 존슨Charles Johnson이 '투쟁으로의 초대an invitation to struggle'라고 이름 붙인 것에 독자들이 응하기를 바란다. 프로파간다는 독자에게 이미 정해진 답을 받아들이라고 닦달하지만 변화를 이루고자 하는 작가는 질문을 던지라고 격려한다. 프로파간다는 수동적인 동의를 요구하지만 변화를 꿈꾸는 작가는 독창적인 사고와 솔직함, 참여를 권한다. 독자가 다양한 관점, 모순, 해결되지 않는 문제, 뉘앙스를 이해할 수 있다고 믿는다. 앙드레 지드가 썼듯 '독재가 복잡성의 부재'라면, 변화를 추구하는 작가는 민주주의의 설립자다.

좋은 글은 누구보다 그 글을 쓴 작가를 놀라게 한다. 그런 예로 나는 레오 톨스토이의 《안나 카레니나》를 가장 좋아한다. 톨스토이는 처음에 간통을 규탄하는 소설을 쓸 계획을 세우고, 간통을 저지른 비호감 주인공을 만들어내려고 했다. 하지만 이야기를 써나가면서 주인공 안나를 진심으로 이해하게 됐고 결국 안나를 사랑하게 됐다. 그리고 100년 후 그의 독자들도 안나와 사랑에 빠졌다. 공감은 경멸을 사랑으로 바꾼다.

성공하지 못할 수도 있다는 걸 너무도 잘 알지만, 문학이 이 세상에 없어서는 안 된다는 것도 알기에, 당신은 세상을 바꾸기 위해 글을 쓴다. (…) 세상은 사람들의 관점에 따라 변한다. 그러므로 단 1밀리미터라도 사람들이 현실을 바라보는 방식을 바꿀 수 있다면, 당신은 세상을 바꿀 수 있다.

제임스 볼드윈 James Baldwin

사회적 의식이 있는 작가는 자기 글 면면에 진정성과 투명성이 배어 있기를 바란다. 그들은 독자에게 '무엇을' 생각해야 하는지가 아니라 '어떻게' 생각해야 하는지를 알려주려고 애쓴다. 또 혼자 힘으로는 얻기 어려운 아이디어와 경험으로 독자를 이끌고 연결해준다. 이런 유형의 글은 언제나 독자가 준거의 틀을 넓히도록 동기를 부여한다. 불교식으로 표현하자면 '더 큰 그릇bigger container'에 물건을 담도록 독려하는 것이다.

제임스 볼드윈의 말처럼 모든 유형의 글은 1밀리미터일지언정 세상을 바꿀 수 있다. 최근에 나는 시인이자 원예사인 트와일라 한센Twyla Hansen이 토지 소유자들을 향해 우리 세대에서는 볼 수 없겠지만 우리 손자 세대는 아름다운 녹음을 누릴 수 있도록 나무를 심으라고 격려하는 기사를 읽었다. 나는 이 글을 읽고 플라타너스 묘목을 샀다.

나는 수년 동안 세계 최대 인권단체인 국제엠네스티에서 실시하는 긴급행동에 참여해왔다(개인이나 집단을 대상으로 인권침해가 발생해 긴급하게 개입할 필요가 있을 때 긴급행동이 발부되고, 긴급행동 네트워크에 속한 수천 명이 편지를 쓰는 방식으로 긴급행동에 참여한다 – 옮긴이). 무고한 사람들에게 행해지는 고문과 감금, 시민의 자유 축소, 여성에 대한 억압, 민주주의를 위해 싸웠던 저널리스트와 활동가에게 가해지는 괴롭힘에 항의하는 편지를 세계 각지에 보냈다. 그중 상당수는 곧바로 쓰레기통에 버려졌겠지만 어쨌든 그 모든 편지 덕분에 수많은 캠페인이 성과를 거뒀다. 국제 적십자사가 끔찍한 감옥에 접근할 수 있게 됐고, 그곳에 수용된 반체제 인사는 변호사를 접견할 수 있게 됐으며 일부는 석방되기도 했다. 또한 대학과 언론의 폐쇄 결정이 취소된 예도 있다.

글쓰기가 효력을 발휘한 예는 무궁무진하다. 미국 전 대통령 존케네디는 마이클 해링턴Michael Harrington의 《또 다른 미국The Other America》을 읽고 탄복해 가난과의 전쟁을 선언했고, 그의 뒤를 이은 린든 존슨 대통령 정부에서 정책이 시행됐다. 좀 더 최근의 예로, 뉴욕주가 1970년대 도입된 록펠러약물법Rockefeller drug laws을 완화하는 방향으로 법안을 개정한 일이 있다. 〈뉴욕타임스〉의 한 기사는 제니퍼 고너먼Jennifer Gonnerman의 《바깥의 삶Life on the Outside》이 이러한 정책 변화에 영향을 끼쳤다고 공을 돌렸다. 이 책은 단 한 번의 마약 판매로 6년 동안 감옥살이를 해야 했던 한 여성의 이야기를 담고 있다.

학계도 변화를 이끌어낼 수 있다. 도넬라 메도스Donella Meadows, 데니스 메도스Dennis Meadows, 요르겐 랜더스Jorgan Randers는 《성장의 한계》를 통해 우리에게 지구 자원의 미래를 보여줬다. 그들은 구체적인 통계와 도표를 제시하며 세계인구의 증가와 석유, 물, 경작지 등 국제적 자원 감소의 심각성을 체감할 수 있게 했다. 이들의 저술은 과학자와 정책입안자, 그리고 평범한 사람들이 환경, 에너지, 인구 문제에 대해 새로운 시각을 갖게 했다. 의료 인류학자로서 글을 써온 폴 파머Paul Farmer 박사는 《에이즈와 비난AIDS and Accusation》 같은 저서로 '예방'을 우선시했던 세계 보건의료계에 '평등한 치료'라는 안건을 던져줌으로써 개발도상국의 의료환경에 혁명을 일으켰다.

언론인 또한 시대정신을 바꿀 수 있다. 워터게이트 사건을 폭로한 밥 우드워드Bob Woodward와 칼 번스틴Carl Bernstein이나 펜으로 베트남전을 끝냈다는 평을 듣는 시모어 허시Seymour Hersh가 최근 이라크와 아프가니스탄에 대해 쓴 기사를 생각해보라. 기자는 수천 건의 기삿거리 가운데서 몇 가지를 고른다. 그들이 뉴스로서 가치 있다고 생각하는 이야기에 사람들이 관심을 보이도록 만든다. 예를 들어, 넷스케이프Netscape 전 CEO 짐 박스데일Jim Barksdale은 학업성적이 좋은 미시시피주 학생들에게 대학등록금을 만 달러까지 지원하겠다고 제안했는데, 이런 아량은 미시시피주가 교육제도 기금을 모으는 데 어려움을 겪고 있다는 한 기사에서 비롯됐다.

큰 슬픔을 겪은 많은 작가가 자신의 감정을 쏟아내기 위해 자기 경험을 글로 옮긴다. 부당함이나 부적절한 고통에 대한 분노를 표출하기 위해, 그리고 자신과 같은 사람에게 어떤 일이 일어날 수 있는지 다른 사람이 느끼고 공감할 수 있도록 하기 위해 글을 쓴다. 자기 상처를 보듬고 다른 사람이 관심을 가져줬으면 하는 마음으로 글을 쓴다.

인권운동가 로웅 웅Loung ung의 회고록 《행운아Lucky Child》는 위에 언급한 변화를 이끄는 글쓰기의 면모를 집약적으로 보여준다. 로웅은 캄보디아에서 자행된 대량학살의 피해자다. 그때 부모님과 형제자매 중 몇을 잃었지만 다행히 로웅과 그의 오빠, 오빠의 아내는 무사히 난민캠프로 탈출했다. 로웅은 이 책에서 미국에 정착한 자신의 삶과 캄보디아에 남겨진 여동생의 삶을 비교한다. 독자는 이 책을 통해 자유롭고 풍족하지만 스트레스가 심한 민주주의 국가에의 삶과 가난하지만 아직은 공동체적인 독재국가에서의 삶이 어떻게 다른지 엿볼 수 있다.

노래 또한 사람들을 연결하는 강력한 도구가 될 수 있다. 〈승리는 우리 손에We Shall Overcome〉를 부르는 시민권 운동가들을 생각해보라. 우디 거스리Woody Guthrie의 〈이 땅은 너의 땅This Land Is Your Land〉, 커티스 메이필드Curtis Mayfield의 〈사람들은 준비됐네People Get Ready〉 또는 트레이시 채프먼Tracy Chapman의 〈혁명Revolution〉은 어떤가.

영화도 빼놓을 수 없다. 모건 스펄록Morgan Spurlock이 철저한 조사를 바탕으로 만든 재미있고 위트 넘치는 다큐멘터리 영화 〈수퍼 사이즈 미〉를 생각해보라. 용감하게도 그는 영화에서 한 달 내내 맥도날드 햄버거만 먹는 실험을 감행한다. 실험하는 동안 의사에게 모니터링을 받기는 하지만 그는 몸무게가 불고 온갖 건강 문제로 고통을 겪었다. 그가 자신의 건강을 의학적으로 위험한 지경까지 몰아넣은 덕분에 관객은 유익함을 얻었고, 맥도날드에서는 재료와 조리법을 더 건강하게 바꾸지 않을 수 없었다.

어떤 유형의 글이든, 글은 세상을 바꿀 수 있다. 당신은 자신이 가장 중요하다고 생각하는 목적을 이루기 위해, 가진 재능을 모두 사용할 수 있는 글의 유형을 찾아야 한다. 당신만이 말할 수 있는 주제와 그 주제를 효과적으로 전달할 수 있는 방법을 찾아야 한다.

참된 글 한 편은 위험하다.
당신 인생을 송두리째 바꿔놓을지 모른다.

토비아스 울프 Tobias Wolff

더 큰 생각의 차원으로 한번 확장된 마음은
두 번 다시 원래 크기로 돌아오지 않는다.

올리버 웬들 홈스 Oliver Wendell Holmes

평범한 사람도 세상을 변화시킬 수 있고 또 매일 그렇게 한다. 하지만 이 글을 쓰는 순간에도 내 마음속에는 글보다 차량폭탄이나 핵무기가 더 강력하지 않느냐고, 진지한 글을 읽는 사람은 거의 없다고, 심지어 그런 글을 읽는 몇 안 되는 사람도 이미 강하게 자리 잡은 자기 신념을 더욱 확고히 다지려고 그러는 것 아니냐고 외치는 절망적인 목소리가 들린다. 세상을 하나로 잇고자 하는 나의 열망이 이 목소리를 누르고 책상 앞에 나를 데려다놓기까지 나 자신과 한참 다퉈야 하는 날도 있다.

자기 비하 못지않게 낙담도 글쓰기를 방해한다. '대체 내가 뭐라고 글을 써?'라고 생각하며 입을 다물어버리는 작가가 한둘이 아니다. 또한 우리 중에 편집자, 기업, 정부 관계자에게 편지를 썼다가 무시당해보지 않은 사람이 어디 있겠는가? 몇 년 전 출간된 돈 노벨로Don Novello의 《라즐로의 편지 모음집The Lazlo Letters》이 생각난다. 이 책은 '미국인 라즐로 토스'라는 가상의 인물이 쓴 정신 나간 편지를 모아놓은 형식을 취하고 있다. 재미있는 점은 노벨로가 만들어낸 주인공 라즐로는 가상의 인물이지만 그가 공무원, 대학 총장, 기업 대표들에게 보낸 편지는 진짜라는 것이다. 노벨로는 라즐로의 편지를 싣는 데 그치지 않고, 라즐로의 실없는 편지를 받은 수신인들의 실제 답장도 함께 실었다. 답장을 보면 대부분 편지 내용을 고민해보기는커녕 제대로 읽지도 않은 게 분명했다. 웃음이 나기는 해도 편지를 보내야겠다는 열정을 부채질해주는 책은 아니다.

우리를 낙담케 하는 요인이 한 가지 더 있다. 바로 글과 우리의 관계가 달라지고 있다는 사실이다. 요즘에는 신문이나 진지한 잡지를 읽는 사람이 거의 없다. 대부분의 성인은 너무 바빠서 글 읽을 시간이 없다고 생각한다. 아이들은 오래 집중할 필요 없는 텔레비전이나 플레이스테이션 화면을 바라보며 자란다. 비디오게임, 시시한 글, 얼빠진 텔레비전 프로그램 또는 영화가 넘쳐나는 환경에서 캐롤 블라이Carol Bly가 '열정적이고 적확한 이야기the passionate accurate story'라고 부르는 것에 대해 낙관하기란 쉽지 않다. 오히려 '뭐 하러?'라며 외면해버리고 싶은 유혹이 피어오르기 쉽다.

하지만 우리를 망설이게 하는 그 좌절감이 역설적으로 글을 써야만 하는 동기가 될 수도 있다. 우리라도 이 황무지에서 외치는 목소리가 돼야 한다고 느낄지 모른다. "불이야!" 또는 "사람 살려!" 아니면 "임금님은 벌거숭이!"라고 외쳐야 한다고 느낄지 모른다.

우리는 위대한 일을 할 수 없다.
오직 작은 일을 위대한 사랑을 담아 할 수 있을 뿐이다.
테레사 수녀

양심에 따라 행동하는 개개인보다 더 강력한 것은 없다.
바츨라프 하벨 Vaclav Havel

글쓰기는 우리의 통제를 벗어난 듯한 이 세상에서 우리가 통제할 수 있는 단 한 가지다. 우리 대부분은 WTO에 반대하는 시위 행진을 주도하지 않을 테고, 중국의 노동력 착취 현장에서 생산된 제품의 불매운동을 지휘하지도 않을 것이며, 나이지리아의 원유 개발현장 급습을 이끌지도 않을 것이다. 또한 남아프리카 아이들을 위한 고아원을 설립하지도 않을 것이다. 하지만 우리는 우리가 할 수 있는 일을 할 것이다.

우리는 글을 쓴다. 우리는 매일 우리가 소중히 여기는 수많은 가치가 뒷걸음질하는 모습을 목격한다. 불공정함, 무지, 잔인함의 슬픈 사례를 지켜본다. 온갖 그릇된 것을 원하도록 교육받는 아이들을 본다. 그래서 우리는 쓴다. 절박함에서 우러나 글을 쓴다. 우리만이 말할 수 있는 것을 발견했기 때문에 쓴다. 그리고 안네 프랑크가 그 모든 강력한 반대 증거에도 불구하고 인간의 선함을 믿었던 것처럼, 우리는 여전히 글의 힘을 믿는다. 우리는 글로 투쟁한다.

도스토옙스키는 집단학살과 기아, 오물, 매독이 넘쳐나는 절망적인 시대와 장소에 살았다. 그는 평생 뇌전증, 정신질환, 가난에 시달렸다. 하지만 그는 우리에게 이런 메시지를 남겼다.

- 신의 모든 창조물, 그 전체와 모래 한 알 한 알까지 사랑하라. 나 뭇잎 하나, 신의 한 줄기 빛까지 사랑하라! 동물을 사랑하고, 식물을 사랑하고, 모든 걸 사랑하라. 이 모든 것을 사랑하면, 그 안에서 신의 신비로움을 깨닫게 될 것이다. 그걸 깨닫고 나면 매일 점점 더 많은 것이 끊임없이 이해되기 시작할 것이다. 그리고 마침내 한결같은 범 애로 온 세상을 사랑하게 될 것이다.

몇 년 전, 미얀마 국경에 있는 시장에 들렀을 때였다. 나는 리어 나도 디캐프리오Leonardo Dicaprio 비치타월, 어포, 나이키 모조품, 가짜 담배를 팔러 다니는 겁에 질린 가난한 사람들 사이를 불안한 마음으로 걸었다. 팔려고 내놓은 후추나 쌀 무더기 뒤에 치아가 하나도 없는 할머니들이 앉아 있었다. 퀭한 눈빛을 한 무기력한 아이들이 가판 뒤에 깔아놓은 낡은 담요 위에 눕거나 앉아서 지나가는 쇼핑객들을 멍하니 바라봤다. 한순간, 비쩍 마른 10대 소년이 군인들에게 체포돼 흠씬 두들겨 맞고 나서 검은색 밴 뒷자리로 던져졌다. 아들을 쫓아온 소년의 어머니는 울부짖으며 자기 머리를 쥐어뜯었다. 이 지저분한 시장에 있는 모든 사람이 무력감과 슬픔으로 거의 혼수상태에 빠진 듯 보였다. 나는 서서히 내가 목격하고 있는 이 현장의 근본적인 원인이 무엇인지 깨달았다. 바로 희망의 절대적인 부재였다.

그런데 한 남자는 달랐다. 거의 알몸으로 배수로에 쭈그리고 앉은 이 남자는 어린이용 매직 슬레이트(여러 번 썼다 지울 수 있는 드로잉 보드−옮긴이)를 팔고 있었다. 내가 그 옆을 지날 때였다. 그가 전시용으로 내놓은 매직 슬레이트를 집더니 재빨리 '두려움으로부터의 자유'라고 갈겨썼다. 미얀마의 독립 영웅 아웅 산의 딸인 아웅 산 수 치의 모토였다. 그는 조국에서 추방된 뒤 서양에서 교육을 받았지만 고국의 민주주의를 되살리기 위해 미얀마로 돌아왔다. 당시 가택연금 중이었지만 그의 사상은 탈출구 없는 미얀마 국민이 희망의 불씨를 품을 수 있도록 해줬다.

　　나는 그 문구를 보고 다시 그의 눈을 봤다. 웃고 있었다. 강렬하고 절실한 웃음이었다. 그러더니 재빨리 글을 지웠다. 남자는 침묵했다. 하지만 그는 침묵 속에서 거대한 도약을 시도했다. 위험을 무릅쓰고 과감하게 서양인에게 연결의 끈을 건넸다. 그가 누리는 자유의 크기만큼이나 조그마한 매직 슬레이트에 대담한 문구를 써서 나와 나눴다. 나는 이보다 더 영광스럽고 겸허해지는 감정을 느껴본 적이 없다. 세상을 잇는 글을 쓰는 사람들을 생각할 때마다 이 매직 슬레이트 남자를 떠올린다. 그를 위해 글을 쓴다.

2장

나의 이야기
발견하기

- 나의 유래는 (　)입니다.

나의 유래는 에이비스와 프랭크, 아그네스와 프레드, 글래시 매이와 마크입니다.

　나의 유래는 오자크 산맥과 콜로라도 동부 고원, 눈 녹은 산과 물뱀이 사는 남쪽 개울입니다.

나의 유래는 오트밀을 먹는 사람들, 모래주머니를 먹는 사람들, 해기스(양이나 송아지 내장으로 만든 스코틀랜드 음식－옮긴이)와 너구리를 먹는 사람들입니다.

나의 유래는 열광, 어둠, 관능 그리고 유머입니다.

나의 유래는 1920년대 겨울을 목장에서 치열하게 버텨낸 진지한 공상적 박애주의자들입니다.

나의 유래는 "누군가에 대해 좋은 말을 할 수 없다면 아무 말도 하지 마라"와 "아름다움은 아름다운 행동에서", 그리고 "빌어먹을"과

"제기랄"입니다.

나의 유래는 음주와 가무는 안 하지만 일요일만 아니면 카드놀이는 할 수 있는 감리교 신자, 야외 집회를 하는 홀리 롤러스Holy Rollers(특히 오순절 교회 계통으로, 예배 중에 열광하는 종파의 신자 – 옮긴이), 농부, 군인, 밀주업자, 선생님입니다.

나의 유래는 스윈Schwinn의 여성용 자전거, 1950년대 투-도어 머큐리, 그리고 〈웨스트사이드 스토리〉입니다.

나의 유래는 코요테, 새끼 들쥐, 염소로 소독한 수영장, 네브래스카주 옥수수 밭 위로 펼쳐진 밤하늘의 은하수와 보름달입니다.

나의 유래는 진흙투성이 플래트강과 아일랜드 공화국군, 미루나무와 뽕나무, 지푸라기와 건초용 풀, 그리고 윌라 캐더Willa Cather와 월트 휘트먼Walt Whitman, 재니스 조플린Janis Joplin입니다.

앞치마를 두른 여인들과 작업복을 걸친 맨발의 사내들 앞에서 선보이는 나의 달콤한 춤입니다.

《모든 곳의 한가운데》를 쓰려고 사전조사를 할 때, 나는 낯선 땅, 생소한 언어 환경에서 자기 자신을 찾기 위해 고군분투하는 난민들에게 '내 유래는 ~입니다' 형식으로 시를 써달라고 부탁했다. 심리치료에서 정체성을 다룰 때 활용하는 방법이다. 이 시에는 반드시 음식, 장소, 종교에 관한 언급이 있어야 한다. 당신도 한번 해보기를 권한다.

삶을 돌아보면, 아마 현재부터 저 먼 과거까지 시간을 거슬러서 갖가지 자취를 찾아낼 수 있을 것이다. 거기에는 지금 당신의 핵심

가치를 형성한 결정적인 사건, 당신에게 중요한 사람, 잊지 못할 경험이 있을 것이다. 당신에게는 당신만의 재능이 있고, 시간을 보내는 당신만의 방식이 있다. 그리고 아마 학교나 스포츠, 동물, 정치, 종교 등 특별한 관심사가 있을 것이다. 과거로 이어지는 당신의 발자취는 곧게 뻗어 있을 수도, 구불구불할 수도 있다. 또 어느 시점에는 엉뚱한 샛길로 빠졌을 수도 있다.

당신에게는 타고난 기질이 있고, 신념체계와 직업윤리가 있다. 아마 지금쯤 당신은 자신의 장점만큼이나 단점에 대해서도 잘 알고 있으며, 강점만큼이나 약점에 대해서도 잘 파악하고 있을 것이다. 사람들이 당신의 어떤 점을 좋아하고 싫어하는지도 잘 안다. 스스로에 대한 이 모든 지식은 당신만의 원대한 주제, 열정, 심지어 단점으로도 글을 쓸 수 있게 해준다. 소설가 윌라 캐더는 이렇게 썼다. "예술가의 한계는 강점 못지않게 중요하다. 그것은 채워야 할 결핍이 아니라 탄탄한 자산이며, 그 사람의 취향과 개성을 형성한다."

우리가 쓰는 글은 우리 자신으로부터 나온다. 자신의 영혼을 더 깊이 탐구할수록 글도 더 깊고 풍성해진다. 불교 스승 페마 초드론 Pema Chodron 은 불교에서 말하는 '평정'이라는 개념을 '모두가 초대되는 만찬'에 비유했다. 우리의 내적 경험과 외적 경험을 열린 마음으로 모두 받아들이라는 것이 그의 조언이다. 우리 작가들은 독자에게 자신의 감수성과 도덕적 세계관, 관점을 제공해야 한다. 우리 자신이 누구인지 제대로 알아야만 이런 선물을 온전히 건넬 수 있다. 잊지 마라. 모호한 생각은 모호한 글로 이어진다. 내적으로 명료해야 독자에게 사려 깊고 정직한 글을 보여줄 수 있다.

물론 그 순서가 바뀔 수도 있다. 글을 쓰면서 우리가 누군지 알아가는 것이다. 우리가 쓰는 글에는 특정한 사안과 삶의 주제가 끊임없이 드러나기 마련이다. 나는 일곱 권째 책을 쓰고 나서야 각각의 주제를 관통하는 두 가지 줄기가 있다는 사실을 깨달았다. 무엇에 관해 쓰든 그 글의 본질은 결국 내 마음을 온통 사로잡고 있는 두 가지 주제로 모아졌다. 하나는 시간의 흐름에 따라 변하는 것과 변하지 않는 것, 다른 하나는 문화가 인간관계와 정신건강에 미치는 영향이었다.

내 어린 시절이 나의 모든 글을 채색하듯 당신의 과거 또한 당신의 글을 채색할 것이다. 이 책을 읽는 동안, 당신이 일찌감치 깨달았던 세상에 관한 교훈, 당신이 품고 있는 희망과 두려움, 삶의 주제, 소명의식 등 모든 것을 정리해보고 싶은 마음이 생기기를 바란다. 어떻게 지금의 당신이 됐는지 짧은 자서전을 써보는 것도 좋은 방법이다.

우리 모두는 신경증과 지혜로 이뤄진
풍부한 잠재력의 역설적인 꾸러미다.
페마 초드론

나는 가계도가 복잡한 대가족의 장녀로 태어났다. 아버지 프랭크는 오자크 출신이고, 어머니 에이비스는 콜로라도 동부 고지대 출신이다. 두 사람은 2차 대전 중 둘 다 때마침 샌프란시스코에 머물고 있을 때 만나 뮤어우즈 국립공원에서 군복 차림으로 결혼식을 올렸다. 두 사람 모두 대공황을 거치며 가난하게 컸지만 어머니의 가족은 청교도적이고 진지하고 지적이었던 반면, 아버지의 가족은 세속적이고 감정적이며 재미를 추구했다. 두 사람은 그들 둘이라면 평생 동안 사이좋게 잘 지낼 수 있으리라고 호기롭게 생각했다.

내가 어릴 때 어머니는 네브래스카주와 캔자스주 작은 마을에서 의사로 일했다. 아버지는 실험실 기술자로 일했고, 비둘기와 거위와 돼지를 키웠으며, 가축 사료나 생명보험을 팔았다. 가끔은 친할머니가 우리와 함께 살았다. 여름이면 사촌들이 왔다. 다른 친척들도 이따금 몇 주씩 머물다 갔다.

나는 식당 바로 옆에 있던 침대소파에서 잠을 잤다. 밤이면 잠에서 깨 누운 채로 어른들이 웃고 떠들며 농담을 주고받는 소리를 들었다. 주로 정치적 공방이나 직장에서 있었던 일, 뜬소문 같은 이야기였다. 자정이 가까워 하나둘 눈이 감기기 시작하면 아버지가 "스테이크 좀 굽고 파이를 자르면 졸음이 싹 달아날걸?" 하며 사람들을 구슬려 밤늦게까지 이야기를 나누거나 카드놀이를 했다.

친척 대부분이 시골에서 가난하게 살았다. 로스앤젤레스에 사는 마거릿 고모와 프레드 삼촌만 부자라고 부를 만한 돈이 있었다. 다른 고모나 이모는 학교 선생님이나 주부였고, 맥스 삼촌은 닥터페퍼 음료수를 팔았으며, 오티스 삼촌은 잡화점을 운영했고, 클레어 삼촌은 농부였고, 로이드 삼촌은 아이다호 북부에서 엘크 사냥을 하고 목재를 잘랐다. 신앙심이 깊은 사람도 있었고 아닌 사람도 있었다. 그리스도교, 남침례교, 감리교, 유니테리언교 신자에다 일요일 아침에는 그냥 늘어지게 자야 한다는 주의까지 종교가 다양해서 나는 온갖 신학 논쟁을 들었다.

자기주장이 뚜렷한 친척들 덕분에 나는 사람마다 관점이 얼마나 다를 수 있는지 배웠다. 베티 고모네 자식들은 저녁 7시만 되면 침대에 누워야 했다. 그 애들에게는 카드놀이, 춤, 로큰롤이 금지였다. 사촌 스텔라는 열두 살 때 자기 아버지로부터 "임신하면 안 되지만, 혹시라도 하게 되면 나한테 와서 얘기하거라"라는 주의를 들었다. 그는 집에 엽총을 준비했다. 나머지 친척은 좀 더 관대했다. 사촌 앤은 풍만한 가슴을 드러내는 야한 상의를 입고 화장을 했다. 그런 차림으로 다니면서 만화책을 읽고 구슬치기나 하는 호리호리한 남자애들만 보면 과하게 추파를 던졌다.

아버지는 극보수 성향의 〈휴먼 이벤츠Human Events〉를 구독했는데, 심지어 존 버치 협회John Birch Society(미국 극우단체 – 옮긴이)에도 가입하려고 했지만 어머니가 거부했다. 이런 정치 성향과 상관없이 두 분은 남에게 한없이 관대했다. 아버지의 친구들은 그가 가진 걸 아낌없이 내주는 사람이라는 걸 잘 알고 있었다. 어머니는 누구라도 필요한 사람에게는 무료로 진료를 해줬고, 내가 다니는 학교에 돈을 보내 전교생이 〈위클리 리더스Weekly Readers〉를 읽을 수 있게 했다.

아그네스 할머니는 민주당원이고 할아버지는 공화당원이었으며, 글래시 할머니는 '비스킷과 그레이비 독립당원'이었다. 한편, 진보적이었던 마거릿 고모는 나에게 아버지가 얼마나 보수적인 얼간이인지 얘기해주려고 심부름 시킬 게 있으니 같이 가자며 일부러 우리 집으로 나를 데리러 오곤 했다. 고모는 얼굴을 찌푸리며 말했다. "네 부모가 정치에 관해서 하는 얘기는 하나도 듣지 말거라. 걔네들 생각에서 빨리 벗어날수록 너한테 이로우니까."

나는 이런 가족과 부대끼며 살면서 끊임없이 나 자신에게 질문을 던졌다. 이 숙모는 왜 저 삼촌하고 결혼했을까? 이 사촌은 상냥한데 왜 다른 사촌들은 거칠고 못됐을까? 왜 몇몇 어른은 루스벨트 대통령을 미워하고 다른 사람은 그를 사랑할까? 왜 이 가족이 섬기는 신은 그토록 관대하고 너그러운데, 저 가족이 섬기는 신은 세례를 받지 않은 아이들을 지옥에서 불태운다는 걸까? 왜 이 삼촌은 공부를 계속하라고 하고 저 삼촌은 결혼하고 싶으면 대학에 가지 말라는 걸까? 그건 그렇고, 다른 친척들은 다 음식 위에 그레이비를 뿌려 먹는데, 왜 마거릿 고모는 그 위에 음식을 올리면서 그걸 소스라고 부르는 걸까?

이처럼 다양한 관점을 적극적으로 표현하는 가족의 일원으로 태어난 게 나로서는 행운이었다고 생각한다. 나는 그저 침대에 누워 그날 들었던 대화를 떠올리면서 절대적인 진실이란 없고 다만 선량하기는 해도 인간적인 결점이 있는 수많은 사람의 진실이 있을 뿐이라는 사실을 이해하면 됐다. 또 가족 중에 정말 악질적인 사람이 없다는 것도 행운이었다. 어쩌다 잘못된 길로 들어서거나, 혼란을 겪거나, 단순히 어리석거나, 명백하게 뭔가를 잘못 알고 있는 사람은 있을지언정 돈 때문에 누군가를 속이거나 등쳐먹는 사람은 없었다. 사실 내가 어렸을 때 돈은 거의 아무것과도 관련이 없었다.

오히려 삶은 다 같이 모여서 먹는 음식이나 재미있게 보내는 시간, 정치, 종교 그리고 함께 나누는 이야기 중심으로 돌아갔다.

수십 년이 지난 지금, 나는 내 삶이 일련의 이야기였다는 걸 깨닫는다. 나는 막 걸음마를 뗀 아기 때부터 할머니가 해주는 이야기를 들었다. 자전거를 타고 비버시티를 누비거나 밤에 친구들과 공원 느릅나무 밑에 앉아서 놀 때면 어김없이 이야깃거리를 찾았다. 어머니는 환자를 보기 위해 작은 마을의 병원들을 도는 동안 나를 옆에 태우고 끝도 없이 이야기를 들려줬다. 눈 내린 시골길을 달리며 왕진을 갈 때도, 플래글러에 있는 친구들을 방문하려고 24번 고속도로를 탈 때도 이야기를 해줬다. 어머니는 더스트볼과 대공황 시절 목장에서의 생활을 세세하게 알려줬다. 잔 다르크부터 마리 앙투아네트, 나폴레옹, 니콜라스 황제와 그의 가족까지, 거대한 역사에서 거미줄을 뽑아내듯 이야기를 엮어나갔다. 자신이 사랑하는 영화 이야기도 자주 해줬다. 이기적이었던 여인이 시력을 잃고 달라진다는 내용의 〈어두운 승리Dark Victory〉나 구명보트에 탄 승객들이 난처한 딜레마에 빠지는 내용을 다룬 알프레드 히치콕의 〈구명보트Lifeboat〉 같은 것들이었다. 어머니는 인물 중심의 강렬한 이야기를 좋아했다. 윌리엄 포크너William Faulkner가 '자기 자신과의 싸움'이라고 했던, 도덕적 선택의 문제에도 관심이 많았다. 나도 그렇다.

오티스 삼촌은 자기가 운영하는 잡화점에서(겨울에는 배가 불룩한 모양의 난로 앞에서, 여름에는 현관에서) 오렌지 소다를 홀짝거리며 대부분의 시간을 보냈다. 그레이스 숙모가 계산대에서 계산을 하고, 주유를 하고, 가게 뒤편에서 작은 우체국까지 운영하는 동안 오티스 삼촌은 친구들과 낚시 여행, 노새, 소 거래, 밀주업자, 국세청 사람들에 대해 이러쿵저러쿵 잡담을 나눴다.

그야말로 텔레비전 이전 시대의 전형적인 모습이었다. 사람들은 함께 어울려 즐기는 데 익숙했다. 내가 옆에서 설거지를 거들면 아그네스 할머니는 스코틀랜드에서 노예로 팔려온 증조할머니 얘기며, 아이오와에서 대부분 콜레라로 목숨을 잃은 할아버지 가족들 이야기를 들려줬다. 이웃들도 자기 이야기를 함께 나눴다. 어머니 진료소를 찾는 환자들도 마찬가지였다. 나는 알약을 세서 병에 넣거나 장갑이나 외과용 의료장비를 소독하면서 환자들의 무수한 이야기를 들었다.

나는 언제든 이야기를 지어내 친구들을 즐겁게 해주곤 했다. 건초를 두는 헛간 다락에 눕거나 별을 보고 누워 있을 때, 비 오는 여름날 현관에 앉아 시간을 보낼 때면 어김없이 친구들에게 이야기를 꺼냈다. 혼자 있을 때는 '몽키 워즈Monkey Wards(통신판매 업체인 몽고메리사의 별칭 – 옮긴이)' 카탈로그에서 모델들을 오려내 가족을 만들었다. 심지어 옷을 걸 때도 이 팬티를 저 팬티와 결혼시키고 양말을 아이들 삼아 귀여운 이름까지 붙여 나란히 걸었다.

아기 때 사진 중에 얼굴 위에 잡지를 덮고 유아용 침대에서 잠든 모습으로 찍힌 게 있다. 심지어 그때도 나는 침대에서 이야기를 '읽었다.' 어머니는 의대에 다니고 아버지는 한국전에 참전했을 당시 찍은 사진이었다. 나는 내게 필요한 관심과 보살핌을 받지 못하는 스트레스를 책으로 풀고 위안을 얻었다. 책은 내가 어둠 속에서 두려워할 때 잠들 수 있도록 도와줬다. 좀 더 나이가 들어서는 지루할 때 자극이 돼줬고, 외로울 때 옆에 있어줬다.

아그네스 할머니는 항상 나에게 무슨 책을 읽는지, 그걸 읽어줄 수 있는지 물었다. "책은 친구를 고르듯이 신중하게 골라야 한단다"라고 충고도 해주셨다. 중학교 때, 영어 선생님은 2차 대전에 참전했던 군인들에게서 받은 누렇게 바랜 편지들을 펼쳐서 학생들이 돌려 보도록 했다. 어떤 군인은 선생님이 수업시간에 외우라고 시켰던 시 덕분에 폭격이 이어지는 기나긴 밤을 미치지 않고 버틸 수 있었다고 고백했다. "알았죠, 여러분." 선생님이 진지하게 말했다. "시는 여러분의 목숨도 구할 수 있다는 걸."

초등학교를 마칠 즈음에는 비버시티 도서관에 비치된 어린이용 책을 모두 읽었다. 대단하게 들릴지 몰라도 그다지 내세울 만한 일은 아니었다. 도서관이라고 해봐야 일반 가정집 거실보다도 크기가 작았으니까. 나는 영웅적인 이야기를 좋아했다. 헬렌 켈러, 잔 다르크, 그리고 나만큼 남자애들한테 인기 없고 미운오리새끼처럼 겉돌았던 엘리너 루스벨트Eleanor Roosevelt의 전기를 정신없이 읽었다. 존 건서John Gunther의 《자랑스럽지 못한 죽음Death Be Not Proud》을 읽으면서 눈물을 훔쳤다. 내 인생의 첫 자기계발서라고 할 수 있는 팻 분Pat Boone의 《열두 살과 스무 살 사이Twixt Twelve and Twenty》를 읽었을 때는 책 내용대로 살려고 진지하게 노력했다.

로맨스 소설은 많이 읽지 않았지만, 헬렌 웰즈Helen Wells의 《간호 실습생, 체리 에임즈Cherry Ames, Student Nurse》 시리즈(주인공 체리가 유람선, 알래스카 산악 마을, 열대 섬 등 이국적인 곳의 병원에서 잘생긴 젊은 의사한테 푹 빠지는 이야기)는 읽었다. 역시 헬렌 웰즈가 쓴 《비행승무원 비키 바르Vicki Barr, Flight Stewardess》 시리즈도 읽었는데 덕분에 비행기 여행에 대한 내 지식은 완전히 엉뚱한 길로 빠졌다. 물론 그 길이 아니라는 건 한참 지나서야 깨달았다.

소설 중에는 예민하지만 강한 아일랜드계 이민자 소녀의 이야기인 《브루클린에서 자라는 나무The Tree Grows in Brooklyn》와 2차 대전 때 부모를 잃고 여동생들과 다른 아이들을 돌보는 폴란드 소녀의 영웅적인 이야기 《은검The Silver Sword》을 가장 좋아했다. 심지어 그해 여름 내내 우리 집 지하 저장실을 바르샤바 피난처로 꾸미고 동네 아이들과 《은검》 연극놀이를 했다. 아이들을 가르치고 돌보는 언니 역할은 당연히 내 몫이었다.

중학생 때 나는 문학 병에 걸린 전형적인 괴짜였다. 《어휘력 키우기How to Build a Better Vocabulary》라는 교재를 이 잡듯이 공부했고, 어디선가 읽거나 들은 단어를 적어뒀다가 나중에 책에서 찾아봤다. 단어의 정의도 외웠는데 안타깝게도 발음은 외우지 않아서 거의 다 틀리게 발음했다. 게다가 실제로 사람이 발음하는 소리는 들어보지 못했다. 고등학생 때는 방과 후에 모여 에우리피데스와 플라톤, 셰익스피어, 존 스튜어트 밀 같은 작가들에 대해 토론하는 독서클럽을 만들려고 했다. 하지만 아무도 가입하지 않아 실패로 끝났다.

나는 이 모든 독서를 통해 세상에 얼마나 다양한 일이 벌어지는지 알게 됐다. 어느 곳에서든 인생은 선택의 연속이며, 사람은 어떤 상황에서 올바르게 행동하거나 그러지 않을 수 있다는 것도 깨달았다.

나는 요즘 대부분의 아이들이 누리지 못하는 드넓은 공간에서 어린 시절을 보냈다. 1950년대 초에 네브래스카주 비버시티에 살던 아이들은 넘치는 시간과 공간의 축복을 받았다. 몇 가지 의무가 있긴 했지만 나는 대부분의 시간을 자유롭게 썼다. 내 아지트였던 차고 위 다락에서 하루 종일 책을 읽을 자유, 자전거로 비버크리크를 돌아다닐 자유, 나무를 타고 오를 자유, 멍하니 잔디밭에 누워 구름을 구경할 자유, 만화책을 읽고 가게에서 바닐라 맛 탄산음료를 사먹을 자유.

나는 춤이나 연극 수업을 듣지 않았다. 축구팀에도 들지 않았다. 하지만 셰익스피어의 작품 못지않게 다양하고 비극적인 비버시티에서의 경험, 그곳 사람들의 삶에 흥미를 느꼈다. 부모님은 나를 어느 방향으로도 이끌지 않았기 때문에 어머니 아버지가 짜놓은 틀이 아닌 나만의 틀로 세상을 경험했다. 나만의 방식으로 나 자신과 관계를 맺고 나만의 견해를 형성해나갔다. 나는 텔레비전 앞에서 크는 아이들은 결코 알지 못하는 방식으로 혼자 즐기고 흥미를 키워나가면서 스스로를 격려하는 법을 배웠다. 뿐만 아니라, 어떻게 말해야 하는지 아는 세대로부터 대화 기술을 배웠다.

오랜 세월이 흘렀지만 내 성격의 내적인 특징은 크게 변하지 않았다. 내가 알고 지냈던 많은 사람이 이제는 세상을 떠나고 없지만, 지금도 나는 내 어머니, 할머니, 친한 친구, 심지어 그 사납고 우스꽝스러웠던 체육 선생님을 떠올리게 하는 사람들과 마주친다.

내 자식들이 독립해 다른 주로 떠났을 때도 나는 이곳에서 '지크의 본질'이나 '사라의 본질'을 거울로 비추는 듯한 젊은이들을 발견했다. 내 아이들과 꼭 닮은 뭔가를 간직한 젊은이들을 본다. 우리 삶의 중심을 이루는 몇몇 관계는 우리가 세상을 이해하는 방식의 얼개를 짠다. 그리고 언어는 그 관계를 조율한다.

나는 당신이 과거라는 숲으로 들어가 당신이 남긴 발자취를 따라 걸어보기를 바란다. 태어난 순간의 이야기에서 출발해서 의미 있는 여러 경험으로 이정표를 더해가면서 연대표를 구성할 수도 있고, 특별한 장소, 뜻 깊은 추억, 아니면 삶의 커다란 주제나 질문을 중심으로 이야기를 꾸려갈 수도 있다. 살면서 맺었던 관계, 일, 종교, 음식, 놀이 등을 주제로 삼는 것도 좋은 방법이다.

우리 모두에게는 저마다의 이야기가 있다. 하지만 글을 쓰기 전에 반드시 그 이야기가 무엇인지, 왜 중요한지 알고 있어야 하는 건 아니다. 오히려 글을 써나가면서 당신의 이야기가 왜 중요한지, 그 이야기를 왜 해야만 하는지 느낄 수 있을 것이다. 주의 깊게 들여다보면, 우리 이야기가 우리의 도덕적 소임에 빛을 비춰주기도 한다.

3장 _____ **목소리**

찾기 _____

_____

모든 죽음은 도서관이 불타는 것과 같다.

알렉스 헤일리 Alex Haley

_____

오직 내가 나이기 때문에,
내가 하지 않으면 완성되지 않을 일은 과연 무엇일까?

버크민스터 풀러 Buckminster Fuller

당신에게는 다른 누구도 아닌, 당신만이 할 수 있는 이야기가 있다. 당신이 살아온 역사, 당신만의 독특한 감성, 특정 장소에 대한 당신만의 느낌, 당신이 쓰는 언어 등이 당신에게 고유한 권한을 부여한다. 할머니 댁 뒤뜰에 피어 있던 접시꽃이나 어릴 때 물고기를 잡곤 하던 마을 밖 개울가, 대학 강의실에서 유일한 유색인종이라는 사실을 깨달았을 때의 기분. 이런 걸 당신이 아니라면 어느 누가 표현할 수 있을까? 무료급식소나 화상 응급센터에서 마주쳤던 사람들의 얼굴을 당신 말고 누가 정확히 묘사할 수 있을까?

　당신은 자신만의 삶의 주제, 습관, 그 밖에 당신을 일관된 '나'로 규정해주는 다양한 방식의 총체다. 사람은 누구나 아마추어 심리학자고, 당신에게는 사람들이 왜 그렇게 행동하는지 이해하는 당신만의 이론이 있다. 제대로 인식하고 분명히 발현되기만 한다면 나를 나답게 만드는 이 모든 개성은 세상에 커다란 선물이 된다. 그것은 우주를 바라보는 독특한 관점이다.

세상과 소통하고자 하는 욕구는 당신의 지성, 감성, 경험이 내적으로 연소를 일으킨 결과다. 의심의 여지 없이, 당신에게는 말하지 않고는 도저히 못 배길 이상이 있을 것이다. 세상에는 사람들 수만큼이나 다양한 대의가 존재한다. 지렁이 보호, 녹차 음용 장려, 뉴에이지 폴카 음악의 확산, 시에스타(낮잠 시간) 허용 등에 헌신하는 사람이 있는가 하면, 이 세상 누군가는 시간을 쪼개 예배식 춤, 골프의 건강상 이점, 어린이를 위한 음악 프로그램, 하이브리드 자동차, 독성쇼크증후군, 인신매매에 대해 글을 쓴다.

한 사람이 지닌 대의명분은 세월과 함께 변하기도 하고 그대로 유지되기도 한다. 개인적인 경험이나 바깥세상의 우여곡절은 선한 노력을 기울이는 데 필요한 새로운 에너지를 만들어낸다. 사는 동안 우리의 개성은 시인 앨런 긴즈버그Allen Ginsberg가 말했던 '완전한 현실의 술취한 택시'와 충돌한다. 삶 그 자체가 우리에게 소임을 정해준다.

자아라는 도서관은 우리에게 목소리를 부여한다. 목소리는 우리가 가진 모든 것, 우리가 관찰한 모든 것, 우리의 모든 결함과 강점, 우리를 가장 잘 반영하는 단어로 표현된 우리만의 독특한 정서적 화음이다. 목소리는 눈꽃처럼 아름답고, 복잡하며, 고유하다. 목소리는 정제해서 세상에 내놓는 자아의 정수다.

최근 한 친구가 이런 말을 했다. "난 자기 목소리가 분명한 가수가 좋더라. 그런 가수들은 어떤 노래를 불러도 자기 식으로 소화하거든. 몇 소절만 들어도 그 가수라는 걸 바로 알 수 있어." 한 개인의 목소리는 조용할 수도 있고 시끄러울 수도 있다. 냉소적일 수도 있고 지나치게 감상적일 수도 있다. 자신을 드러낼 수도 있고 감출 수도 있다. 상냥할 수도 있고 적대적일 수도 있다. 목소리는 유전, 성별, 관계, 장소 그리고 민족적 배경과 교육적 경험으로부터 나온다. 목소리는 우리가 느끼는 슬픔과 두려움뿐만 아니라 기쁨에도 공명한다. 세상을 향해 우리의 존재를 노래 부른다.

나는 나만의 목소리를 찾으려고 몇 년 동안 부단히 애썼다. 처음에는 남을 의식하면서 글을 썼다. 책상 앞에 앉아서 '문학 행위'에 전념했다는 얘기다. 잘 써야 한다는 초조함은 오히려 글을 생기 없고 단조롭게 만들었다. 내가 쓴 문장은 하나같이 퉁명스럽고 거만한 데다 호들갑스러웠다. 나는 다른 작가들 흉내나 내는 시시한 글을 써내고 있었다.

그러다가 실험을 해보기로 했다. 글쓰기보다는 유창하게 말하기에 더 자신이 있었기 때문에 내가 했던 말을 글로 옮겨서 자세히 뜯어봤다. 때로는 내 글을 소리 내 읽으면서 '내 목소리'가 아닌 부분을 가차 없이 솎아냈다. 무엇보다 내가 어떤 사람인지 고민해보는 시간이 가장 큰 도움이 됐다. 나는 스스로를 이야기하는 걸 좋아하는 개방적이고 솔직한 사람이라고 생각한다. 나는 현대적인 사람이 아니다. 이야기와 의미를 좋아한다. 차분하고 긍정적인 태도를 갖추도록 훈련받은 상담치료사고 기본적으로 행복하다. 나는 가르치는 걸 좋아하고 다른 사람들이 노력하도록 격려하는 걸 좋아한다. 또 열성적이긴 하지만 시간 낭비라는 생각이 들면 금세 짜증이 난다.

스스로 이 모든 측면을 명확히 한 뒤, 내가 파악한 나 자신의 모습에 가깝게 글을 쓰려고 노력했다. 몇 년의 시행착오 끝에 나는 내가 화려하거나 문학적인 글을 쓰려고 하면 어딘가 억지스럽고 가식적으로 들린다는 걸 깨달았다. 말할 때처럼 써야 글에서 진정성이 느껴졌다. 이 모든 노력 끝에 이제야 나의 글쓰기와 말하기의 목소리가 다소나마 어우러졌다. 하지만 모든 작가가 말과 글의 목소리가 일치되도록 글을 쓰는 건 아니다. 말은 부드럽게 하지만 글은 사납고 호된 사람이 있는가 하면, 글은 흥미진진하지만 만나 보면 하품만 나는 사람도 있다.

자신에게 맞는 글의 형식을 찾는 것 또한 자기 목소리를 찾는 과정 가운데 하나다. 시를 쓸 때는 왠지 소심해지고 머리가 혼란스럽지만 에세이나 논평을 쓸 때는 글에 힘이 넘치는 사람이 있다. 에세이를 쓸 때는 머리를 쥐어뜯지만 어린이 소설을 쓸 때는 영감이 넘치는 사람도 있다. 서평을 쓸 때는 지루해하지만 노래 가사를 쓸 때는 시간 가는 줄 모르는 사람도 있다. 다양한 시도를 하다 보면 결국 자기 목소리에 꼭 맞는 형식을 발견할 수 있다.

———

동경을 멈추고 기억하기 시작한 순간
나를 위한 삶이 시작됐다.
윌라 캐더

———

160억 년의 권위에 걸맞게 행동하라.
조안나 메이시 Joanna Macy

나다운 글쓰기

글을 쓰다 보면 진짜 내 생각이 무엇이고 내가 어떤 사람인지 깨닫게 된다. 이러한 자기 탐구 과정은 자신의 내면과 외면에 존재하는 세계에 관심을 기울이는 일이고, 앨런 긴즈버그가 말했던 '뜻밖의 생각'을 경험하는 방법이기도 하다.

다음 질문에 답을 적어보자.

- 무엇이 당신을 웃기고 울리는가? 무엇이 당신의 마음을 여는가?
- 사랑하는 사람에게 어떤 말을 반복적으로 강조하는가?
- 밤잠을 설치게 만드는 주제는 무엇인가? 반대로, 잠을 부르는 주제는 무엇인가?
- 당신은 진실이 무엇이라고 생각하는가?
- 무엇이 악이라고 생각하는가?
- 당신이 아름답다고 생각하는 것은 무엇인가?
- 다른 사람의 어떤 점을 가장 존경하는가?
- 무엇이 당신의 호기심을 가장 강하게 자극하는가?
- 세상을 지배하게 된다면 제일 먼저 무엇을 하겠는가?
- 죽기 전에 꼭 이루고 싶은 것은 무엇인가?

다음 과제도 해보자.

매일 서너 가지 은유를 떠올려봐라. 반복해서 하다 보면 어떤 은유가 당신의 마음을 움직이는지 느낌이 올 것이다.

매일 뭔가를 주의 깊게 관찰하고, 떠오르는 생각을 에세이, 시, 이야기 등 다양한 형식으로 표현해봐라. 어조나 스타일을 달리해보고 어떤 형식이 가장 자연스럽게 느껴지는지 파악해라. 하다 보면 내 목소리가 아닌 것을 걸러낼 수 있다. 또 당신이 가장 잘 쓴 글을 분석한 다음, 스스로에게 이렇게 물어봐라. '여기서 어떤 점이 잘된 거지?'

처한 환경이나 나이, 성격, 문화와 상관없이 누구나 영향력 있는 작가가 될 수 있다. 스스로를 잘 파악하고 있는 작가는 시간이 지날수록 자신의 강점을 내세우고 단점을 곁들여서 글을 풍성하게 가꾸는 법을 터득한다.

작가는 보통 자유분방하고 열정적인 부류와 과묵하고 사색을 즐기는 부류로 나뉜다. 《가족》이라는 소설에서 작가 이창래는 인간을 '스릴을 즐기는thrill-seeking' T타입과 '고독을 즐기는down-filled-seeking' D타입으로 나눴다. 내 딸 사라는 T타입이다. 사라는 위험천만한 난민캠프에서 지내고, 백상아리가 출몰하는 바다에서 수영을 즐기며, 뱀이 드나드는 오두막에서 잔다. 나는 철저하게 D타입이다. 모험은 텔레비전 역사 프로그램에서 보는 걸로 충분하다. 물론 사라와 나를 포함한 대부분은 이쪽 아니면 저쪽이 아니라 양쪽에 걸쳐 있다. 나도 사라 나이였을 때는 지금의 그와 별반 다르지 않았다. 우리는 대개 나이 들면서 T타입에서 D타입으로 옮겨간다. 지금 당신이 이 과정의 어디쯤에 있든 자신의 타입을 글쓰기에 활용할 수 있다.

소설가 켄트 하루프Kent Haruf는 신들린 듯 글을 쓰기 위해서는

나의 글로 세상을 1밀리미터라도 바꿀 수 있다면

고요한 삶을 살아야 한다고 믿었다. 반면 어니스트 헤밍웨이는 스페인 내전에 참전하고, 투우 경기를 즐겼으며, 아프리카에서는 맹수를 사냥을 하고, 플로리다키스 제도에서는 낚시에 푹 빠졌다. 《시민의 영혼Soul of a Citizen》의 저자 폴 로가트 레브Paul Rogat Loeb는 온갖 정치적 싸움을 마다하지 않았다. 당신이 고독을 선호하는 유형이라면 아무런 방해 없이 읽고, 생각하고, 글을 쓰는 데에 시간을 쓰면 된다. 외향적인 유형이라면 역시 그 점을 활용할 수 있다. 당신의 생각을 다른 사람과 공유하고, 연설하고, 독서클럽을 만들어라. 당신의 사회성은 나중에 당신의 글감이 될지 모르는 만남과 경험의 열쇠다. 다양한 활동을 하느라 글 쓸 시간이 없어서 곤란할 수는 있겠지만 일단 쓰기 시작하면 할 말이 넘쳐날 것이다.

희극 작가들은 자신의 결점과 기벽을 드러내 자신과 비슷한 괴짜들과의 접점을 만들어낸다. 우리는 누구나 인간다운 면모를 드러내는 사람을 재미있어한다. 만약 당신이 재미있는 사람이라면 논쟁을 피하고 긴장감과 거부감을 분산시키는 데 유머를 활용할 수 있다. 데이브 배리Dave Barry는 하고 싶은 말을 유머로 포장하는 데 달인이다. 그에게 동의하고 안 하고를 떠나서, 나는 그의 글을 읽으면 웃음이 절로 나기 때문에 작품을 모조리 읽었다. "나스카 경주를 최고로 여기는 미개한 빨간 주와 라테를 우아하게 쪽쪽 빨고 두부를 고기처럼 씹어대는 파란 주가 화해할 시간이 왔습니다." 이렇게 운을 뗀 그가 말을 잇는다. "오늘 칼럼에서 저는 미국을 치유하는……."

배리는 대선 기간 동안 빨간 주(그의 정의에 따르면, '피자헛이

거의 외국 요리나 다름없는 주')와 파란 주('흔히 커피 한 잔을 주문하는 데 15분씩 걸리면서 자기들이 빨간 주 사람들보다 똑똑하다고 믿는 사람들이 사는 주') 사이에 균열이 심해서 그 상처로 미국이 고통받았다는 것을 기정사실화했다.

덧붙이자면, 우리가 글쓰기나 사회를 좋은 방향으로 이끌어가는 것을 꼭 좋아할 필요는 없다. 많은 작가가 인류는 사랑하지만 사람은 못 견뎌한다. 주로 1920년대에 책을 펴냈던 사회비평가 헨리 루이스 멩컨H. L. Mencken은 냉혹하고 신랄한 어조로 글을 썼다. 그가 쓴 《정치에 관하여On Politics》의 한 대목을 보자. "민주주의가 완성돼갈수록 대통령 집무실은 국민의 내적 영혼을 더 많이 대변한다. 언젠가 위대하고 영광스러운 날이 오면, 이 땅의 평범한 사람들은 마침내 마음 깊은 곳의 욕망을 이루고 백악관은 뼛속까지 멍청한 인간이 장식하게 될 것이다."

다만 심술궂고 제멋대로 날뛰는 성격에 발목 잡히지 말기를. 식탁에는 언제나 당신을 위한 자리가 있다.

4장

누구나
작가가 될 수 있다

우리는 빚쟁이로 태어난다.
우리 과거와 미래에 빚을 진 빚쟁이로.

랄프 월도 에머슨

친절하게 대하라,
당신이 만나는 모든 사람은 저마다 위대한 싸움을 하고 있나니.

알렉산드리아의 필로 Philo of Alexandria

이해는 사랑의 다른 이름이고, 사랑은 이해의 다른 이름이다.

틱 낫 한

한 사회의 성격은 수백만 명이 매일 하는 셀 수 없이 많은 작은
행동이 누적된 결과다.

두에인 엘진 Duane Elgin

사회 개혁가를 대하는 미국의 태도는 매우 양면적이다. 우리는 그들이 죽고 난 후에야 그들을 좋아하는 경향이 있다. 대부분의 미국인은 '급진적'이라는 단어를 부정적으로 받아들이고, 심지어 '개혁가'라고 하면 사회 시스템 변화에 대한 문화적 불확실성을 떠올린다. 그러는 한편, 현 상태를 유지하는 데 위협이 되지만 않으면 폭도와 무법자를 좋아한다.

　급진주의자에 대한 모순된 태도를 보여주는 전형적인 예로 예수를 들 수 있다. 그 시대 탐욕스러운 권력자들은 그를 눈엣가시로 여겼다. 그는 부자와 종교적 위선자를 거부하는 평화주의자였고, 창녀와 걸인의 친구였다. 이후 2,000년 동안 그는 존경을 받아왔다. 하지만 그가 지금까지 살아서 글을 쓰고 설교를 한다면 사람들은 아마 그를 기인에 반란을 도모하는 위험인물이라고 여겼을 것이다.

　오늘날처럼 모든 것이 뒤죽박죽인 미국에서, 건강한 사람들이 현실을 있는 그대로 받아들이는 현상은 우리 문화의 역기능이라고 할 수 있다. 우리는 문제란 원래 늘 있기 마련이며, 그 문제는 해결될 수 없고, 우리에게는 그걸 해결할 힘이 없다고 배웠다. 오직 과격한 미치광이나 돈키호테 같은 괴짜만이 사회적·정치적 변화를 꾀한다는 소리를 들어왔다. 하지만 무력함은 사람들 속에 절망을 낳고 문화적 침체를 야기한다. 인류 역사를 통틀어 자기가 속한 공동체를 더 나은 방향으로 이끌고자 했던 이들은 언제나 강인한 사람들이었다. 건강한 사람은 행동한다.

진정한 저항자는 청소년기 이래로 자신의 불만과 개별화에 대한 욕구에 푹 빠져 있는 성나고 고통에 가득 찬 사람이 아니다. 진정한 저항자는 건전하게 형성된 도덕적 양심에 따라 행동한다. 그들은 자신이 누구인지, 무엇을 지지하는지 잘 안다. 분명 그들은 평생 사랑하라고 배웠던 뭔가를 위해 싸우고 있을 것이다.

불교 승려 틱 낫 한은 고통의 바다는 끝이 없지만 방향을 바꾸면 육지를 볼 수 있다고 말했다. 진정한 저항자는 적어도 어렴풋이나마 육지를 본 사람이고, 다른 사람들을 자기가 본 곳으로 데려가고 싶어 한다. 대부분의 사회 개혁가는 성인聖人이 아니다. 세상을 구원해줄 성인을 기다리면 때는 이미 늦는다. 사회 개혁가는 공통적으로 다른 사람을 돕는 일에 자신의 재능을 써야 한다는 걸 깨닫는다.

나는 사람들이 어쩌다가 지금 그 일을 시작하게 됐는지에 늘 관심이 많다. 왜 어떤 사람은 반려동물의 중요성을 알리는 데 힘쓰고, 또 어떤 사람은 성인이 글을 읽고 쓸 수 있도록 교육하는 데 열을 올리는 걸까? 왜 이 친구는 짚단으로 벽을 세우는 건축 방법의 장점을 설파하고, 저 친구는 오헤어 공항의 근로환경에 항의하는 편지 쓰기 캠페인을 조직하는 걸까? 은퇴한 은행장이 합법화된 도박의 위험성에 대한 기사를 쓰는 이유는 뭘까?

'왜'로 시작하는 자기만의 질문을 깊숙이 파고들다 보면, 지금 우리가 가장 큰 관심을 두는 사안이 어린 시절에 겪은 특정한 사건에서 비롯됐음을 종종 발견하게 된다. 열정은 심각한 질병이나 불의의 사고, 부모님의 죽음 같은 비극에서 나올 수도 있고, 재능의 발견, 특별한 장소로 떠난 여행, 특별한 사람(보통 조부모나 친구, 선생님)과의 관계에서 생겨날 수도 있다. 나의 경우, 지난 세월을 돌아봤을 때 내게 결정적이었던 구체적 사건은 꽤나 분명하다.

나의 사회운동은 동물에서 시작됐다. 나는 내가 아는 특정 동물들의 죽음을 순순히 받아들일 수밖에 없었다. 아버지가 토끼, 닭, 거위, 돼지, 소를 잡아서 시장에 내다 팔았기 때문이다. 하지만 동네 남자애들이 고양이를 괴롭히거나 개구리나 새를 잡아 고문하는 걸 목격하면 나는 달려가 싸웠다.

일곱 살 때였다. 어느 일요일 오후, 온 가족이 차를 타고 집을 나섰다. 먼 친척인 턴버그 부부가 사는 블루강 근처 밀퍼드라는 마을을 방문하기 위해서였다. 1950년대 시골 사람들은 일요일 오후를 그런 식으로 보냈다.

부모님은 조 숙모와 밀튼 삼촌과 함께 집 안에서 커피를 마시며 담소를 나눴다. 얼마 안 가 좀이 쑤시기 시작한 나는 슬며시 그곳을 빠져나와 밖으로 나갔다. 이른 봄이었지만 눈 녹은 물에 얼음덩

이까지 더해져 블루강의 수위가 꽤 높았다. 나는 여기저기 막대기나 흙을 던지며 재미있는 시간을 보냈다. 그리고 바위 밑에서 고작 몇 센티미터밖에 안 되는 초록과 노랑이 섞인 가터뱀(독이 없는 줄무늬 뱀 – 옮긴이)을 발견했다. 뱀을 집어 손바닥 위에 올려놨다. 녀석이 팔뚝 위를 기어가는 동안 몸을 움츠렸다 폈다 하는 근육의 움직임이 느껴졌다.

뱀이 똬리를 틀었다 풀었다 하며 나를 보고 눈을 깜박였다. 혀를 휙 내밀며 날름거렸다. 나는 잠시 팔을 간질이게 놔뒀다가 녀석을 잡아 겉옷 주머니에 넣었다. 한동안 돌멩이로 물수제비 뜨는 연습을 하다가 다시 녀석을 꺼내 흙길에 내려놨다. 녀석은 잠시 상황을 파악하는가 싶더니 이내 갈색 숲 방향으로 스르르 미끄러져 가기 시작했다. 나는 그 모습을 가만히 지켜보다가 다시 녀석을 집어 손바닥 위에 올려놓고 손을 동그랗게 말아 쥐었다. 어깨를 감싸는 따뜻한 햇살, 콸콸 흐르는 강물 소리, 숨 쉴 때마다 몸속으로 들어오는 신선한 풀 향기, 손 안에 든 작은 가터뱀까지. 나는 행복했다.

문득 내 뱀이 헤엄을 칠 수 있는지 알아봐야겠다는 생각이 들었다. 이 실험이 어떤 결과를 초래할지에 대해서는 별로 생각하지 않았다. 나는 블루강으로 녀석을 던졌다. 아치 모양으로 휘어져 허공으로 날아가는 뱀은 하얀 끈처럼 보였다. 전에 오자크에서 뱀이 헤엄치는 모습을 본 적이 있다. 하지만 이번에 이 하얀 끈은 수면에 닿자마자 매듭이 되어 깊은 물속으로 사라지고 말았다.

이제 와서 생각이지만 뱀은 물에 닿자마자 쇼크를 받았을 테고, 온도 변화에 적응할 새도 없이 물에 잠겼을 것이다. 나는 한참을 서서 녀석이 다시 나타나기를 기다렸다. 강을 따라 내려가면서 하류 쪽과 잔가지, 유빙을 살폈다. 하지만 결국에는 현실을 인정할 수밖에 없었다. 내가 녀석을 죽였다.

나는 울지 않았다. 부모님에게 이 이야기를 털어놓지도 않았다. 심지어 나 자신을 그다지 책망하지도 않았다. 하지만 미안했다. 내 행동에 결과가, 그것도 삶과 죽음을 가르는 결과가 따를 수도 있다는 걸 배웠다. 동물은 내가 갖고 놀려고 존재하는 장난감이 아니라 그 나름의 삶이 있는 생명체라는 사실을 깨달았다. 나는 이 뱀의 단 하나뿐인 목숨을 빼앗았다. 더 이상 녀석을 '내' 뱀이라고 생각할 수 없었다. 그리고 결코 다시는 어떤 동물도 내 소유라고 생각할 수 없었다.

언젠가 이웃에 살던 앨빈 로저스가 그의 집 뒤쪽 현관에 코요테 새끼가 가득 든 바구니를 둔 적이 있다. 새끼 코요테들은 낑낑거리며 놀아달라고 보챘다. 앨빈에게 이 귀여운 코요테들을 데리고 뭘 할 거냐고 물었더니 그가 평소답지 않게 뚱하고 언짢아했다. 결국 나는 집으로 돌아가 다른 어른들이 거짓말로 둘러댈 때 대개는 진실을 말해주는 엄마에게 물었다. 엄마는 앨빈이 땅을 파서 새끼 코요테들을 묻을 거라고 설명했다. 코요테가 농사에 해를 입힌다는 이유로 코요테 귀 한 쌍을 가져갈 때마다 주에서 포상금으로 2달러를 준다는 거였다. 앨빈은 새끼 코요테 귀를 잘라 증거로 제출하고 포상금을 받을 계획이었다.

나는 흐느껴 울며 그 코요테들을 우리 집에 데려오자고 엄마에게 애원했다. 결국 엄마는 2달러를 주고 한 마리를 데려오는 데 동의했다. 나는 돈을 받아 앨빈에게 건넸다. 이제는 그가 울음을 터트릴 태세였다. 나는 털이 복슬복슬하고 자기를 데려가달라고 신호를 보내는 듯 꿈틀거리며 깽깽대는 새끼 코요테가 가득 든 바구니를 가만히 들여다봤다. 나는 내가 오직 한 마리의 목숨만 구할 수 있다는 걸 알았다. 나머지 코요테들에게 내 선택은 끔찍한 사형선고였다. 신이 된 것 같았지만, 그게 좋지는 않았다.

초등학교 때 못된 아이가 몇 있었는데 나와 내 동생들을 타깃으로 삼은 애들도 있었다. 우리 가족은 그 동네에서 아웃사이더였다. 엄마는 사람들이 생전 처음 보는 여자 의사인 데다 하이힐에 정장을 입었고, 잡담을 어색해했다. 가족을 위해 식사를 준비하는 일은 아빠 몫이었다. 그것도 스키야키, 중국식 볶음밥, 김치, 거북이 수프, 곱창, 뇌, 방울뱀처럼 이상하고 낯선 음식이 대부분이었다. 남동생들이나 나는 어수룩하고 순진한 데다 수줍음이 많았다. 짓궂은 장난으로 골탕을 먹이거나 말로 깔아뭉개기에 딱 좋은 타깃이었다. 나는 놀림거리가 되거나 왕따가 되는 건 싫었지만 그 과정에서 나처럼 괴롭힘을 당하는 다른 아이들에 대한 공감을 키워갔다. 언제나 그 아이들을 대신해 싸워줄 정도로 용감했던 건 아니지만, 최소한 그 애들을 놀리거나 조롱하는 데 동참하지는 않았다.

중고등학교 때는 같은 학교에 다니는 몇 안 되는 흑인이나 인디언 아이들을 향한 다른 아이들의 인종차별을 알아챘다. 심지어 우리 동네에는 유대인이 없었는데도 유대인에 대한 반감을 드러내서 나를 화나게 만든 사람도 있었다. 내가 그토록 좋아하는 안네 프랑크는 유대인이다. 나는 사람들이 어떻게 마주친 적도 없는 부류를 싫어할 수 있는지 도무지 이해할 수 없었다.

한번은 우리 집 지하실에서 댄스파티를 연 적이 있는데, 남동생이 같은 교회에 다니는 흑인 여자애한테 데이트를 신청했다. 아빠는 동생에게 그 아이와 춤을 추지 말라고 경고했다. 아직 내게 아빠에게 도전할 만한 힘이나 논리는 없었지만 나는 아빠가 틀렸다고 느꼈다.

1950년대에 남자아이와 여자아이에게 적용되던 성에 대한 이중 잣대는 대단히 기이하고 불공정했다. 나는 부활절 장식용 백합처럼 순수했지만, 누구든 여자아이를 걸레라고 부르는 소리는 듣기 거북했다. 여자아이들은 자신의 평판을 지키려고 안간힘을 썼지만 남자아이들은 섹스 경험을 자랑스럽게 떠벌렸다. 임신한 여자아이는 학교를 그만둬야 했지만 그 소녀를 임신시킨 남자아이는 학교에 남았다.

그러나 동물을 구하려고 뛰어들었던 몇 번의 싸움을 제외하면 나는 아직 내가 속한 작은 세계에서 사회 정의의 선구자라고 하기 어려웠다. 나는 수줍음이 많고 쉽게 당황하는 아이였다. 감정과 가치관은 확고했지만 그걸 말로 표현하고 행동으로 옮길 줄은 몰랐다.

1965년 캔자스대학교에 입학하면서 모든 게 달라졌다. 룸메이트 재니스를 시작으로 나와 비슷한 학생을 많이 만났다. 기숙사에서 보내는 첫날 재니스와 나는 음악, 책, 가족, 삶의 의미에 대해 이야기 나누며 밤을 지새웠다. 우리는 첫 학기에 음악 연주 모임과 '불타는 용광로Fiery Furnace'라는 커피숍에서 열리던 시 낭독회에 참석했고, 외국 영화를 보러 다니고, 시민권 행진에 합류했다. 우리는 공공장소에서의 차별 철폐와 인종 통합을 외치며 캔자스시티를 행진했다. 나는 흑인 활동가들을 만났고, 시몬 드 보부아르, 맬컴 엑스, 수전 손택을 공부했다.

1960년대 후반, 샌프란시스코로 빠져나가는 젊은이들의 물결에 나도 합류했다. 나는 마켓스트리트에 있는 던킨도너츠에서 일을 했는데, 성인용품점과 베트남에서 온 군인들이 오가는 버스 정류장 근처에 위치한 곳이었다. 당시 미국에서는 던킨도너츠에 들러서 커피와 도넛을 사는 게 하나의 문화로 자리 잡고 있었다. 덕분에 나는 스트리퍼부터 히피, 이민자, 사업가, 참전용사, 아이오와와 조지아에서 죽음의 길을 마다하지 않고 온 애국심에 불타는 젊은이까지 온갖 유형의 사람과 대화를 나눴다. 그때 했던 웨이트리스 경험은 그야말로 다양성에 대한 참교육이었다.

이후 나는 버클리에 있는 캘리포니아대학교로 학교를 옮겼다. 스페인어를 전공하고, 중남미를 연구했으며, 문화인류학을 공부했다. 마거릿 미드Margaret Mead와 놈 촘스키가 나의 영웅으로 떠올랐다. 그리고 나는 언론의 자유, 시민권, 평화, 환경, 여성의 권리 등 거의 모든 것을 위해 거리 행진에 나섰다.

졸업을 앞둔 마지막 학기에 시민공원에서 열린 시위에 참가했다. 처음에는 관여하지 않았었는데, 주 방위군 병사 하나가 근처 지붕 위에 있던 남자를 사살하는 것을 목격하고 나니 얘기가 달라졌다. 그 희생자는 그저 저 아래 길에서 일어난 소요사태를 지켜보고 있었을 뿐이다. 나와 마찬가지로 말이다. 다음 날 언어학 수업을 들으러 가는 길에 주 방위군이 헬기에서 뿌리는 최루가스를 맞았다. 잔디밭에 엎드려 토를 하면서 시위에 나가기로 맹세했다. 정부의 막강한 힘이 그에 반대하는 사람들에게 얼마나 집중적으로 행사될 수 있는지를 배웠다.

1969년, 대학을 졸업한 나는 이런 캘리포니아의 풍경에서 멀리 떨어져 있고 싶었다. 거리에서 강력한 마약이 거래되는가 하면 학생들이 아무렇지 않게 무기 이야기를 하며 걸었다. 마틴 루서 킹의 사망 이후 도시가 불타고 과격 흑인단체 '블랙팬서the Black Panthers' 와 극좌파 학생운동조직인 '웨더맨Weathermen'의 세가 불어나고 있었으며, 경찰과 연방요원은 보복을 감행했다. 모든 상황이 점점 더 격렬해지고 험악해졌다. 나는 법을 어기는 게 마음 편치 않았고, 폭력이 싫고 두려웠다. 나는 어느 누구에게도 '돼지 새끼' 같은 말은 할 수 없었다. 지금도 마찬가지긴 하지만 1969년의 미국은 둘로 갈라진 나라였고, 나는 분열된 나라에 살고 싶지 않았다. 나는 자동차를 얻어 타고 멕시코로 가 그곳에서 여름을 보내고, 다시 유럽으로 건너가 1년을 머물며 일했다.

네브래스카로 돌아온 나는 심리학 박사과정을 시작했고, 짐과 결혼했다. 이후 20년 동안은 엄마이자 심리치료사로 살았다. 아이들을 키우는 동안에는 야구시합, 수영대회, 학예회, 기금 마련을 위한 학교 스파게티 급식에 참석했다. 휴가 때는 온 가족이 폭스바겐 버스에 올라타고 캠핑을 떠났다. 잠깐이나마 자유시간이 생기면 책을 읽었다. 내가 공익을 위해 할 수 있는 일은 약소한 금전적 기부, 그리고 그보다 더 약소한 내 시간의 기부가 전부였다.

자녀를 둔 어른의 삶은 거의 비슷비슷하다. 민주당원이든 공화당원이든, 모험적이든 신중하든, 명석하든 아둔하든, 유니테리언교인이든 유대인이든 복음주의 기독교인이든 아이를 키우는 동안에는 거의 비슷한 일을 한다. 기저귀를 갈고, 빨래를 하고, 동화책을 읽어주고, 식료품을 사고, 치킨수프와 브라우니를 만들고, 아이들이 주인공인 행사에 참석한다. 부모가 되기 전에는 우리만의 삶이 있었고, 나중에 자식들이 떠나고 나면 그 삶을 되찾을 것이다. 하지만 그사이 자식을 키우는 동안에는 아이들의 필요가 우리 활동을 결정한다.

아이들이 자라면서 나도 지역 정치에 점점 더 많이 참여하기 시작했다. 나는 인권위원회 위원으로 일했다. 딸과 함께 노숙자 보호소에서 자원봉사를 하고 무료 급식소에서 접시를 닦았다. 물론 가치 있는 일이었다. 하지만 나의 화두였던 '나만이 할 수 있는 일은 뭘까?'에 대한 답은 아니었다.

그 무렵, 그러니까 1980년대 후반 즈음에 어린 시절 이후로 처음으로 마음대로 쓸 수 있는 약간의 시간이 생겼다. 나는 스스로에게 약간 호사스러운 질문을 던졌다. 남는 시간에 뭘 하면 좋을까? 그러자 내면 깊은 곳에서 대답이 터져 나왔다. 글을 쓰고 싶다. 나는 언제나 글을 쓰고 싶었다. 잘 쓰지 못해도 상관없었다. 그냥 시도해보고 싶었다.

기대치는 높지 않았다. 열두 살 때, 내 생애 첫 번째 시를 선생님께 제출했다. 선생님은 시를 쓴 종이 맨 위에 '진부함'이라는 코멘트와 함께 커다랗게 C라는 글자를 써서 돌려줬다. 아빠한테 작가가 되고 싶다고 고백했을 때도 거의 같은 반응이 돌아왔다. "그걸로 돈 버는 사람은 아무도 없어. 혼자 힘으로 살아갈 능력을 키우려면 엄마처럼 의사가 돼야지."

당시 나는 위대한 재능을 타고난 명석하고 흥미로운 사람과 나처럼 재능은 없으면서 꿈만 야무진 평범한 사람으로 세상이 나뉘어 있다고 생각했다. 네브래스카주 작은 시골 마을에 살면서 나는 내 삶의 범주 안에 있는 사람들에게는 흥미로운 구석이 눈곱만큼도 없다고 느꼈다. 사건과 드라마란 여기가 아닌 저 멀리 어딘가, 한밤중에 경적을 울리며 사람들을 기차로 실어 나르는 도시에서나 벌어지는 것이었다. 그래서 그때는 포기했다. 형편없이 하기에, 나는 글쓰기를 너무 사랑했다.

하지만 마흔넷의 나이에 나는 뛰어들었다. 곧바로 지역 대학 글쓰기 수업에 등록했다. 선생님은 경마와 볼링, 술을 좋아하는 텍사스 출신 풋볼 코치였는데, 글쓰기도 가르쳤다. 그는 자기가 아는 작가들 이야기로 학생들을 즐겁게 해주고 농담을 하고 글쓰기에 관해 조언해줬다. 그는 마치 경구처럼 말했다. "'말할 필요도 없이'라는 표현은 쓰지 마세요. 말할 필요가 없으면 하지 말아야죠." 이런 말도 했다. "여러분이 전하려는 메시지가 '인생은 엿 같다'라면 독자들은 그걸 모면하게 해주세요." 작품에 등장하는 인물이 어떤 일을 '시작하게' 하지 말라는 조언도 했다. "곧바로 사건에 뛰어들어야 합니다."

그는 대체로 학생들을 격려했다. 글쓰기는 어렵지만 배우는 게 불가능하지는 않다고 강조했다. 내 첫 작품을 읽은 그가 이렇게 말했다. "당신은 작가가 될 수 있어요." 그의 사무실에서 나와서 펑펑 울었다. 그날이 내게는 명명식 날이었다. 대부분의 작가가 그렇겠지만, 나는 그 말을 듣기 위해 오랜 시간을 기다렸다. 어떤 식으로든 다른 사람에게 자기 글을 인정받기 전까지는 스스로를 믿는다는 게 쉬운 일이 아니다.

글을 쓰기 시작한 초반에는 글쓰기와 사회운동을 연결하지 못했다. 하지만 이내 독자투고란, 논평, 서평, 그리고 네브래스카 공영방송에 대한 비평 쓰기를 대단히 즐기기 시작했다. 이 무렵(1989년) 내 상담실에는 어쩐 일인지 식이장애로 고통받는 여성들의 발길이 끊이지 않았다. 폭식, 구토, 절식, 음식 중독 등 정상적인 섭식이 불가능한 사람들이었다. 가볍게는 두꺼운 허벅지나 이중턱을 비통해하는 사람도 있고, 식이장애로 부정맥이나 식도에 구멍이 생겨 병원에 입원하는 환자도 있었다. 내 친구들과 딸아이의 친구들 역시 자기 몸에 대해 늘 걱정과 불만을 달고 살았다. 한편, 그때도 지금과 마찬가지로 잡지는 여성에게 모순되는 메시지를 한가득 쏟아냈다. "날씬해지세요." "이런 더블 초콜릿 브라우니를 구워보세요."

이 모든 불필요한 고통을 보면서 여성과 몸무게에 관해 일종의 '규탄'하는 글을 써야겠다고 마음먹었다. 여성 개개인의 정신적 문제를 다루는 게 아니라 문화적 메시지를 보내고 싶었다. 충격을 주고 싶었다. 그렇게 《공복통Hunger Pains》을 쓰면서 처음으로 내 삶의 수많은 가닥들을 하나로 엮었다. 책과 글쓰기에 대한 나의 사랑이, 심리치료사로서의 내 일과 세상을 더 살기 좋은 곳으로 만들고

자 하는 나의 열망을 휘감았다. 두렵고 부족한 느낌이었지만, 나는 한번 해볼 준비가 돼 있었다.

당신의 역사, 당신의 이야기를 쓰다 보면 많은 것을 깨닫게 될 것이다. 부모님 중 한 분을 폐암으로 잃어서 흡연 금지에 관한 사설을 쓰고 싶을 수도 있고, 조부모님이 난민이었기 때문에 난민을 돕기 위한 글을 쓰고 싶을 수도 있다. 미술관에 대한 사랑을 키워준 선생님을 떠올리며 아이들을 위한 미술 프로그램을 장려하는 글을 쓰고 싶을 수도 있다.

멋진 경험 혹은 끔찍한 사건은 사회운동을 불러일으킬 수 있다. 어쩌면 견디기 힘들 정도의 부당함이 엘드리지 클리버Eldridge Cleaver, 마틴 루서 킹, 해리엇 비처 스토 같은 인물을 창조했는지 모른다. 기쁨과 경외심도 사회운동가를 만들어낸다. 수많은 이가 별이 총총 수놓인 하늘을 바라보며 깊은 생각에 잠겨 있다가, 혹은 아무도 없는 숲속을 거닐다가 자신의 사명을 깨닫곤 한다. 에드워드 애비Edward Abbey를 생각해보라. 존 뮤어를 떠올려보라.

영혼의 성장이란 공감, 명료함, 선에 대한 열정을 꾸준히 키워가는 것으로 정의할 수 있다. 우리가 '우리'라고 부르는 사람들에게 더 잘 감응할 뿐만 아니라, 구별하기를 걷어내고 연대하는 능력을 키워가는 것이다. 우리 삶은 특정한 종류의 지혜를 향한 여정이며, 그 지혜는 모든 살아 있는 생명에 대한 사랑과 감사다. 주의 깊게 관찰해보면, 모든 동물이 우리에게 가르침을 준다. 마주치는 모든 사람도 마찬가지다. 줄루족에게는 연결의 필요성을 강조하는 이런 말이 있다. "사람은 다른 사람을 통해서 사람이 된다." 우리는 우리의 문화적 맥락 안에서 점점 지혜로워진다. 그리고 문화란 인간과 동물과 대지가 주고받는 상호작용의 총합이라고 할 수 있다. 노련한 작가는 어떻게든 그 상호작용을 대화로 풀어낼 수 있으며 심지어 원래보다 더 폭넓고 풍성하게 표현해낼 수 있다.

실험심리학자들은 뚜렷이 구별되는 두 가지 도덕적 용기가 있다는 사실을 발견했다. 첫 번째는 자신의 성격 때문에 영웅적인 삶을 살게 되는 사람들의 용기다. 한나 아렌트, 엘리너 루스벨트, 조안나 메이시, 아룬다티 로이Arundhati Roy 같은 사람들이 떠오른다. 두 번째는 우연히 위대한 행동을 하게 된 사람들의 용기다. 예를 들어, 딱히 영웅적인 면모가 없는 사람이 건물에 화재가 발생한 걸 보고 사람들을 구하기 위해 불속으로 뛰어드는 행동 같은 것이 여기 속한다.《지옥에서 비롯된 문제A Problem From Hell: America and the Age of Genocide》를 쓴 서맨사 파워Samantha Power처럼, 특별한 사건을 계기로 도덕적 깨달음을 얻는 사람도 있다. 서맨사는 여자 밥 코스타스Bob Costas(미국의 유명 스포츠 캐스터 - 옮긴이)를 꿈꾸던 스포츠 팬이었다. 하지만 애틀랜타 브레이브스 경기를 보던 어느 날, 우연히 중국 톈안먼 광장의 소식을 들었다. 파워는 그 비극에 큰 충격을 받아 이제부터는 다른 목표를 위해 살겠다고 결심한다. 지금 파워는 집단폭력 예방과 인권문제 분야에서 선도적인 전문가이자 옹호자다.

나는 당신이 당신의 이야기, 지금의 당신을 있게 한 당신의 역사를 쓰기 바란다. 스스로를 더 깊이 탐구할수록 위대하고 보편적인 인류 공통의 이야기와 당신의 이야기가 만나는 길을 더 많이 발견할 수 있다.

　다음 장에는 사회운동가로서 내가 쓴 글 하나를 사례로 소개해 뒀다. 2004년 여름, 나는 세계의 상태를 지켜보면서 불안하고 우울한 시간을 보냈다. 나는 미국 내에서 이뤄지는 대화 주제를 바꿔보고 싶어서 그 글을 썼다. 내 친구 리치 사이먼이 〈심리치료 네트워커Psychotherapy Networker〉에 이 글을 실었다. 이 글에는 내 삶의 핵심을 이루는 심리학, 글쓰기, 사회비평이 한데 어우러져 있다.

5장

고유한 스타일로
글 쓰기

- 내담자 성명: 아메리카 합중국
- 주소: 지구의 적도 북부, 서반구

내담자 정보 미스터 USA는 1776년 7월 4일생이며, 이 평가는 그가 228세 때 진행됐다. 그는 옷을 잘 차려입었으며 몸집이 다소 크고 태도가 약간 거만한 중년 남성이다. 매력적인 면이 있고 유머감각이 좋으며 이따금 솔직한 태도를 보인다. 상담을 진행하는 동안 그는 불안하고 지칠 대로 지쳐 보였다. 깜박깜박하는 경향이 있으며 집중하기 힘들어했다. 밖에서 자동차 경적이 울리자 몹시 놀라는 반응을 보였다. 참고로, 미스터 USA는 지나치게 큰 SUV를 몰고 왔는데 경적은 다람쥐가 무심코 그 차의 도난방지 장치를 건드리는 바람에 울린 것이었다.

현재의 문제 미스터 USA는 2001년 9월 11일에 있었던 테러 공격으로 엄청난 신체적·정신적 괴로움을 겪다가 2년이 지나 이 상담 일정을 잡았다. 진주만 폭격, 베트남전, 오클라호마시티 폭탄 테러 등, 그가 과거에 겪었던 사건의 상처와 트라우마가 9.11 공격으로 다시 터져 나온 것이다. 애국자법 채택, 이라크 선제공격, 제네바협 정 위반 등 그가 내린 일련의 잘못된 결정도 그의 정신건강에 악영 향을 미쳤다. 내담자의 삶이 통제불능으로 치닫자 UN에 있는 그 의 동료들이 그에게 상담치료를 권했다.

앞에서 언급했듯 미스터 USA는 9.11 사건 이전에도 자신의 문 제를 건강한 방식으로 다루지 못한 게 확실해 보인다. 지난 40년에 걸쳐 그가 느끼는 중압감과 외로움은 점점 커져갔다. 이 기간 동안 그는 흥망성쇠를 거듭했지만 전반적인 삶의 질은 꾸준히 낮아졌 다. 특히 지난 수십 년 사이 긴장을 풀고 느긋하게 즐기는 능력을 잃어버렸다. 미스터 USA는 카페인, 설탕, 술, 마약, 니코틴, 쇼핑, 도박, 텔레비전 시청, 비디오게임 등 다수의 중독으로 고통을 받고 있다. 재정상태는 엉망이다.

삶의 이력　미스터 USA는 자신의 탄생이 폭력적이었으며 파란만장 하고 힘겨운 삶을 살았다고 말했다. 하지만 행복하고 평화로울 때 도 많았다고 인정했다. 그의 가족은 교육, 예술, 음악에 가치를 뒀 다. 하지만 그는 수양이 부족하고, 주어진 기회에 비해 교육을 잘 받은 편은 아니다. 그는 가톨릭, 불교, 유대교, 프로테스탄트교, 이 슬람교 등 수많은 종교적 신념체계에 노출돼왔고, 현재는 종교적 으로만 보자면 복음주의 기독교인이지만 삶의 여러 면에서 자기 자신과 갈등을 겪고 있다.

젊은 시절에는 자주 싸움에 휘말렸지만 심각한 부상을 입은 적은 단 한 번도 없다. 80대 때는 그가 남북전쟁이라고 부르는 격렬한 논쟁에 휘말렸는데, 그때 입은 상처가 아직도 곪아 있다. 약 70년 전에는 10여 년 동안 이어진 극심한 가뭄과 대공황 시기의 은행 시스템 붕괴, 높은 실업률, 심각한 빈곤으로 고통받았다. 하지만 명철하게 생각하고 단호하게 행동한 덕분에 놀라운 회복력을 발휘해 그 시기를 이겨냈다. 지난 100년 동안 몸싸움도 몇 번 벌였는데, 일부는 그가 촉발했고 일부는 상대가 시작했다.

미스터 USA는 관계보다 독립에 가치를 두고, 의무와 헌신보다 자유에 가치를 둔다. 그는 독립선언과 독립전쟁을 과시하고 자기 생일을 독립기념일이라고 부른다. 권리장전은 만들었지만 그에 상응하는 책임장전은 만들지 않았다. 그는 생각보다 행동이 앞서고, 여자보다 남자와 더 잘 지낸다. 그는 공유하고 절충하고 약속을 지키는 데 어려움을 겪고 있다. 약자를 괴롭히고 성질부리는 버릇 때문에 관계가 틀어지기 일쑤다. 그는 다른 사람이 자기를 어떤 사람으로 인식하는지에 대해 망상적이라고 해도 좋을 만큼 불합리한 관점을 지니고 있다. 그는 자신을 이타적이라고 생각하고 싶어 하지만 그가 내리는 수많은 결정은 친구 나라에 자주 해를 입혔다.

미스터 USA는 서유럽에 있는 나라들과 오랜 우정을 쌓아왔다. 하지만 지금은 영국을 제외한 다른 나라와는 가깝게 지내지 않는다. 그는 심지어 영국마저도 자신과 많은 시간을 함께 보내고 싶어 하지 않는 것 같다고 생각한다. 이런 사회적 고립은 미스터 USA의 정신건강에 악영향을 미칠 것이다.

미스터 USA는 여러 가지 중독의 영향으로 시력 저하, 고혈압, 신진대사 부진 등 신체적 고통을 겪고 있다. 그는 도통 휴식을 취하지 않으며 감정기복이 심하다. 테스트 결과 지적인 측면에서는 우수한 편으로 나타났지만 그만한 기능을 다하지 못하고 있다. 그의 정신적 장애는 스트레스와 관련된 것으로 보이고, 개선을 위해 상담치료와 더 건강한 생활방식이 필요하다.

성격적 특징 미스터 USA는 나이로는 성인이지만 사회적·정서적으로는 사춘기로 퇴행했다. 그의 생각은 극단적이고, 얄팍하며, 융통성이 없다. 이거 아니면 저거, 우리 아니면 그들이라는 식의 이분법적 사고에 빠져 있다. 이해하려는 노력을 전혀 하지 않고, 적을 악마 취급한다. 기본적인 사실에 대한 지식이 부족하고 관점에 문제가 있다. 그는 자신을 예외적 존재로 여기고, 다른 사람들의 관점을 이해하는 데 있어 큰 어려움을 겪고 있다.

미스터 USA는 장기계획을 세우는 능력이 없는 것으로 보인다. 단기적인 욕망에 따라 행동하고 욕구불만을 참아내는 능력이 부족하다. 본질보다 스타일을 중요시하고, 섹스에 사로잡혀 있다. 공격성을 보이는 개인이 흔히 그렇듯, 폭력으로 문제를 해결하려는 경향이 강하고 자신의 반사회적인 행동은 축소하거나 정당화한다.

사회적·정서적 측면뿐 아니라 '도덕적 성장' 측면에서도 퇴행을 보이는데, 이는 트라우마를 겪는 내담자의 공통점이다. 그는 잔뜩 긴장한 채 방어적인 태도를 보이며 늘 자기 걱정에 시달린다. 기본적인 자원이 절실히 필요한 사람들을 두고도 자기 욕심 차리기에 바쁘다. 자기는 제멋대로 규칙을 어기면서 친구 국가에게는 따르라고 우긴다. 특히 이런 행동이 우방국들을 짜증나게 하는데, 예전에는 그가 규칙을 잘 지켰기 때문이다. 친구 나라들은 그가 더 나은 모습을 보이기를 기대한다.

그는 선매후불이 좋다고 생각하고, 시간, 돈, 관계와 관련해서 자주 형편없는 선택을 한다. 무기 시스템과 남 보기에 좋은 일에는 흥청망청 돈을 쓰면서도 자신의 건강, 교육, 집안 살림에 대한 예산은 뒷전이다. 그는 자신의 문제를 해결하기보다 회피하고, 고통으로부터 달아나기 바쁘다. '무시하면 괜찮아질 거야'라는 생각이 바탕에 깔려 있는 것 같다. 에이즈 확산, 지구온난화, 인구폭발, 경제적·사회적 불평등 문제에 대해서도 같은 태도다.

미스터 USA는 허세를 부리며 아닌 척 하지만 정서적·인지적으로 자신이 이해하기에는 너무 복잡한 세상에 큰 충격을 받아 당황한 기색이 역력하다. 동분서주하며 바쁘게 살아가는 태도는 절망감을 숨기기 위한 것으로 보인다. 그는 모순에 빠졌지만 우유부단함 때문에 이러지도 저러지도 못하고 있다. 자넷 잭슨Janet Jackson의 가슴 노출 사건이 의도적이었는지 아니었는지 같은 사소한 문제에 관심을 쏟는 태도에서 알 수 있듯 그는 정신이 맑지 않고 집중력이 부족하다.

미스터 USA는 일상적으로 공황발작을 겪는다. 테러, 사스, 전 세계에 존재하는 5만여 개의 핵무기처럼 그가 느끼는 두려움 중 일부는 현실적이지만, 그 외에는 자기 유발적이거나 심지어 편집증에 가깝다. 그가 거느린 대중매체, 광고주, 정치인은 극도로 예민한 그의 상태를 부채질한다. 그렇다, 그가 느끼는 많은 두려움은 현실적이면서도 과장돼 있다. 다만 우리 심리학자들이 말하듯, 편집증이 있다고 해서 걱정하는 그 일이 실제로 일어나지 않는다는 의미는 아니다.

성격 구조 미스터 USA 괜찮은 사람이다. 그는 샘 아저씨라고 불러주는 걸 좋아하는데, 과거에는 그런 다정한 별명을 붙여줄 만한 때가 있었다. 한때 그는 홍수와 기근으로 고통받는 이웃을 도왔고, 제2차 대전 이후에는 유럽의 재건도 도왔다. 그러다가 9.11 이후 평소답지 않게 자기밖에 모르는 유치함을 보이고 있다. 그는 사이코패스나 범죄자가 아니다. 그는 사랑받고 싶어 하며, 올바르게 행동하기를 바란다. 역사적으로 볼 때 그는 자유와 문화의 발전, 무엇보다 기회에 관한 한 세상의 모범이었다. 자신의 불안감과 걸핏하면 화를 내는 성미를 잘 다스릴 수만 있다면 그의 친구들은 기꺼이 다시 그의 삶 속으로 돌아올 것이다.

진단 외상후스트레스장애, 다중중독, 망상이 의심됨.

개인적 강점 미스터 USA는 눈부신 재능을 타고났고, 재력이 있으며, 체중만 조금 줄이면 외모도 출중해질 것이다. 그에게는 라틴아메리카, 인디언, 아시아, 아프리카, 중동, 유럽 등 세계 거의 모든 인종의 피가 섞여 있다. 그의 가정에는 세계 곳곳의 전통이 풍부하게 스며 있다. 그는 지역 축제, 블루그래스bluegrass 페스티벌, 공공도서관, 그가 국립공원이라고 부르는 휴양림 등 수많은 지원시스템을 갖추고 있다. 애니 오클리Annie Oakley, 스티븐 포스터Stephen Foster, 사카자웨어Sacajawea, 루이자 메이 올컷Louisa May Alcott, 토마스 제퍼슨Thomas Jefferson, 랄프 스탠리Ralph Stanley, 에드워드 호퍼Edward Hopper, W. C. 필즈W. C. Fields, 랜스 암스트롱Lance Armstrong, 헨리 무어Henry Moore, 마틴 루서 킹, 스탠리 쿠니츠Stanley Kunitz, 험프리 보가트Humphrey Bogart, 에이브러햄 링컨, 비너스 윌리엄스와 세리나 윌리엄스Venus and Serena Williams, 크레이지 호스Crazy Horse(아메리카 대륙 원주민의 지도자 – 옮긴이), 마크 트웨인, 루이 암스트롱, 체사레 차베스Cesar Chavez, 에델 워터스Ethel Waters 같은 인물이 그와 함께한다. 그는 지략이 뛰어나고, 회복력이 좋으며, 실리적이다. 상담 중에 드러나진 않았지만 사는 내내 긴 기간 동안 합리적이고 평화를 사랑하는 사람이었다. 최악의 시기에는 영웅적으로 행동하고, 친절을 베풀고, 창의적으로 문제를 해결했다.

치료 계획　미스터 USA는 진실을 이야기하는 것부터 시작해야 한다. 인디언 학살, 흑인 노예의 역사, 난민에 대한 부당한 처우 등 그가 저지른 실수나 자기도 몰랐던 약점, 자신의 어두운 면을 인정해야 한다. 아프리카와 라틴아메리카의 민주주의를 방해했다는 걸 인정하고 그가 행한 정부정책과 무역정책이 그의 책임이라는 사실도 받아들여야 한다.

외상후스트레스장애의 피해자로서, 슬픔의 모든 단계(충격, 부정, 슬픔, 분노, 결심, 희망을 품고 앞으로 나아가기)를 거치는 치료에 임해야 한다. 충동조절과 금욕 훈련이 큰 도움이 될 것이다. 자아인식이 그의 강점은 아니지만 살아남고 세계 공동체가 오래 지속되도록 도우려면 반드시 이 능력을 키워야 한다.

지나친 텔레비전 시청과 광고 중독에 대한 치료가 필요하고, 자신의 과거와 세계사에 다시 연결돼야 한다. 미스터 USA는 자신의 행동이 남에게 어떤 영향을 미치는지에 대해 솔직하고 명확한 조언을 들어야만 한다. 그는 자신의 삶의 질과 관련된 중요한 지표들이 어떠한 상태인지 잘 모르고 있는 게 분명하다. 그가 마시는 공기, 먹는 음식, 마시는 물에 무엇이 들어 있는지 모르고, 매일 얼마나 많은 자원이 사라지고 있는지도 모른다. 다우지수나 GDP처럼 삶의 질과 크게 관련 없는 수치에 관심을 쏟느라 큰 그림은 놓치고 있다.

그의 심리치료사는 그가 전쟁, 경쟁, 스포츠와 연관되지 않은 정체성을 확립할 수 있도록 안내해야 가장 도움을 줄 수 있을 것이다. 또 희망, 화해, 협력에 대한 은유가 치료에 도움이 될 것이다. 그는 중요한 것은 그의 행동이며, 열심히 하면 해낼 수 있고, 결코 혼자가 아님을 느껴야만 한다.

세상에는 박동하는 거대한 하나의 심장이 있을 뿐, '우리' 또는 '그들' 같은 구분은 없다. 에리트레아, 프랑스, 이란, 뉴질랜드 같은 나라와 마찬가지로, 미스터 USA 역시 그들과 똑같은 어머니의 심장으로부터 양분을 얻고 있다는 사실을 깨닫고 나면 기분이 한결 좋아질 것이다.

치료 효과 이 내담자의 상태가 호전되면 폭력성이 줄어들고 섹스, 쇼핑, 약물 등에 덜 집착할 것이다. 내적으로 느끼던 긴장감이 완화되고, 이분법적으로 나누던 습관이 줄어들며, 통합된 성격적 특성이 나타날 것이다. 조금 더 차분하고 정직하고 진정성 있는 사람이 될 것이다.

미스터 USA는 각자 음식을 가지고 만나는 저녁식사 자리에 더 자주 나가고, 적대심에 가득 차서 남의 것을 빼앗는 행동을 덜 할 것이다. 그의 거리에는 대화를 나누며 걷는 사람들이 넘칠 것이다. 인종이나 민족의 구분 없이, 누구나 각자 지닌 최고의 문화를 다른 사람과 함께 나눌 것이다. 그들이 키우는 아이들은 학교에 가겠다고 성화일 것이다. 거기서 아이들은 과학, 수학, 문학, 지리, 역사를 배우고 춤추고 뛰놀고 시를 쓰면서 감성지능을 키울 것이다. 이 아이들은 앞 세대를 크나큰 사랑과 존경심으로 대할 것이다. 미스터 USA는 이웃 국가들이 깨끗하고, 건강하고, 공정한 세상을 만드는 데 힘을 보탤 것이다. 평화부서를 설립하고 기금을 마련할 것이다. 모든 국가가 다시 한번 미스터 USA를 존중하고 그와 친구로 지낼 것이다.

예후 좋은 치료사라면 이 내담자가 자신의 모든 재능을 제대로 인식하고 개발하며, 다른 나라와 함께 번영하는 세계 공동체 구축에 기여하도록 이끌어야 한다. 미스터 USA는 현재 위기에 처해 있지만 이 위기를 발판 삼아 새로운 방향으로 전진하고 성장할 기회를 마련할 수 있다. 이 트라우마를 딛고 올라서 더 깊고 넓은 사람이 될 수 있다.

정중하게 제출합니다,

메리 파이퍼 박사

2부

헤엄치듯 글쓰기

첫 문장부터 퇴고까지
글쓰기의 모든 것

6장

일단 뛰어들기
글쓰기의 시작

아무런 준비 없이 사과파이를 만들려면,
먼저 우주부터 발명해야 한다.

칼 세이건

희망도 절망도 없이,
매일 조금씩 써라.

이자크 디네센 Isak Dinesen

나는 일주일에 세 번 대학 레크리에이션 센터로 수영을 하러 간다. 수영장 물 온도는 섭씨 20도 내외인데, 특히 겨울에는 살을 에는 듯 추운 날씨에 캠퍼스를 가로지른 다음 물에 뛰어들려면 상당한 용기가 필요하다. 나는 일단 수영장 가장자리에 서서 덜덜 떨면서, 목이 따끔거리는 걸 보니 감기에 걸릴 것 같다거나 회의에 늦을지도 모른다거나 하는 핑곗거리를 생각해낸다. 발가락을 살짝 담가보는 위험한 짓은 하지 않는다. 그러면 겁을 먹고 그 자리에서 그만둘지 모르기 때문이다. 대신 그냥 물속으로 뛰어든다. 되도록 빨리 헤엄을 쳐야 몸이 빨리 데워진다는 걸 알기에 숨이 턱에 찰 정도로 팔다리를 힘껏 젓는다. 처음 몇 바퀴는 벌을 받는 기분이지만 점차 수월해진다. 근육에서 열이 나고 물이 친숙하게 느껴진다. 사고에 힘이 넘치고 몸이 깨어난다. 이제는 시간 가는 걸 잊는다. 끝날 때쯤 되면 이제 그만 멈춰야 한다는 게 아쉬울 뿐이다.

　빈 페이지는 수영장의 차가운 물과 같다. 다음에 벌어질 일이 두렵고, 미뤄야 할 그럴듯한 이유가 한두 가지가 아니다. 우리는 변명을 늘어놓을 수도 있고 지레 겁을 먹을 수도 있다. 하지만 순순히 물러설 수는 없다. 과감하게 뛰어들어야 한다. 여기서 끝이 아니다. 뛰어들었다 해도 몸에 온기가 돌 때까지는 죽을 맛이다. 하지만 몸이 데워지면 편안해진다. 크게 힘들이지 않아도 글이 써진다. 물살에 몸을 맡기기만 하면 된다.

성공의 비결은 시작하는 것이다.

애거사 크리스티

훌륭한 작가는 항상 불가능한 일을 해내려 노력한다.

존 스타인벡

다른 사람에게는 없고 나에게는 있는 능력은
결코 포기하지 않는 것이다.

도리스 레싱

작가는 다른 사람보다 글쓰기를 더 힘들어하는 사람이다.

토마스 만

우리가 해내야 할 가장 도전적인 다이빙은 바로 우리 자신을 진지하게 받아들이는 것이다. 사람들은 보통 '난 작가야'라는 이 간단한 한마디 하기를 너무나 어려워한다. 그래서 '글을 쓰긴 쓰는데 진짜 작가는 아니에요'라거나 '내가 진짜 작가라고 생각하지는 않지만……' 같은 말로 얼버무리기 일쑤다. 그 순간 우리는 자신의 정체성을 작가로 설정할 기회를 날려버리고 만다. 아직 그러지 않고 있다면, 이제 스스로를 작가라고 말하는 법을 배워야 한다.

작가라면 누구에게나 소통하고자 하는 욕구가 있다. 작가로서의 기술과 기질은 타고나는 게 아니다. 물론 마음만 먹으면 뚝딱 진주를 만들어내는 작가도 있다. 하지만 우리 대부분은 타박타박 걸어가는 사람이다. 의자에 엉덩이를 붙이고 앉아 버티는 법을 배우는 사람이다. 다른 모든 복잡한 기술이 그렇듯 글을 쓰는 기술도 경지에 오르려면 몇 년씩 걸린다. 연습 기간에는 수많은 좌절과 실패, 거절을 경험할 것이다. 그런 패배를 견디고 앞으로 계속 나아가는 능력이야말로 성공한 작가들의 공통점이다.

하루에 글 한 편 쓰는 연습을 해보자. 한 번에 1킬로미터씩 움직이려면 어렵고 힘들지만, 1센티미터씩 움직이는 방법은 쉽고도 확실하다. 초고는 형편없어도 괜찮다. 대부분의 작가에게도 처음부터 제대로 쓰기보다 조금씩 고쳐나가는 방법이 훨씬 쉽다. 시인 윌리엄 스태퍼드William Stafford는 어떻게 시를 매일 쓸 수 있느냐는 질문에 이렇게 대답했다. "기준을 낮췄거든요."

글쓰기는 영감을 북돋운다. 계속 써라. 성공했다면 계속 써라.
실패해도 계속 써라. 흥미를 느꼈다면 써라. 지루하다면 써라.
마이클 크라이튼 Michael Crichton

작가의 기질은 있는데, 재능이 부족한 이들이 있다. 하지만 내가 보기에 재능은 있지만 기질이 부족한 사람이 훨씬 많다. 작가의 재능이란 기본적으로 관찰하는 기술과 언어능력이다. 이상적인 작가의 기질로는 모호함을 견디고, 긴장감을 다스리며, 자기회의와 씨름하고, 위험을 감수하며, 비평을 정확하게 가늠하는 능력 등을 꼽을 수 있다. 또 대부분의 작가는 빈곤과 외로움, 고뇌를 견뎌야 한다. 끊임없이 마주치는 세상의 모든 무관심에 맞서 스스로에게 동기를 부여해야 한다.

작가는 예민한 경향이 있다. 하지만 글을 쓰려면 강해져야 한다. 특히 사회의 변화를 추구하는 작가라면 역경에 어느 정도 둔감해질 필요가 있다. 기자이자 칼럼니스트인 엘런 굿맨Ellen Goodman은 그의 글에 항의하는 편지에 대해 이렇게 말했다. "내 기분을 상하게 할 권리를 부여받은 사람은 거의 없습니다." 우리가 다루는 문제가 중요할수록 우리와 열정의 크기는 같지만 관점은 정반대인 사람으로부터 반박을 받을 수밖에 없다. 사람들의 격한 반응에 대처하기 위해서는 탐험가이자 작가인 어니스트 섀클턴Ernest Shackleton이 말했듯이 "용기의 발걸음에 인내의 발판을 받쳐줄" 필요가 있다.

우리 작가는 자신의 사고 과정에 관심이 많다. 노련한 작가는 내면의 방문자나 뮤즈가 부르는 소리에 주의를 기울일 줄 안다. 시인 마조리 세이저Marjorie Saiser는 뮤즈를 '예의바른 소녀'라고 묘사했다. 그 소녀는 하필이면 우리가 한창 바쁠 때 찾아오곤 하는데, 무시하면 기약 없이 돌아서 가버린다. 소녀가 우리 글에 들어와주기를 바란다면 그가 조심스레 부르는 소리에 항상 대답할 준비가 돼 있어야 한다.

사실, 글을 잘 쓰려면 자신의 감정에 가 닿아야 한다. 글을 쓰려고 책상 앞에 앉았는데, 아무것도 느껴지지 않을지도 모른다. 우리는 글을 쓰면서 우리 내면에 숨겨진 감정과 연결되기를 바란다. 많은 시인이 글을 쓰기 전에 일단 마음을 열고 뮤즈를 맞이하기 위해 시를 읽는다. 논픽션 소설가 멜리사 페이 그린Melissa Fay Greene은 클래식 음악을 듣는다. 명상을 하거나 바깥 풍경을 보면서 자신의 느낌이나 생각 속으로 빠져들 준비를 하는 작가도 있다.

> 관찰을 멈춘 작가는 그걸로 끝이다.
> 경험은 상세히 관찰한 소소한 것들을 통해 전해지기 때문이다.
> 어니스트 헤밍웨이

작가는 수많은 길을 제각기 걷지만 하나의 교차로에서 마주친다. 그중 하나가 관찰이다. 작가는 호기심으로 세상을 흡수하는 사람들이다. 우리는 남의 대화를 엿듣고, 쉴 새 없이 읽고, 자기가 읽는 것으로도 모자라 지하철이나 상점에서 다른 사람이 뭘 읽는지까지 기록한다.

작가는 내면 풍경과 외부 풍경 모두를 주의 깊게 본다. 카페에 있을 때도, 어느 남편이 아내에게 계산서를 집어 달라고 부탁하면 아내가 그걸 집어 남편에게 건네는 모습을 잘 봐뒀다가 기록하고, 공항 수하물 찾는 곳에서 아이가 할머니를 만나러 어떻게 달려가

느지를 메모해둔다. 한겨울에 자전거를 타는 남자나 스트레스가 심해 보이는 호텔 룸메이드, 한 번도 웃는 모습을 보이지 않은 듯한 같은 아파트에 사는 아이를 주목한다.

스페인 극작가이자 시인인 페데리코 가르시아 로르카Federico Garcia Lorca가 스페인 내전에서 죽기 얼마 전에 찍은 사진이 있다. 카메라를 꿰뚫어 보는 듯한 눈빛과 윤기 나는 검은 머리칼의 로르카는 내게 가슴이 터질 듯 강렬한 인상을 남겼다. 나는 이 사진이야말로 세상을 관찰하고자 하는 작가의 열망을 여과 없이 담고 있다고 생각한다. 그는 사진에 찍힌 자기 모습 아래 이렇게 써 넣었다. "Presente, presente, presente.(나는 여기 있다. 여기 있다. 여기 있다.)"

더 대담하게, 더 진솔하게

우리 대부분은 지금까지 배워온 형편없는 글쓰기 방법을 싹 다 잊어야 한다. 우리가 학교에서 썼던 글은 대개 페이지 수를 기준으로 평가됐다. 대학에서는 내 생각이 아니라 다른 누군가의 생각을 언급하면서 조심스럽게 쓴 글이 잘 쓴 글이었다. 글은 객관적이어야지 주관적인 건 멀리해야 한다는 경고를 들었다. 언제나 훌륭한 선생님의 지도를 받을 수 있었던 행운아가 아닌 이상, 우리 대부분은 우리에게 도움이 안 되는 조언을 교훈이라고 배웠다.

나는 30대 후반까지 대부분의 학자가 그렇듯 이것저것 뒤섞어서 조심스럽게 글을 썼다. 모든 것을 '절차에 따라' 썼다. 내 주장을 내세우거나 관습적인 지혜를 뛰어넘어 생각하는 게 두려웠다. 내가 내린 결론은 카페인이 완전히 제거돼 밍밍하기 짝이 없었고, '아무래도 좋다' 카테고리에 속할 만큼 보잘것없었다.

《리바이빙 오필리아Reviving Ophelia》를 쓸 때에야 비로소 내가 저질러온 핵심적인 실수를 걸러낼 수 있었다. 그 책의 초고는 내가 읽어도 하품이 날 정도로 지루했다. 정신이 번쩍 들었다. 나는 망설이지 않았다. 원고에 줄을 죽죽 긋고 쓸데없는 부분을 날려버렸다. "앞선 정보를 바탕으로 특정 모집단에 대해 잠정적인 결론을 내릴 수 있다"라는 문장을 지우고 이렇게 바꿨다. "우리는 소녀들을 중독시키는 문화에 산다. 여자아이들은 사춘기 초기에 버뮤다 삼각지대의 위험을 경험하는데, 대다수가 그 폭풍에 휩쓸린다."

어조를 바꾸자 무엇보다 내가 더 재미있어졌다. 내가 쓰고 있는 글이 진정으로 흥미진진하게 느껴졌다. 글에서 힘을 빼자 생각까지 덩달아 자유롭게 유영했다. 행복했다. 그리고 깨달았다. 나는 새로운 생각을 빚어내고 있었다.

나는 뻔한 진술과 관습적인 지혜를 제거하려고 노력했다. 내가 쓰겠다고 계획한 대로 글을 쓸 때는 지루했다. 하지만 스스로에게 '좋아, 그게 네 첫 번째 아이디어야. 그럼 두 번째, 세 번째는 뭐야?'라는 질문을 던지자 나만의 독창적인 생각으로 들어가는 길이 열렸다. 나아가 그날 쓴 글을 다시 살펴보며 나 자신에게 이렇게 물었다. '더 대담하고 독창적인 주장을 할 순 없을까?'

작가들에게 있어, 깜짝 놀란다는 건 독창성과 개성의 표시이다. 최근 잡지 〈유니테리언 유니버설리스트 월드Unitarian Universalist World〉에서 킴벌리 프렌치Kimberly French가 쓴 '쓰디쓴 수확Bitter Harvest'이라는 제목의 기사를 읽었다. 그는 다음과 같은 놀라운 문장으로 글을 시작했다. "당신은 십중팔구 노예가 생산한 제품을 소유하고 있다. 초콜릿, 수공예 카펫, 커피, 차, 담배, 설탕, 토마토, 오이, 오렌지……." 이어 그는 미국과 프랑스를 포함해 지금도 세계 곳곳에 노예가 존재한다는 사실을 발견하고 느낀 놀라움과 당혹스러움을 전하면서 이런 질문으로 글을 끝맺었다. "노예 해방에 쓸 수 없다면 우리의 경제력과 정치력이 다 무슨 소용 있겠는가? 노예제도의 중단을 선택할 수 없다면 어떻게 우리가 자유롭다고 말할 수 있겠는가?" 평범한 산문이 아니다.

글쓰기를 방해하는 악마에게 맞서기

부족하다는 느낌은 글쓰기의 진폐증이다.

찰스 백스터 Charles Baxter

글을 쓰는 것도 안 쓰는 것도 지옥이다.
유일하게 견딜 만한 상태는 오직 쓰고 있을 때뿐이다.

로버트 하스 Robert Hass

여기서 악마란 극심한 피로, 질병, 내면을 갉아먹는 슬픔, 정신건강 문제, 중독 같은 내적인 압력을 말한다. 나는 이런 악마를 제대로 탐구하기는커녕 그 이름을 죄다 밝힐 수조차 없다. 어떤 녀석은 폭발하기 직전까지 화가 나 있고, 어떤 녀석은 뭔가를 갈망한다. 게을러터진 녀석이 있는가 하면 질투의 화신도 있다. 어떤 악마는 방탕하고 어떤 악마는 절망과 자기회의에 허덕인다.

나는 '글 막힘writer's block'이라는 표현을 좋아하지 않는다. 쓸데없이 자주 쓰이는 데다가 게으름이나 무관심이라고 바꿔 써야 할 때가 많은 모호한 말이기 때문이다. 보통 글 막힘은 자신의 문제를 들여다봄으로써 체계적으로 풀어낼 수 있다. 우리는 누구나 자신만의 악마를 키우고 있지만 구원의 길이 영 까마득한 건 아니다. 비결은 악마로부터 달아나는 게 아니라 직접 대면해서 원하는 목적지로 이끄는 데 있다. 악마를 직면했을 때 당황하거나 좌절하지 않고 견뎌낼 수 있다면, 그는 약해지고 우리는 강해질 것이다. 이 비결은 비단 글쓰기에만 통하는 이야기가 아니다.

내가 키우는 악마는 불안이다. 나는 걱정에 휩싸이거나 자학에 시달리곤 한다. 글감을 떠올리는 단계에서는 글 막힘을 경험한 적이 없다. 완성된 원고를 다시 읽었는데 너무 가식적이고 형편없어서 전부 쓰레기통에 던져 넣어야 할 때가 문제다. 나는 그런 글을 쓸까 봐 너무 두렵다. 그런 글을 손에 들고 있을 때 느끼는 절망감은 내가 괜찮은 독자라는 사실 때문에 더 뼈아프다. 진짜 형편없는 글을 썼다는 걸 누구보다 내가 더 잘 알기 때문이다.

나는 글 쓰는 일을 너무나 존중해서 작가 대열에 합류한다는 생각만으로도 겁을 먹었다. 그 불안을 막아내는 방법 가운데 하나는 내가 매일 몇 시간이나 글을 썼는지 꾸준히 기록하는 거였다. 지능지수나 성격은 어느 정도 타고나는 것이라 어쩔 수 없지만 열심히 하는 건 내 몫이라고 스스로에게 말했다. 매일 일정한 시간 엉덩이를 붙이고 앉아 자신을 다독였다. 진정해. 네 시간을 들여.

또 한 가지 방법은 꽤 괜찮은 문장이나 단락을 써서 기분이 들떴을 때 글쓰기를 멈추는 것이다. 그러면 자리를 떠날 때도 약간 행복한 기분이 들고 다음 날 다시 책상 앞에 앉을 때도 두려움이 덜하다. 막힌 곳에서 시작하는 게 아니라 곧장 물살에 몸을 맡길 수 있다.

그렇긴 해도 나도 다른 많은 작가들처럼 아침마다 글쓰기를 미루고 싶은 마음과 씨름해야 했다. 눈을 뜨면 신문을 읽고, 식기세척기에서 그릇을 빼내 정리하고, 새들이 모이 먹는 모습을 지켜보고 싶은 유혹에 시달렸다. 그래서 나는 '메리, 책상에 앉으면 커피 한잔 마실 수 있잖아'라는 말로 스스로를 회유했다. 그러고 나면 주방에서 꾸물대다가도 커피를 마시고 싶어서라도 큼지막한 컵에 커피를 부어 작업실로 향할 수 있었다.

책상에 앉으면 일기를 쓴다. 일기 쓰기에는 아무런 위협이 없고 잠도 깨워준다. 글쓰기에 관한 책도 읽는다. 그 후에는 작업과 관련된 편지, 감사장, 친구들에게 보내는 카드 같은 자잘한 일을 처리한다. 이때쯤이면 한 시간 정도가 지나 있고 좀 더 진지한 노력에 돌입할 준비가 끝난다.

나는 다양한 일거리를 책상 위에 놓아두려고 애쓴다. 주제에 따라 선택할 때도 있지만 보통은 오르락내리락하는 정서 상태에 따라 그날 할 일을 정했다. 힘들다 싶은 날에는 글을 다듬고, 전에 쓴 글을 다시 읽고, 개요를 짜거나 조사를 했다. 컨디션이 좋은 날에는 쓰고 싶은 글을 쓰거나 진행 중인 책이나 에세이 작업을 이어갔다. 마음이 평온한 날에는 제일 골치 아픈 문제를 붙들었다. 내 주장의 요지가 뭐지? 피상적이거나 보잘것없는 부분은 어디지? 모순된 부분은 없나? 놓친 건 없나?

내면에서 들리는 비판 때문에 너무 불안해서 글이 안 써지는 날도 있었다. 그럴 땐, 내 안의 비평가를 꼭 껴안아주면서 진정하라고, 삶을 즐기라고 말해줬다. 그에게 펜을 쥐여주고 지쳐 나가떨어지거나 다시 재미를 느낄 때까지 심술궂은 잔소리를 모두 적게 해줬다. 역설적이게도 실컷 떠들게 해주고 나면 그는 오히려 잠잠해진다. 게다가 그가 비판이라고 써놓은 지적은 너무 터무니없어서 실소를 자아낼 때가 많다. 하지만 나는 결코 다른 작가에게는 그런 식으로 말하지 않을 것이다.

"브루클린 다리는 써야 할 학기말 리포트가 있던 사람이 만들었습니다." 크레이그 베터Craig Vetter라는 작가가 한 말이다. 베터는 네브래스카 웨슬리언대학교의 한 강의실에서 그가 아직 완성하지 못한 '미국이 낳은 걸작'에 대해 이야기했다. 그는 늘 책상 위에 그 작품을 올려둔다고 한다. 아침에 눈을 뜨면 그 원고를 만질 생각에 너무 주눅이 들어서 그보다 쉬운 일은 뭐든 시작할 용기가 난다는 것이다. 그가 말했다. "그 소설이 완성되기를 기다리는 동안 책을 예닐곱 권 썼지요."

글쓰기는 불안을 일으키기도 하지만 긴장을 푸는 데도 도움이 된다. 일단 쓰는 데 몰입하면 불안이 사라진다. 명료함과 아름다움에 집중하면 마음이 차분해진다. 나를 비롯해 9.11 사태 이후 그 비극에 대해 글을 썼던 친구들과 세계 각지의 사람들이 떠오른다. 우리는 우리가 느끼는 슬픔과 분노, 두려움, 그리고 그 사건을 이해하려는 몸부림에 대해 썼다. 자기 안의 스트레스에 골몰해 마음 졸이는 것은 역경을 극복하는 좋은 방법이 아니다. 오직 행동만이 불안을 잠재운다.

서로를 지지해줄 동반자 찾기

나는 '초원의 송어'라는 글쓰기 모임의 회원이다. 이 이름은 우리가 머리를 맞대고 고른 아름다운 명사 두 개를 합쳐서 지었다. 모임이나 집단의 명칭 혹은 책 제목을 붙일 때도 자주 쓰는 괜찮은 방법이다. 우리 다섯 여자는 1992년부터 함께 글을 썼다. 한 명을 제외한 나머지는 모두 네브래스카의 작은 마을 출신이다. 모두 가족과 친구 위주의 단출한 삶을 사는 엄마이고, 정원 가꾸기와 새와 독서를 좋아한다.

우리는 온갖 장르의 글을 쓴다. 한 달에 한 번 만나 자기가 쓴 글을 낭독한다. 나머지 사람은 낭독을 잘 듣고 나서 질문을 하거나 각자 이해한 내용에 대해 대화를 나눈다. 내용이나 구성, 단어 선택, 문법이나 어조에 대해 조언하기도 하고, 글의 주안점이나 관점을 바꾸면 어떠냐는 제안도 한다. 주로 칭찬을 하지만 잘 이해되지 않는 부분을 지적하거나 좀 더 다듬어야겠다는 충고도 서슴지 않는다.

모임의 규칙은 '다정하게, 용감하게'가 전부다. 시간은 공정하게 배분하려고 애쓴다. 각자 새로 읽은 책이나 콘테스트, 워크숍, 수련회나 전속 기간 등에 대해 소식을 나눈다. 어떤 날은 카페에 모여 함께 글을 쓰기도 한다. 그러니까 한마디로 이 모임은 서로 가르치고, 낭독하고, 패널이 돼주는 모임이다.

우리는 성장의 동반자다. 실수는 부드럽게 바로잡아주고 서로 격려하고 응원한다. 누군가 거절을 당하고 오면 다 같이 위로하고 농담으로 넘길 수 있게 돕는다. 서로의 승리를 축하해준다. 글 쓰는 삶을 함께 가꾼다.

《리바이빙 오필리아》의 성공은 전적으로 이 모임 덕분이다. 제안서를 보여주자 모두들 이 주제에 관심을 보였다. 그런데 책 제목을 《초기 사춘기 여성의 사회적·정서적·인지적 문제》라고 할 계획이라고 했더니 다 같이 배꼽을 쥐고 웃었다. 그런 제목을 단 책을 누가 보냐는 거였다. 그들은 뭔가 은유적인 제목을 찾아보라고, 셰익스피어의 작품에는 늘 고전적인 답이 있으니 거기서 찾아보는 게 어떠냐고 제안했다.

우리 동네에는 수십 개의 모임이 있는데, 어떤 모임은 공적이고 어떤 모임은 사적이다. 함께할 만한 모임을 주변에서 찾지 못하겠다면 당신이 시작해라. 두 사람만 모여도 작가 모임을 만들 수 있다. 친구에게 같이하자고 제안하고, 교회 공고란이나 동네 서점, 학교 교무실 같은 곳에 게시물을 붙여라. 어떤 모임이든 대부분의 글쓰기 모임에는 보통 몇 가지 규칙이 있다. 자기 글을 낭독하기. 글에 대해 사과하거나 설명하지 않기. 글만 다루기. 시간을 공정하게 배분하기. 기회가 될 때마다 다른 사람의 작품을 지지하기. 모임에서 읽은 글과 했던 말은 비밀로 유지하기. 글을 써서 참석해야 하는 모임은 작가가 계속 글을 써나가는 데 도움이 된다. 필요는 집중력을 날카롭게 벼린다. 생산적인 모임에서는 구성원들이 서로의 작품을 존중하면서 솔직하면서도 낙관적이고 친절하게 피드백하는 요령을 터득할 수 있다. 무엇보다 이들은 서로에게 진실을 말할 만큼 서로를 신뢰한다.

모임에 참여하지 않고 글을 쓰는 작가도 있지만, 그럴 때도 보통은 어딘가에 그를 지지해주는 사람이 있기 마련이다. 작가 모임의 구성원이 된다는 건 글을 잘 쓰기가 얼마나 어려운지, 거절당하는 게 얼마나 힘든 일인지를 누구보다 잘 아는 이들이 모인 곳에 소속된다는 의미다. 좌절을 밥 먹듯 경험하는 고된 작업을 하는 우리 작가는 다른 사람들의 지지와 피드백에서 힘을 얻을 수 있다. 글쓰기 가족이 돼줄 사람들 속에서 당신이 마음의 고향을 찾기 바란다.

글쓰기가 시간을 온전하게 만든다

삶의 문제는 상당 부분이 관심의 문제다.

찰스 존슨 Charles Johnson

낚시로 평생을 보낼 수도 있다.
하지만 결국 우리가 쫓던 물고기가 아니었음을 깨달을 뿐이다.

헨리 데이비드 소로

헛간이 다 불타버렸으니, 이제 나는 달을 볼 수 있다네.

미즈다 마사히데 水田 正秀

우리는 살면서 많은 걸 할 수 있지만, 모든 걸 할 수는 없다. 특히 나이가 들면 앨런 긴즈버그가 '시간의 알파벳 수프('이해하기 어려운 시간'이라는 의미의 관용구 – 옮긴이)'라고 불렀던 것이 우리의 의사결정에서 점점 더 큰 비중을 차지한다. 한 친구가 말했듯 "이제는 시간이 진짜 돈"이다.

다른 모든 이와 마찬가지로, 작가는 내야 할 청구서, 형편이 어려운 친구, 건강 문제, 아픈 친척, 그 밖에도 온갖 슬프고도 자잘한 일상의 스트레스를 겪는다. 멋진 일출이나 아이들, 야구시합, 파티, 콘서트, 휴가 같은 즐거운 일 또한 우리가 책상 앞에 앉는 걸 방해한다. 하지만 우리의 주의를 흐트러뜨리는 이 모든 것이 사실은 우리의 글감이다.

나의 글로 세상을 1밀리미터라도 바꿀 수 있다면

역설적이게도, 세상에 대해 가장 호기심 많고 열정적인 사람들이 그에 대해 생각하고 그 생각을 함께 나눌 시간은 가장 부족하다. 지혜로운 활동가는 주기적으로 세상으로부터 한 발짝 떨어지는 것이 세상을 바꿔나가는 과정의 일부라는 걸 안다. 찰스 디킨스는 한 시간 글을 쓰면 한 시간을 걸었다. 달라이 라마는 새벽 3시에 일어나 일과를 시작하기 전 몇 시간씩 명상을 했다. 수많은 환경운동가가 다시 투쟁에 나서기 전에 휴식을 취하고 재충전을 위해 아름다운 장소에 머문다.

글쓰기와 명상은 둘 다 시간을 확장하고 풍성하게 가꾸는 방법이다. 명상을 하며 우리는 자신으로부터 한 발짝 물러서서 자기 생각과 느낌을 새로운 각도에서 바라보고 의식의 흐름을 있는 그대로 관찰하는 법을 배운다. 관찰하는 자신을 관찰하는 메타의식을 훈련한다. 글을 쓸 때도 메타의식이 필요하다. 우리는 우리 삶을 일련의 생생한 사건으로 경험할 뿐만 아니라, 차후에 그 의미를 주의 깊게 살펴야 할 자료로도 경험한다. 명상을 통해 좀 더 깨어 있는 삶을 살고 기쁨을 얻듯이, 우리는 글쓰기를 통해 좀 더 심도 있고 온전한 삶을 살 수 있다. 명상과 글쓰기는 시간을 신성하게 만들어준다.

공감을 통한 변화 일구기 _____

_____

진정한 발견의 항해는 새로운 장소를 찾는 것이 아니라
세상을 새로운 눈으로 보는 것이다.

마르셀 프루스트

_____

삶의 목적은 내가 행복하고
다른 사람을 행복하게 하는 것이다.

달라이 라마

_____

책은 우리 내면의 얼어붙은 바다를 깨는 도끼가 되어야 한다.

안톤 체호프

심리치료는 관계 정립의 과학이자 기술로 불리곤 한다. 성장배경과 세계관, 처한 상황이 전혀 다른 낯선 두 사람이 만나 개인의 변화를 목표로 솔직한 대화를 나누는 과정이 바로 심리치료다. 변화는 심리치료 분야에 수십 년간 발전시켜온 상담 규칙이 있고, 대화를 시작하는 방식이 그 대화로 빚어지는 결과에 영향을 미치며 진정한 변화는 오직 대화를 통해 쌓아올린 관계의 맥락에서만 일어난다는 전제가 있기 때문에 이뤄진다.

글쓰기는 심리치료와 닮은 점이 많다. 우선, 둘 다 좁은 방에 오래 머무르는 것을 비롯해 상당한 절제력이 필요하다. 둘 다 지적인 질문을 던지고 감정적인 진실을 이끌어내야 하며 복잡한 문제를 풀어내야 한다. 이 작업은 대개 모호하고 성공하기 어렵다. 지혜로운 심리치료사는 내담자가 더 명확하게 생각하고, 더 깊이 느끼며, 더 책임감 있게 행동하도록 돕는 역할을 한다. 지혜로운 작가도 자주 그런 역할을 원한다.

작가와 심리치료사는 둘 다 전문적인 목소리와 스타일을 개발한다. 자기만의 개성과 지식을 활용해 이러한 기술을 쌓아나간다. 치료사는 스스로 설득력 있다고 생각하는 특정 성격이론과 치료 스타일을 발견하고, 자신의 재능과 관심, 기술에 따라 이를 한데 모아 효과적으로 치료에 활용할 방법을 개발한다. 작가 역시 자신에게 잘 맞는 글의 유형과 스타일에 대한 감각을 키운다.

작가와 치료사는 이해하기 쉬운 언어로 글을 쓰거나 말을 해서 다른 사람과 소통한다. 두 직업 모두 지적인 능력이 필요하긴 하지만 그 자체가 핵심은 아니다. 아이작 아시모프는 이렇게 말했다. "나는 열여덟 살 때 찬란하게 빛나는 건 포기했다. 독자들이 나라면 당연히 온갖 긴 단어를 알 거라고 여기도록 만들 수도 있다. 그걸 내가 끊임없이 입증할 필요는 없다."

심리치료사와 작가는 보통 둘 다 끊임없이 주의를 기울이고, 침착함을 유지하고, 친절한 태도를 보이는 훈련을 한다. 불안과 분노가 우리 작업을 방해하지 못하도록 힘써야 한다. 존재와 관심을 다해 우리는 불거진 문제를 정직하게 탐색해야 치유가 되고, 그 문제로부터 숨으면 해롭다고 넌지시 말을 건다. 이는 단순해 보여도 결코 쉬운 일이 아니다. 철학자 벤저민 워드Benjamin Ward는 이름 짓기가 행동을 결정하며 익명의 대상은 무시된다는 언어결정론에 관한 글을 쓴다. 심리치료와 글쓰기는 둘 다 이름 짓기를 통해 내담자나 독자의 의식을 넓힌다.

시인 에이드리언 리치Adrienne Rich는 "말로 표현되지 않은 것은 말할 수 없게 된다"고 했다. 우리는 글을 씀으로써 정직하게 논할 수 없을 정도로 너무 충격적이거나 끔찍한 주제는 없다는 걸 시사할 수 있다. 성적 학대, 동성애자 혐오, 고문, 노예제도 등은 얼마든지 연구 주제가 될 수 있다. 정신과 의사이자 심리학자인 빅터 프랭클은 상상하기조차 힘든 홀로코스트라는 사건에서 어떻게 하면 수백만 명의 사람이 뼈아픈 교훈을 얻을 수 있을지를 두고 씨름하며 《죽음의 수용소에서》를 집필했다.

변화를 꿈꾸는 작가를 위한 글쓰기 규칙

그 누구도 내가 그를 미워하게 함으로써
내 영혼을 하찮게 만들도록 내버려두지 않을 것이다.

부커 T. 워싱턴 Booker T. Washington

● 존중

심리치료사는 내담자가 그를 존경할 때에만 성공에 이를 수 있다. 어려워 보이지만 방법은 생각보다 간단하다. 보통 사람들은 자신의 입장에서 이야기를 들어주는 사람에게 호의를 갖는다. 한편, 내담자는 심리치료사의 존중을 얻어내기 위해 비위를 맞추거나 심지어 합리적일 필요도 없다. 그저 자신의 상태를 개선하기 위해 노력하는 모습을 보이기만 하면 된다.

상대에 대한 경멸은 언제나 되돌아오기 마련이다. 경멸은 방어적인 태도와 두려움을 불러일으키는데, 이는 변화의 과정에 악영향을 미친다. 공격은 누구에게나 벽을, 그것도 원래 있던 것보다 더 높이 쌓게 만든다. 반면 존중은 서로가 편안한 관계 속에서 변화에 대해 숙고할 수 있는 환경을 조성한다.

마틴 루서 킹은 〈봉사에의 부름The Call of Service〉이라는 에세이에서 존중의 중요성을 강조했다. 그는 민권운동가들에게 촌뜨기, 가난뱅이 백인, 멍청이 같은 말로 상대방을 정형화하거나 꼬리표를 붙이지 말라고 충고하면서, 누구에게나 여러 면이 있고, 세상을 우리 아니면 그들로 편 가르기 한다면 그들과 똑같은 사람이 되는 거라고 힘주어 말했다.

● 정확하게 공감하기

깊이 들여다봐야 볼 수 있다.
헤엄을 치며 맑은 강물을 즐길 때,
우리 또한 강물이 될 수 있어야 한다.
틱낫한

작가와 심리치료사가 가장 많이 하는 일은 이른바 공감 훈련이라고 할 수 있다. 우리는 사람들이 잠깐 다른 사람 입장이 돼보도록 돕는다. 치료사는 내담자에게 이렇게 묻는다. "당신이 X를 이야기할 때 Y는 어떻게 느꼈을까요?" 똑같은 질문을 작가 버전으로 바꾼 대표적인 예가 마크 잘츠만Mark Saltzman의 《진실의 기록

True Notebooks》이다. 이 책은 그가 로스앤젤레스에서 가장 폭력적인 10대 범죄자들을 수감하는 중앙 소년원에서 창의적인 글쓰기를 가르칠 때의 경험을 담고 있다. 그는 학생들에게 자기 이야기를 쓰게 했는데 그 글을 모아 이 책으로 엮어냈다. 작가는 자신의 생각을 덧붙이지 않았다. 나는 이 글을 읽는 동안 내가 이전에 '갱 단원'이라고 꼬리표를 붙였던 아이들을 판단하거나 정형화하던 습관을 끊어냈다. 자기 삶을 이해하고자 발버둥치는 실존 인물들의 생생한 묘사에 깊은 감동을 받은 덕분이었다. 그 뒤로 나는 세상을 그들의 관점으로 볼 수 있게 됐다.

그러나 작가와 심리치료사 사이에는 커다란 차이가 있다. 심리치료사는 물리적으로 내담자와 같은 공간에 있다. 내담자의 눈을 바라보고, 얼굴과 몸의 움직임, 호흡을 관찰한다. 내담자도 자신의 심리치료사를 주의 깊게 살핀다. 즉, 둘이서 모든 과정을 함께 이끌어나간다. 반면 작가는 독자를 직접 마주하지 않는다. 대신 쓰고 있는 페이지에 집중하고 자신의 생각과 대면한다. 자신의 내면을 깊이 들여다보는 내적인 과정에 몰두한다. 《어깨 너머의 독자 The Reader Over Your Shoulder》에서 로버트 그레이브스Robert Graves는 작가들에게 독자에 대한 관심은 조금만 남겨두고 창의적인 과정에 집중하라고 충고했다. 훌륭한 조언이다. 독자에 대해 지나치게 많이 생각하면 남의 눈을 의식하게 된다. 작가는 어떤 식의 검열도 없이 자유롭게 생각을 펼칠 수 있어야 한다. 다만 이따금 어깨 너머를 흘긋거릴 필요는 있다.

계관시인인 테드 쿠저Ted Kooser는 다른 비유를 들어 같은 이야기를 했다. "독자의 그림자는 글을 쓰는 방에 감도는 향수 냄새 정도면 족하다. 그 정도를 유지할 수 있다면 당신은 더 나은 작가가 될 것이다."

심리치료사는 한 번에 한 사람에게만 영향을 미치지만 작가는 자신의 목소리가 되도록 많은 독자에게 가 닿기를 바란다. 그러나 실제로는 작가 역시 한 번에 한 사람에게만 영향을 미친다고 봐야 옳다. 모든 독자는 우리가 내는 목소리에 각자 자신만의 반응을 보인다. 때로 독자는 우리 글을 읽지 않은 가까운 친구보다 우리를 더 잘 알고, 책장을 넘길 때마다 우리 생각과 느낌, 감성, 미적 감각에 화학반응을 일으킨다. 우리는 관계를 맺는다.

심리치료사 칼 로저스는 누구보다 지혜로운 변화의 주도자였다. 그는 내담자들에게 '나처럼 돼라', '이걸 해라', '당신 자신을 향상시켜라'라고 말하는 대신 '저는 당신을 전적으로 인정합니다'라는 메시지로 소통했다. 그의 메시지에 반응한 내담자들은 스스로를 변화시켜나갔다.

변화를 이끄는 작가를 여행 가이드라고 생각해보라. 가이드가 유능하고 친절하다면 사람들은 어디든 그를 따라나설 것이다. 반대로 가이드가 불성실하고 무례하다면 지척에 있는 식당에 간대도 택시조차 안 타려 할 것이다.

● 관계 맺기

성공하는 식당의 세 가지 비결이 위치, 위치, 위치라면, 설득의 세 가지 비결은 관계, 관계, 관계이다. 작가로서 우리는 독자가 선하고, 활기차며, 바쁘고, 불안하고, 혼란스럽다고 상정했을 때 가장 좋은 글을 쓸 수 있다. 또 우리가 제시하는 주제를 독자가 충분히 인식하지 못했을 거라고 가정하는 편이 안전하다. 시사 해설가 에릭 세버레이드Eric Sevareid는 "독자의 지적 능력을 절대 과소평가하지 말고, 그들의 정보 수준을 결코 과대평가하지 마라"라고 말했다. 우리에게는 독자에게 알려줘야 할 것이 있지만, 반드시 신중한 태도를 견지해야 한다. 독자를 조정하려 들거나 바보 취급하면 그들은 작가에게 분노할 것이다.

인종이나 정치적 입장, 문화적 배경 등의 차이는 '경찰', '국경수비대', '소수집단우대정책' 같은 단어에 다양한 반응을 불러일으킨다. '감수성이 강한'이라는 표현은 흔히 여성과 남성에게 다르게 받아들여진다. 여성은 이 단어에서 온기, 보살핌, 솔직함 등을 떠올리는 반면, 남성은 히스테리, 통제불능을 떠올린다. '사과하다'라는 단어는 대다수 여성에게 '기분 나빴다면 미안해요'나 '제 실수예요. 어떤 식으로든 상처를 줬다면 미안해요'라는 비교적 단순하고 솔직한 의미를 지닌다. 하지만 수많은 남성에게 이 단어는 '굽실거리며 용서를 빌다'라는 끔찍한 의미다.

● 명료성

변화를 이끌고 싶다면 비슷하게 보이는 것들의 차이를 명확하게 밝혀야 한다. 예를 들어, 뉴스앵커 다니엘 쇼르Daniel Schorr는 콘

돌리자 라이스Condoleezza Rice 국무장관으로 대표되는 부시의 외교정책 대해 이렇게 언급했다. "더 논리정연하지는 않아도, 응집력은 더 커질 겁니다." 그의 이 논평은 미국 정부의 외교정책이 더 통합적이고 통일되겠지만, 반드시 더 합리적이거나 실용적일 필요는 없다는 것을 의미했다. 단어의 미묘한 차이를 살려 적절히 사용한다는 것은 그가 명확한 사고를 한다는 증거다.

최근에 한 사냥꾼이 '인터넷으로 사냥하는' 사람들에 관한 이야기를 읽고 그 글에 대한 자신의 관점을 우리 지역 신문에 기고했다. 그 남자들은 자기 집 모니터 앞에 편히 앉아 클릭 몇 번으로 저 멀리 텍사스 목장에 있는 사슴이나 곰에게 총기를 발사할 수 있는 권리를 얻으려고 수백 달러를 지불했다. 하지만 지역신문 투고자가 보기에 그들은 사냥꾼이 아니었다. 그에게 있어 사냥이란 대지와 동물과 교감하는 고대의 의식을 의미했다. 그는 그런 신성한 관계를 이해하고 사냥하는 사람이야말로 진정한 사냥꾼이고, 그 외 사람들은 단지 동물을 죽이는 것뿐이라고 주장했다. 이 또한 명료한 사고의 좋은 예다.

● 관점

심리치료사로서 내 규칙 중 하나는 다음과 같다. '그가 급박하다면 그럴수록 중요한 문제에서 벗어나게 하지 마라.' 어떤 내담자는 매주 위기를 겪고, 우리는 그 문제를 분류하는 데 상담 시간 전체를 할애할 수도 있다. 하지만 나는 "이 문제를 당신의 삶이라는 더 커다란 맥락에서 생각해보는 게 어떨까요?"라고 말하기 위해 더 깊이 들어가야 한다고 느낀다.

작가 역시 독자가 당장 눈앞의 일이 아닌 좀 더 중요한 문제에 집중하도록 이끌 수 있다. 신문의 머리기사는 온통 유명인의 이혼, 충격적인 범죄, 섬뜩한 죽음 또는 그 죽음과 관련된 사람들의 비극적인 이야기로 장식되지만, 그런 문제가 궁극적으로 극지방의 만년설이 녹는 것이나 모두에게 자원이 공정하게 돌아가는 지속 가능한 자원의 분배 문제만큼 중요하지는 않을 것이다. 소리도 없고 잘 보이지도 않는 재앙은 흔히 간과되곤 한다. 좋은 작가는 총천연색의 온갖 아이디어가 진열돼 있는 이 거대한 생각의 슈퍼마켓에서 독자가 의미 있는 것을 발견할 수 있도록 방향을 제시해야 한다.

세상을 잇는 글을 쓰는 우리 작가는 이분법을 피해야 한다. 흑백논리로는 다른 사람의 흑백논리를 깰 수 없다. 이것 아니면 저것이라는 사고방식은 현실을 있는 그대로 반영하기에는 빈칸이 너무나 많다. 사업의 성공과 경제적 정의가 반드시 배치되지는 않는다. 여성의 권리 주장은 반가족주의적이지 않다. 이것과 저것을 아우르는 통합적 사고는 모든 걸 연결할 뿐 아니라 새로운 생각의 가능성을 무한대로 열어놓는다. 윈스턴 처칠은 '광신자'를 '자신의 마음을 바꾸지 않고, 사안을 바꿀 수도 없는 사람'이라고 정의한 바 있다. 우리는 우리가 가장 두려워하는 그것, 바로 광신자가 되기를 원치 않는다.

우리는 독자에게 우리의 확신뿐 아니라 의심할 용기도 함께 전달해야 한다. 아직 해결하지 못한 문제와 대답하지 못한 질문까지 지면에 펼쳐놓아야 한다. 모든 걸 간단히 해결할 수 있는 것처럼 단순명쾌하게 독자에게 제시할 필요는 없다.

불화를 겪는 커플 치료에는 '복잡하다'라는 표현이 자주 등장한다. 이 말에는 '해결할 시간이 필요해요', '여기 우리가 이해하지 못하는 일이 일어나고 있어요'라는 의미가 내포돼 있다. 또 '같은 주제에 대해 서로 입장은 다르지만 똑같이 유효하다'라는 의미도 들어 있다. 이 표현은 완벽한 진실이란 드물고 진실은 결코 단순하지 않다는 것을 암시한다.

변화를 추구하는 작가와 심리치료사는 독자와 내담자를 위해 경험을 특정한 프레임에 넣는다. 프레임은 그 안에 든 내용물을 심화시키는 효과가 있다. 프레임은 현실이라는 강에서 물방울 하나를 선택한 다음, 우리가 처한 상황의 본질을 이해하기 위해 그걸 자세히 들여다보자고 말한다. 창의적인 작업을 할 때는 깨달음과 영감을 줄 수 있는 프레임을 선택하는 과정을 거쳐야 한다. 이를테면 나는 내담자에게 이렇게 말할 수 있다. "오늘 여기 들어오셨을 때 당신이 나에게 어떻게 인사했는지에 대해 얘기해보죠. 어쩌면 그게 우리 관계에 대해 뭔가를 알려줄지도 몰라요." 작가인 우리도 거대한 우주를 이해하기 위해 작은 조각들을 골라낸다. 예를 들어 나는 사과를 사러 갔던 이야기를 한 다음에 독자에게 이런 질문을 던질 수 있다. "자, 이 이야기를 통해 식료품 공급에 대해 뭘 알 수 있을까요?"

프레임이나 세부사항을 신중하게 선택하는 문제, 그리고 명료성에 대해 생각할 때 나는 네덜란드 화가 요하네스 페르메이르 Johannes Vermeer를 떠올린다. 그의 그림은 반짝이는 빛의 관점으로 더없이 명료한 세상을 보여준다. 하지만 그는 전쟁과 전염병으로 피폐해진 혼돈의 시대에 살았다. 그림 속에 있는 평온함과 질서는 그가 살던 시대, 그가 살던 나라에는 존재하지 않았다. 대신 그는 그것을 그림이라는 프레임에 담았다.

● 어조

어조tone는 연설이나 글쓰기에 있어서 정서적 목재나 다름없다. 전부는 아니지만 대단히 중요하다. 마크 트웨인은 "고요함은 시각장애인이 읽을 수 있고 청각장애인이 들을 수 있는 언어다"라고 말했다. 내담자는 보통 처음에는 잔뜩 긴장하고, 어리벙벙하고, 불안한 상태로 상담실을 방문한다. 이럴 때 심리치료사가 제일 먼저할 일은 내담자를 진정시키는 것이다. 그래야만 다음 단계로 나아갈 수 있다.

시끄럽고, 빠르고, 격렬한 문화 속에서 변화를 추구하는 우리 작가는 페르메이르가 그림으로 이룬 것을 차분하고 조리 정연한 글로써 이룰 수 있다. 독자를 푸근하고 안전하게 느껴지는 장소로 초대해 그가 성장하고 다른 사람들과 연결되는 데 필요한 환경과 경험을 제공할 수 있다.

틱 낫 한은 배를 타고 남중국해를 건너 탈출한 베트남인에 대해 이야기한 적이 있다. 바다의 날씨는 생각보다 혹독했다. 승객 대다수가 공포에 떨며 어쩔 줄 몰라 했고, 심지어 흔들리는 배 위를 이리저리 날뛰는 바람에 상황이 더 나빠졌다. 하지만 선장은 달랐다. 그는 이런 절망적인 상황에서도 침착함을 잃지 않았다. 그러자 그를 본 사람들이 하나둘 평정심을 되찾았고, 결국 배는 조금 더 안전해졌다. 어떤 면에서 우리 모두는 위험한 바다를 항해하는 위태로운 배 위의 승객들이다. 나는 작가가 이 배 위에서 침착함을 잃지 않는 한 사람이라고 생각하기를 좋아한다. "숨을 깊이 쉬어봐요. 잠시만 가만히 있어요. 서로 도우면 우린 해낼 수 있어요."

어조는 변화를 이끌어내고자 하는 글쓰기의 밀거름이다. 하지만 많은 작가가 내용이나 단어 선택에 집중할 뿐 어조에는 거의 신경을 쓰지 않는다. 목소리와 마찬가지로 어조는 개별적이다. 나는 같은 주제에 대해 다른 어조로 글을 써보기를 권한다. 그런 다음 그 글들을 연구해서 당신이 지면에서 어떤 정서를 전달하고자 하는지에 대한 감각을 키워라. 글을 쓰는 동안 당신이 느끼는 감정에 주목해라. 독자투고, 사설, 독자를 일깨우는 소설, 그 밖에 변화를 추구하는 글을 읽을 때도 어조에 유의해라. 어조에 유념하며 글을 쓰기 시작하면 어디서든 어조를 발견할 수 있다. 어조를 의식하면 할수록 당신의 글은 더 효과적으로 변모해나갈 것이다.

● 타이밍

농담이나 멜론 수확처럼, 타이밍은 심리치료와 글쓰기에서도 결정적이다. 심리치료사는 내담자가 들을 준비가 됐을 때를 정확히 포착해 핵심을 짚어주려고 애쓴다. 너무 빠르면 내담자가 흘려듣게 되고, 너무 느리면 그 핵심이 이미 핵심을 벗어나기 때문이다. 글쓰기도 마찬가지다. 시대를 너무 앞질러 수십 년 뒤에나 진가를 인정받는 작가가 얼마나 많은가. 사회적 통념을 반복할 뿐 시대정신을 이끌어나가는 데 아무런 역할을 하지 못하는 글도 무수히 많다. 하지만 변화를 효과적으로 이끌어내는 글은 사람이나 문화 저밑바닥에 흐르는 중요한 맥을 짚어낸다. 흥미로운 전환이 도래할 시기를 예측한다.

작가는 독자가 받아들일 만은 하지만 너무 뻔해지기 전에 자신의 생각을 세상에 내놓고 싶어 한다. 물마루에 올라 파도를 타는 서퍼처럼 정확한 시간, 정확한 장소에 준비돼 있기를 바란다. 타이밍이 완벽하다면 독자는 이런 반응을 보일 것이다. "내가 생각했던 게 바로 이거였어요." "내내 같은 고민을 하고 있었는데, 당신이 이 책을 낸 걸 보고 얼마나 반가웠는지 몰라요."

내면의 어둠을 인정하고 다스리기

―――――――

우리는 절망적으로 망가진 삶을 살고 있고
그렇다는 것도 안다.

폴 틸리히 Paul Tillich

나는 뉴스를 읽지 않는다.
만나는 사람 모두의 얼굴에서 그걸 보기 때문이다.

그레그 브라운 Greg Brown

자동차로 콜로라도주 볼더 시내를 지날 때였다. 사슴 한 마리가 불쑥 내 앞으로 내달렸다. 나이가 많아 보였고, 길을 잃어 어쩔 줄 몰라 하는 것 같았다. 잔뜩 겁에 질린 두 눈은 공포로 번득였고 혀는 목마른 강아지처럼 한쪽으로 축 늘어져 있었다. 달리는 차들을 뚫고 어디로 가야 할지 방향을 잡아보려 했지만 사슴은 결국 차에 치이고 말았다. 수많은 운전자와 보행자가 안타까워했지만 아무도 도와줄 방법을 몰랐다. 마침내 한 10대 소년이 휴대전화로 경찰에 신고했다. 나는 온몸으로 사슴의 고통을 느끼면서도 바뀐 신호에 따라 천천히 사슴을 비켜 지나갔다.

이따금 나는 내가 그 사슴이 된 것처럼 느낀다. 혼자 길을 잃고 겁에 질려 혼란스러워하고 있는 기분이다. '환경'이라는 도로 위를 위태롭게 달리면서 비록 모든 것을 이해할 수는 없지만 본능적으로 위험을 감지했기 때문이다. 나의 평화로운 초록 집으로 돌아가고 싶지만 도무지 방법을 알 수가 없다. 주위에 도와줄 사람도 없다. 어쩌면 우리 모두가 그 사슴 같은 기분은 아닌지, 다시 가족의 품으로 돌아가기를, 도로와 건물을 허물고 우리 고향인 숲으로 달려가기를 간절히 바라고 있지는 않은지 궁금하다.

죄책감, 두려움, 질투, 분노, 절망. 이는 모두 어두운 감정이다. 지금까지 나는 수많은 성범죄자와 살인자를 상담했다. 그들 중에는 죄책감을 전혀 느끼지 않는 사람도 있었고, 반대로 쉴 새 없이 죄책감에 시달리는 사람도 있었다. 강간 피해자나 어릴 때 성적으로 학대당했던 여성도 많이 만났다. 사람들이 자신의 가족 중 누군가에게 퍼붓는 몹쓸 소리도 수없이 들었다. 어둠은 우주의 거대한 '참모습suchness' 가운데 일부다. 그리고 나는 그 어둠이 우리에게 뭔가를 깨우쳐주기 위해 여기 존재한다고 믿을 만큼 충분히 종교적이다.

나는 끔찍한 행동이 무지에서 비롯된 미숙함의 표현이라는 불교의 개념에 공감한다. 벨 훅스Bell Hooks는 이렇게 썼다. "모든 끔찍한 일은 사실 우리의 도움이 절실한 무력한 무엇이다." 인정받지 못하는 감정은 사라지지 않는다. 오히려 안으로 곪아 터진다. 어두운 감정을 무시하면 중독과 폭력으로 이어진다. 사실 이 세상의 온갖 흉측한 행동은 대부분 자신의 어두운 감정으로부터 도망쳐서 생겨난다.

심리치료사와 작가는 어두운 감정을 다루는 첫 단계로 그것을 인정하고 이해하려고 애쓴다. 막막할 정도로 어두운 감정은 몇몇 걸작을 탄생시키기도 했다. 예를 들어 마크 트웨인, 찰스 디킨스, 빅토르 위고, 프레더릭 더글러스 같은 작가는 모두 분노를 글로 승화시켰으며, 결국 그 작품들은 문화적 변화를 이끌어냈다. 행동은 절망을 없애는 최고의 진통제다. 스웨덴 태생의 미국 노동운동가 조 힐Joe Hill은 노조 활동으로 처형되기 직전에 이런 말을 남겼다. "애도하지 말고, 조직하라."

● 작은 발걸음으로 시작하기

심리치료를 하다 보면 내담자들이 자기 사연을 입 밖으로 내기 두려워하면서도 다른 한편으로는 간절히 원한다는 걸 알게 된다. 모두가 앞으로 나아가기를 바라지만 아이러니하게도 변화에는 저항한다. 심지어 돈을 내고 조언을 들으러 온 절박한 사람조차 변화를 기꺼이 받아들이지 않는다. 숙련된 치료사라면 논쟁에서 이기기보다는 논쟁을 피하는 게 낫다는 걸 안다.

현실 세계에서는 남에게 못되게 굴거나 다른 사람의 의견에 따르지 않으면 수치심이나 죄책감을 느끼게 되곤 한다. 하지만 수치심과 죄책감은 동기부여의 지렛대로 삼기에는 너무 형편없는 수단이다. 이런 감정은 에너지를 소모시키고 사고를 경직시킨다. 반짝효과는 있을지 몰라도 결코 올바른 행동을 지속시키지 못한다.

조금 더 효과적인 방법이 있다. 내담자의 밝은 측면에 집중하는 것이다. 예를 들어 금주 모임인 '익명의 알코올중독자'에 참석하는 사람 중에는 중독을 이겨내고 새사람이 되는 경우가 꽤 많다. 비판을 받을 때는 대부분의 중독자가 굳은 자세로 미동도 없이 자리를 지키지만 사랑과 인정을 받으면 얼어붙었던 몸과 마음이 녹아내린다. 연민과 용인, 특히 자기 자신에 대한 용서는 생각의 창을 활짝 열고 성장의 기회를 안긴다.

저항의 여러 형태 가운데 하나인 냉소적인 태도는 마음의 벽을 쌓아 변화의 가능성을 차단한다. 냉소적 태도의 핵심에는 학습된 무력감에 대한 저항과 방어전략이 존재한다. 냉소를 싹싹 긁어내고 나면 그 아래서 상처받은 이상주의자가 모습을 드러낸다. 심리치료사와 작가 모두에게 있어 냉소의 벽을 무너뜨리는 최상의 무기는 치유의 이야기다.

때로 치료사는 내담자에게 자신의 이야기를 들려준다. 단, 내담자의 치료에 도움이 될 경우에 한해서. 치유의 이야기는 우리를 위한 것도 아니고 우리에 대한 것도 아니며, 단순한 유희도 아니다. 그것은 우화이자 경고의 이야기이며, 가르침의 도구다. 변화를 추구하는 작가 또한 거의 같은 방식으로 이야기를 활용해 독자가 마음을 열고 새로운 방향을 모색하는 정서적 경험을 하게 해준다.

설득력 있는 작가로서 우리는 사람들의 실제 경험에서 우리가 전달하고자 하는 이슈를 찾아냄으로써 독자의 저항을 극복할 수 있다. 예를 들어, 최저임금 인상에 관한 글을 쓴다고 가정했을 때 통계와 수치를 들먹이며 전통적인 방식으로 글을 전개해나간다면 독자는 늘 그랬듯 반사적으로 정치적인 반응을 보일 것이다. 하지만 최저임금으로 근근이 살아가는 싱글맘 가족의 삶을 묘사한다면 독자는 그가 겪는 고통에 감응하고, 그와 자신을 동일시하며, 그를 돕기 위해 행동하고자 할 것이다. 독자로부터 행동을 이끌어내는 무척 간단하면서도 효과적인 방법이 하나 있다. 바로 애초에 우리가 왜 그 문제에 관심을 갖게 됐는지 이야기하는 것이다.

작가로서 우리는 어떻게 변화를 이룰 수 있는지 쉽고 분명하게 설명해주고자 한다. 특히 대부분의 미국인은 다국적 기업이나 정부의 관료체제 같은 거대한 단일 조직을 상대하면서는 행동하기를 꺼린다. 이럴 때는 시민의 한 사람으로서 대의를 위해 독자 각자가 무엇을 할 수 있는지 제안할 수 있다. 이를테면 칫솔질이나 설거지처럼 단 몇 분만 할애해도 할 수 있는 일을.

심리치료사와 작가는 사람들이 그들 자신의 행동과 그 행동이 빚어내는 결과 사이의 연관성을 볼 수 있도록 돕고 싶어 한다. 예를 들어, 줄리아 알바레즈Julia Alvarez는 《커피 이야기Cafecito Story》에서 커피 생산과 중앙아메리카 소작농의 삶을 연결했다. 그와 그의 남편은 도미니카공화국에 터를 잡고 작은 농장을 구입했다. 그리고 농장에서 일하는 일꾼과 그 가족에게 텃밭과 학교, 의료시설을 제공했다. 그 농장에서는 지하수로 침출될 위험이 있는 농약이나 강력한 비료는 하나도 사용하지 않는다. 알바레즈는 책에서 그들의 작은 농장과 거대기업이 소유한 다른 농장을 비교했다. 나는 이 책을 읽고 내 쇼핑 습관과 자취를 감춘 새들이 어떤 상관관계에 있는지 이해했고, 커피 구매 습관을 바꿨다. 더 이상 예전에 마시던 브랜드 커피를 살 수가 없었다. 한번 고양된 의식은 되돌릴 수 없다.

자신의 삶 또는 문화의 특정 부분을 꾸준히 관찰해보라는 요청도 변화를 효과적으로 이끌어내는 방법이 될 수 있다. 예를 들어 심리치료사는 내담자에게 일주일간 몇 번이나 재미있게 보냈는지, 좋은 일을 몇 번 했는지, 아니면 몇 번이나 도박을 하거나 아이들에게 소리를 질렀는지 세어보라고 요청할 수 있다. 사건을 수치화하기만 해도 자신의 행동을 자각하고 그것을 바꾸려고 노력할 가능성이 높아진다. 신문이나 라디오, 텔레비전에서는 하루도 빠짐없이 다우지수와 나스닥지수로 대표되는 비스니스업계의 소식을 전한다. 하지만 얼마나 많은 종의 개체수가 줄어들거나 멸종 위기에 처했는지, 얼마나 많은 지하수가 오염됐는지, 천식으로 목숨을 잃은 사람이 얼마나 되는지 같은 통계를 정기적으로 업데이트해주는 매체는 어디에도 없다. 심지어 우리는 얼마나 많은 사람이 홀로 외로이 죽는지도 모른다. 만약 우리가 그런 걸 알았다면 거기에 더 관심을 쏟았을지도 모를 일이다.

사람들을 언제 밀어붙이고 언제 한 발 물러서야 하는지, 또 어떻게 해야 그들이 한 걸음 내딛도록 동기를 부여할 수 있을지 알려면 훈련을 해야 한다. 하지만 일단 한 걸음 떼고 나면 그 일 자체가 동기를 부여해준다. 행동은 시스템의 지배자다. 심리학 분야의 연구 결과를 보면, 사람들은 '생각하는 대로' 행동하기보다 '행동하는 대로' 생각하는 경향이 있다. 웃으면 더 행복하다. 어둠 속에서 휘파람을 불면 두려움이 덜 느껴진다. 나는 심리치료사로서 내담자들에게 행동하라고 조언한다. "검정고시를 준비해보세요." "운동 스케줄을 짜보세요." "입양 절차에 착수해보세요." "상사에게 월급을 올려달라고 말하세요." "매일 5분씩 미니 휴가를 즐기세요." "부모님에게 사랑한다고 말하세요." 이런 것들을 행동으로 옮기고 나면 그들의 태도가 변한다.

변화를 추구하는 작가인 우리는 독자에게 그들이 어떤 행동을 하면 좋을지 제안할 수 있다. 노숙자를 위한 무료급식소에서 자원봉사를 해보라는 조언을 따른 독자는 가난한 사람들에게 좀 더 공감할 수 있게 될 것이다. 인간은 본디 사랑하는 대상을 보살피는 존재지만, 보살피라고 배운 대상도 사랑할 수 있다.

명심해라. 독자는 우리의 제안을 기다린다. 한 친구가 내게 인신매매에 관한 책을 읽었고, 미국에서조차 인신매매가 성행한다는 사실을 알고 너무나 가슴이 아팠다고 말했다. 친구는 그런 책을 쓴 작가에게 화내지 않았다. 대신 이렇게 말했다. "이제 이 문제에 관심을 쏟을 준비가 됐어. 내가 뭘 할 수 있을지 작가가 한 가지만 가르쳐준 게 아니거든."

첫걸음이 시작이다. 우울하고 불안한 내담자가 처음부터 많은 것을 할 수는 없다. 하지만 작은 건 할 수 있다. 남자와의 데이트를 두려워하는 여성이라면, 나는 일단 같이 일하는 남자 동료들을 지켜보고 그들의 행동에 주목해보라고 조언할 것이다. 다음 단계는 실제로 남자에게 미소를 짓거나 인사를 해보고, 그다음에는 간단한 대화를 시도해보는 것이다. 여기까지 무사히 해냈다면 그다음에는 그 남자와 성공적으로 데이트를 즐기는 자신의 모습을 상상해보는 단계로 넘어간다. 방향만 바르다면, 아무리 작은 발걸음이라도 커다란 변화의 계기가 될 수 있다.

● **꿈이 있다면 변할 수 있다**

꿈이 생기면 책임감이 생긴다.

랭스턴 휴즈 Langston Hughes

세상을 하나로 잇는 작가는 독자가 더 나은 미래를 상상할 수 있게 돕는다. 존 레논의 〈이매진Imagine〉이 전 세계 사람들에게 어떤 영향을 미쳤는지 생각해보라. 마틴 루서 킹의 연설 '나에게는 꿈이 있습니다I have a dream'를 떠올려보라. 상상하고 나면, 꿈은 가능성이 된다.

심리치료사로서 나는 내담자가 스스로 변할 수 있다고, 가늘게 새어드는 빛줄기가 언제나 어둠을 깨뜨린다고 확신할 수 있도록 도우려 애쓴다. 치료사로서 내가 무척 좋아하는 단어 중 하나는 '지금까지는'이다. 내담자가 "난 일을 열심히 하지 않아요", "아무도 날 좋아하지 않아요", "난 유머감각이라곤 없어요" 같은 말을 하면 난 이렇게 덧붙인다. "지금까지는 그랬죠."

앞으로 나아가는 과정은 뻥 뚫린 직선도로도 아니고 결코 쉽지도 않다. 오히려 구불구불한 비포장도로처럼 복잡하고 힘겹다. 좋은 일과 나쁜 일을 구분하기 어려울 때도 많다. 어떤 남자는 충치를 치료하러 갔다가 치과의사와 결혼을 할 수도 있고, 해고된 여자가 2주 뒤에 더 좋은 일자리를 얻을 수도 있다.

심리치료사는 이런 오르내림을 예상한다. "이 치료가 도움이 안 된다고 생각할 때가 올 거예요. 그럴 겁니다." "실패하는 게 당연해요. 중요한 건 그 실패를 잘 이겨내고 꿋꿋하게 밀고 나가는 거예요." 작가라면 이렇게 말할 수 있다. "바꾸려고 노력하는 동안 점점 용기가 꺾일 거예요." 혹은 "모든 걸 다 할 순 없을지 몰라요. 그래도 뭔가는 할 수 있어요."

내 글쓰기 수업을 듣는 학생들에게 꼭 들려주는 이야기가 있다. 한때 글쓰기를 포기했던 내 친구 얘기다. 그는 어디서도 격려를 받지 못했다. 글을 쓰면서 낸 성과라고는 조그만 잡지사에서 단편 하나를 출간한 게 전부였다. 결국 그는 지금껏 글을 쓸 수 있다고 스스로를 속여왔다고 결론 내렸다. 글쓰기 모임을 그만두고, 집을 옮기고, 홍보 일을 시작했다. 몇 년이 지나 우연히 샌프란시스코에 있는 중고서점을 둘러보다가 그는 자신이 쓴 글이 올해 최고의 단편집에 실린 걸 발견했다. 그는 곧바로 일을 그만두고 다시 글을 쓰기 시작했다. 지금 그는 세계 각국의 언어로 번역서를 내는 성공한 작가다.

심리치료사로서 나는 치료에 대한 방향감각과 전문적인 기술, 내담자를 이해하고자 하는 열의를 갖고 상담에 임한다. 나의 표준 기술은 만만찮은 과정을 통해 많은 내담자를 도왔다. 그러나 무엇이 변화를 이끌어냈는지 정의하기는 어렵다. 무형의 어떤 것, 설명할 수 없는 것, 뭐라 딱 꼬집어 말할 수 없는 것, 즉 마법과도 같은 힘이 작용한 결과다. 사람은 강렬한 감정의 전환을 겪지 않는 한 변하지 않는다. 그 마법 같은 힘은 어쩌면 깨달음, 통찰, 같은 방에 있는 두 사람이 맺은 깊은 유대에서 나오는 것인지도 모르겠다. 시간이 흐를수록 나는 내 치료 계획은 계획대로 두고, 상담하는 그 순간에 벌어지는 모든 일을 포용하는 경향이 점점 강해졌다. 때로는 현재에 집중하는 것이 가장 생생한 교훈을 얻는 길이다.

작가는 깨달음이나 뮤즈의 갑작스러운 방문이 우리에게 글을 쓸 에너지를 주고 글을 아름답게 만든다는 걸 안다. 심지어 다소 따분한 글도 마법의 손길이 닿으면 완전히 새로운 빛으로 반짝인다. 작가는 그런 은총의 순간을 통해 변화하고, 그 순간을 독자와 나누면 독자 역시 변화를 경험하곤 한다.

변화를 추구하는 작가와 심리치료사는 이런 순간을 맞이할 만한 상황을 의도적으로 만들어내고자 한다. 깨달음은 일정에 맞춰 찾아오지 않지만, 먼저 초대할 수는 있다. 보리수나무 아래의 부처, 에덴동산의 예수, 메카로 가는 길 위의 알라를 생각해보라. 이런 순간을 가리키는 표현은 종교마다 다르다. 불교에서는 깨달음, 기독교에서는 신의 은총, 이슬람교에서는 자비라고 부른다. 하지만 신실한 신자들에게 온전하게 존재하고, 우주와 소통하며, 경외감을 느끼는 순간을 환기하고자 하는 뜻은 모두 같다.

　　깨달음을 얻을 수 있는 상황을 세심하게 조정해서 변화의 과정을 좀 더 수월하게 해주는 것도 작가와 심리치료사의 역할이다. 심리치료사가 내담자에게 깨달음을 강요할 수는 없지만, 고요하거나 아름답거나 마음의 빗장을 열게 하는 환경을 만들어줄 수는 있다. 작가는 독자의 삶을 변화시킬 만한 이야기를 들려줄 수 있고, 아니면 깨달음이 찾아올 만한 경험, 이를테면 해변에 누워 한가로운 시간 보내기, 파도 소리와 갈매기 소리에 귀 기울이기, 하늘에 떠가는 구름 바라보기 같은 활동을 추천할 수도 있다.

　　글쓰기와 심리치료는 둘 다 사람들을 산 정상까지 데리고 갈 수 있는 조건을 만들어내는 일이다. 정상에 올라 호흡이 바뀌고 눈이 경이로움으로 가득 차면, 이제 그들은 기적을 행할 준비를 마치고 그 산에서 내려올 것이다.

8장

헤엄치며 나아가기

글쓰기 과정

우리는 오해에 점령당한 나라에 산다.
정의는 수백만 번의 복잡한 수 뒤에나 실현될 것이다.

윌리엄 스태퍼드

왜 그냥 진실을 말하지 않는가?

레이먼드 카버

마음에서 우러나는 글쓰기

나는 엄마가 돌아가신 뒤에 《또 다른 나라Another Country》를 썼다. 엄마는 편안하게 생을 마감하지 못했다. 온몸에 기계가 연결된 채, 몸속으로 약을 들이붓고, 급기야 움직이지도 먹지도 말하지도 못할 때까지 병원 침대에 누워 생의 마지막 열한 달을 보냈다. 당시 나는 다른 주에 살고 있어서 내 가족을 챙겨야 할지, 엄마 곁에 있어줘야 할지 갈팡질팡하며 발만 동동 구르는 처지였다. 그 1년 동안 나는 내가 어디에 있든 죄책감을 느꼈고, 얼마나 열심히 하든 항상 부족함을 느꼈다. 우리 문화에는 엄마의 죽음이나 내가 엄마를 편안하게 보살피는 데 도움이 될 만한 시스템이 전혀 갖춰져 있지 않았다. 나와 같은 성인 자녀와 죽어가는 그들 부모를 돕는 일에 국가가 더 적극적으로 나서야 한다는 걸 절실히 느꼈다. 엄마와 나는 너무 늦게 깨달았지만, 삶의 그 시기에 관한 나의 글이 다른 사람들에게 도움이 되기를 바랐다.

글쓰기는 너무 많은 에너지와 집중력을 필요로 하는 작업이라 나 자신에게 중요하지 않은 주제를 다룬다는 건 상상할 수도 없다. 글을 쓰라고 부채질하는 감정이 없다면 어디서 그 에너지가 나오겠는가? 주체할 수 없는 기쁨이나 미쳐버릴 듯한 분노와 마찬가지로 숨이 멎을 듯 차오르는 경외심도 글쓰기의 발로다. 끔찍한 사건이나 엄청난 고통을 경험한 사람은 그 경험을 글로 남기고 싶은 열망에 불탄다. 다양한 감정에서 탄생한 글을 프랑스에서는 '크리 드 쿠어cri de coeur'라고 부르는데, '진심 어린 호소'라는 뜻이다. 윌라 캐더의 유명한 말이 있다. "작가가 되는 건 쉽다. 정맥을 그어 페이지마다 피를 쏟으면 된다."

스탈린 시대에 안나 아흐마토바Anna Akhmatova라는 러시아 시인이 있었다. 연일 계속되는 한파에 눈까지 내리던 어느 날, 그는 모스크바의 한 감옥 앞에 길게 늘어선 여자들 대열에 끼어 있었다. 스탈린이 발명한 온갖 죄목으로 억울하게 수감된 가족을 만나기 위해 줄을 서서 기다리는 사람들이었다. 춥고 배고프고 기진맥진한 그들은 허다하게 간수들에게 굴욕을 당하고, 뇌물을 강요받고, 간수들 마음에 들지 않으면 돌려보내졌다. 유난히 처절했던 그날 아침, 한 여자가 안나를 일깨웠다. "여기서 벌어지고 있는 일을 당신이 세상에 알려야 해요. 다른 사람들도 알아야 한다고요." 이 따끔한 한 마디가 안나의 도덕적 소임이 됐다. 이날 아침 풍경은 그의 유명한 작품 중 하나로 구체화됐다.

많은 사람이 강렬한 이야기를 갖고 있지만 그만큼 영향력 있는 작가가 되기 위한 기술은 부족하다. 작가는 글쓰기에 필요한 기술을 연마해야 한다. 그러지 않으면 격렬한 내면의 목소리가 입을 연다 해도 지나치게 감상적인 언어만 쏟아내기 쉽다. 그렇다고 기술이 전부는 아니다. 기술과 함께 진실한 감정이 필요하다. 강렬한 글에는 금모래를 뿌려놓은 듯 글 전반에 반짝이는 디테일, 독자가 무릎을 치게 만드는 놀라움, 더없이 적절한 은유, 빈틈없는 자제력이 필요하다. 글의 어조와 리듬은 교향곡처럼 변화무쌍해야 한다. 최고의 글은 독자의 호흡을 바꿔놓는다.

진실한 감정에 사랑만 있는 건 아니다. 우리는 사랑하는 대상이 형편없는 취급을 당하는 걸 보면 분노한다. 그 분노를 참지 못해 글로 옮기고 싶은 충동에 사로잡힌다. 이 분노를 동력 삼아 독자를 설득하는 글을 쓸 수 있지만 그럴 때는 반드시 자제력이 필요하다. 참신한 방식으로 글에 녹여낸 분노는 유용하지만 감정을 날것 그대로 쏟아낸 글은 대실패로 끝나기 십상이다. 신학자 라인홀드 니부어Reinhold Niebuhr는 효과적으로 변화를 이끌어내려면 '분노에 대한 정신 훈련'을 해야 한다고 했다.

지나친 자기 확신은 때때로 작가에게 저주로 돌아온다. 특히 사회운동을 하는 작가는 깃대를 들고 이 백마에서 저 백마로 널을 뛰듯 옮겨 다니며 늘 앞장서는 경향이 있다. 그 확신이 옳을 수도 있다. 하지만 그만큼 타깃이 되기도 쉽다. 게다가 그런 확고한 신념은 모든 것을 너무나 쉽게 경직되게 만든다. 틱 낫 한은 이런 말을 했다. "당신이 총을 가지고 있으면 하나, 둘, 셋, 다섯 사람을 쏠 수 있다. 하지만 이데올로기가 있고 그것이 절대적인 진리라고 확신하며 고수한다면, 수백만 명을 죽일 수 있다.”

절대적인 확신은 작가를 호감 가지 않는 화자로 만들곤 한다. 스스로의 순수성에 대한 지나친 확신이 담긴 설교조 글은 그 누구도 좋아하기 어렵다. 작가에게 열정을 일으키는 어떤 대상이 독자에게는 아무런 감흥을 일으키지 않을 수 있다. 우리의 확신이 독자에게는 그다지 매력적이지 않음을 기억해야 한다. 잘난 체하는 전문가가 아니라 호기심 많은 학생 입장에서 글을 쓴다면 우리는 조금 더 호감 가는 이야기꾼이 될 수 있다. 겸손함은 언제나 통한다.

빼어난 글은 그 글을 읽는 동안 독자가 자기도 몰랐던 스스로의 새로운 면을 발견하게 해준다. 밥 딜런은 이렇게 말했다. “저항곡은 설교조나 피상적 속성을 배제하고 쓰기가 정말 어렵습니다. 사람들에게 자신도 미처 눈치채지 못했던 그들의 단면을 보여줘야 하죠.”

감정에서 비롯된 글을 솔직하게 잘 쓰려면 언어를 그 한계까지 밀어붙여야 한다. 영어에는 뒤섞인 복잡한 감정을 표현하는 단어가 많지 않다. ‘가슴 저미는Poignant’과 ‘슬프고도 아름다운Bittersweet’ 정도가 생각나는 전부다. 독일어는 형용사를 결합해서 복잡한 감정을 표현한다. 일본어에는 그런 감정을 풀어내는 단어가 무수히 많다. 감정은 빛의 속도로 생겨났다가 없어지기에, 그런 감정에 일일이 이름을 붙일 필요는 없다. 우리가 할 수 있는 최선은 있는 그대로 묘사하는 것뿐이다. 당혹감과 슬픔이 동시에 밀려오면 그 둘을 표현하면 된다. 월리스 스테그너Wallace Stegner가 말한 ‘사랑과 애도의 끊임없는 화답가’를 상기하면 된다. 독자는 복잡한 감정을 이해한다. 그들도 우리와 마찬가지로 그런 감정을 경험한다.

흥미로운 풍경 발견해내기

우리는 우리가 무엇을 생각하는지 발견하기 위해 글을 쓴다.

조앤 디디온 Joan Didion

작가가 글을 쓰는 동안 새로운 사유의 영역을 발견해내지 못하면 독자에게도 새로운 풍경을 보여줄 수 없다. 세상에서 제일 오래된 이야기 두 가지는 아마 누군가가 마을을 떠나 여행길에 오르는 이야기와 누군가가 마을을 방문하는 이야기일 것이다. 어떤 면에서 모든 글쓰기는 여행의 글쓰기다. 우리는 독자에게 이렇게 말을 건다. 내가 본 곳으로 같이 가봐요, 같이 새로운 영역을 탐험해요, 난 여기 처음 왔어요. 근데 정말 멋진 곳이네요.

언젠가 마거릿 고모가 흥미로운 삶을 살았지만 그다지 흥미로운 인물은 아니었던 사람에 관해 이야기하면서 그 차이를 분명히 말한 적이 있다. 그 차이가 바로 이야기다. 내 아버지는 시에서 운영하는 쓰레기 폐기장에 갔던 일도 영웅담처럼 이야기할 수 있는 사람이었다. 그런가 하면, 중국에 갔다 오거나 심지어 퓨마한테서 도망치는 이야기를 하품을 간신히 참아야 할 정도로 지루하게 풀어내는 사람도 있었다. 음악가들이 '쉽게 흥얼거릴 수 있는'이라고 표현하는 흥미로운 소재를 갖고도 그걸 뇌리에 꽂힐 만큼 흥미진진한 이야기로 빚어내는 재주가 그들에겐 없었다.

모든 것이 글감이다

눈 가득 담고, 귀 가득 담고, 담은 건 놓치지 마라.

윌리엄 카를로스 윌리엄스 William Carlos Williams

오늘 아침 동생과 나눈 대화나 지역신문 3면에서 읽은 기사나 운동장에서 아기에게 걸음마를 가르치는 엄마의 모습을 활용해라. 오빠가 여동생 어깨에 팔을 두르고 길을 건너는 모습을 써라. 운동복 차림의 여성을 위해 문을 잡고 있는 머리를 파랗게 염색한 남자 고등학생의 모습을 이용해라. 조현병을 앓는 노숙자를 지나치며 당신이 느꼈던 슬픔과 죄책감을 적어라. 아이들과 낚시를 가서 느꼈던 기쁨을 써라. 당신이 보낸 하루, 어깨 너머로 들리는 대화, 당신이 떠올렸던 엉뚱한 생각, 당신의 꿈, 당신과 가장 가까운 관계를 활용해라.

신인 때는 '와, 이거 정말 괜찮네. 나중에 써먹어야지'라는 생각을 많이 했었다. 지금은 절대 그렇게 하지 않는다. 오히려 낭비벽이 생겼다. 에너지가 에너지를 부르고 사랑이 사랑을 부르듯, 좋은 아이디어가 다른 좋은 아이디어를 부른다는 걸 깨달았기 때문이다. 과정이 올바르면, 그리고 뉴런이 활기차게 움직이고 있다면 아이디어가 새록새록 떠오를 것이다. 내 발길이 닿는 곳마다 금광이 나타날 것이다.

주장을 펼치는 방법

주장이란 특정한 관점에 대한 타당하고 명확한 근거를 제시하는 논리적 과정이다. 주장의 논리는 반드시 존중받을 만해야 한다. 문장이 연결되고 문단이 늘어날 때마다 주장의 요지는 앞으로 나아가는 동시에 페이지를 가로질러 끝까지 이어져야 한다. 이런 식으로 주장을 전개하면 독자에게 중요하고도 지적으로 흥미진진한 글을 제시할 수 있다. 그리고 나중에 그 주장에 대해 공개적으로 말할 기회가 생기면, 이미 논리를 구축해놨기에 비교적 수월하게 방어할 수 있다.

주장을 펼치는 좋은 방법 중 하나는 우리가 애초에 왜 그 주제를 탐구하게 됐는지 배경을 이야기하고 어떻게 그 결론에 도달했는지를 언급하는 것이다. 여기에는 우리가 품었던 궁금증과 질문, 반증 등이 포함된다. 이따금 반복과 주장을 혼동하는 작가가 있는데, 같은 것을 다른 식으로 열 번 이야기하는 건 주장이 아니다. 강조도 아니다.

때로는 상식을 환기하거나 명망 있는 인물의 주장을 언급함으로써 우리 주장을 뒷받침할 수 있다. 예를 들어, 평화주의자인 당신은 이렇게 쓸 수 있다. '상식적으로, 전쟁에 돈을 쓰지 않으면 식량과 주거지, 의약품, 교육 등에 더 많은 돈을 쓸 수 있을 것이다.' 또 '텔레비전 꺼놓기 주간'을 지지하는 사람이라면 독자의 보편적 신념에 호소할 수 있다. '좋은 부모라면 우리 아이가 사랑하고, 배우고, 뛰노는 어린 시절이라는 정서적 공간이 보호받기를 원할 것이다.' 그런 다음 텔레비전이 그 공간을 위협한다고 주장하면 된다. 허리케인 카트리나 이재민을 위해 기금을 더 많이 모아야 한다고 주장하는 작가라면, 미국인이 서로를 보살펴온 국민이라는 사실을 뒷받침하기 위해 프랭클린 루스벨트와 사회보장연금 제정, 뉴딜정책 등을 언급할 수 있을 것이다.

독자를 설득하는 가장 쉬운 방법은 아마도 작가 자신의 생각이 바뀌게 된 계기를 이야기하는 것일 테다. '나는 원래 X라고 생각했습니다. 하지만 Y를 계기로 지금은 X와 정반대로 생각합니다.' 이런 설명은 독자 누구나의 관심을 사로잡을 수 있다. 혹은 자신의 주장에 스스로 의문을 제기하고 반박할 수도 있다. '냉소적인 사람은 ……라고 말할지 모릅니다'라거나 '합리적인 사람들은 동의하지 않을지 모르지만……'이라고 쓰는 것이다. 스스로 던진 질문에 답할 수 없거나 자신의 반박을 뒷받침할 수 없다면, 아직 주장의 논리적 구조를 견고하게 세우지 못했다는 뜻이다.

글쓰기는 집짓기와 비슷하다. 가장 중요한 단계는 기초공사다. 탄탄한 기초공사는 시간을 가장 많이 잡아먹지만, 제대로만 해놓으면 집을 완성시키는 일이 간단해진다. 벽을 칠하고 창을 장식한다. 마지막으로 작은 수고를 들여 집을 꾸미면 아름다운 집이 완성된다. 토대가 튼튼한 집은 오랜 세월에도 끄떡없다.

독창적으로 생각하기

> 좋은 아이디어를 떠올리는 비결은
> 아이디어를 있는 대로 생각해낸 다음
> 나쁜 것을 버리는 것이다.
>
> 라이너스 폴링 Linus Pauling

> 글쓰기 경주에서는
> 재빠름이 아니라 독창성이 승패를 가른다.
>
> 윌리엄 진서 William Zinsser

> 글을 가장 빠르게 쓰는 방법은
> 세상의 모든 시간이 내 것인 양하는 것이다.
>
> 필립 제라드 Philip Gerard

글을 쓰려면 대담해져야 한다. 작가로 성공하길 원한다면 좀 더 나은, 좀 더 다른, 아니면 최초의 무엇을 이야기해야 한다. 우리는 우리 글이 자연스럽게 펼쳐지기를 원한다. 지금 이 순간을 스승처럼 신뢰하게 된다면 더할 나위 없을 것이다.

운이 좋을 때 우리는 시인 마조리 세이저가 '자동 속도조정 장치cruise control'라고 불렀던 상태에 진입한다. 자아가 사라지고, 에너지가 흘러넘치며, 글이 우리와 하나 되는 경험을 한다. 음악가와 운동선수는 이 상태를 '무아지경에 빠진다'고 표현한다. 무아지경에 빠져 가장 힘들이지 않고 쓴 글이 때로는 우리가 쓴 최고의 작품이 되기도 한다.

차근차근 주장을 전개하다가 불현듯 의식이 날아올라서 시적 감응이나 개인적인 공상의 날갯짓에 휘말릴 때가 있다. 그런 충동을 애써 막을 필요는 없다. 너무 글에만 빠져 있다 보면 '딴생각'은 무시해야 한다는 유혹에 빠지기 쉽지만 알고 보면 그 '딴생각'이 금광일 때가 많다. 진짜 딴생각은 나중에 골라내면 된다.

우리는 엉뚱한 발상의 실마리를 따라가거나, 잠시 옆길로 새거나, 전체적인 그림을 보는 훈련을 해야 한다. 글을 쓰면서 '그래, 그렇긴 하지만'이라는 의심이 반복된다면 그건 뭔가가 잘못됐음을 암시하는 중요한 단서다. 사소한 불일치를 들여다보면 논리의 커다란 허점이 드러나곤 한다. 지엽적으로 보이는 단서를 쫓다 보면 허술하게 짜인 주장의 빈칸이 메워져 훨씬 촘촘하고 탄탄한 주장을 만들어낼 수 있다.

머릿속에 울리는 반대의 목소리는 우리 주장에 대해 진지한 문제제기를 할 때가 많다. 예를 들어, 나는 《리바이빙 오필리아》를 쓰는 동안 세상의 작동원리에 관한 내 나름의 논리를 세워놨었다. 하지만 얼마 안 가 그 논리가 내가 이제껏 관찰해온 현상과 엇갈린다는 사실을 깨달았다. 당시 심리학계에는 여자 비행청소년의 문제를 역기능가정dysfunctional familie에서 찾는 이론이 지배적이었다. 하지만 내가 상담하는 아이들은 대부분 정말 똑똑하고 탁월했다. 그 아이들의 부모는 기꺼이 자식을 돕고자 돈과 시간을 들여 심리치료에 나선 이들이었다. 그래서 나는 가정이 아닌 다른 곳, 즉 학교와 또래집단, 대중문화에서 역기능을 찾기 시작했다.

그동안 여성운동을 통해 일궈낸 성과와 여자아이들의 불행이 커져만 가는 현상 사이의 불일치도 나를 어리둥절하게 만들었다. 나는 80년대, 90년대의 여자아이들이 내 어머니 세대보다, 아니 심지어 나를 포함한 1960년대의 여자아이들보다 적응력이 뛰어날 거라고 예상했다. (내가 어렸을 때는 많은 여성이 학교와 직장을 다닐 수 없었다.) 하지만 현실은 그렇지 않았다. 이 모순 때문에 애를 태우다가 결국 텔레비전, 광고, 영화, 음악, MTV 등 문화 전반으로 눈을 돌려야 했다.

최종적으로 나는 관대하고 진보적인 분위기의 가정에서 자란 소녀들이 적응력이 가장 뛰어나리라고 예측했다. 그 대신, 보수적이고 종교적인 가정에서 자란 소녀들은 감정적으로 더 튼튼해 보였다. 그리고 이 현상 역시 대중문화와 관련이 있다는 사실을 서서히 깨달았다. 가치관이 강한 엄격한 가정은 아이들을 최악의 환경으로부터 보호하고, 그들에게 진정한 어린 시절을 제공했다. 결국 내 선입견과 일치하지 않던 요소들이 내 책의 핵심 논거가 됐다. 작가로서 우리가 통념을 재고해봐야 독자도 그러도록 도울 수 있다.

경계를 탐구하기

정말 흥미진진하고 강렬한 모든 일은 경계에서 일어난다. 경계에는 생명과 색과 복잡성이 흘러넘친다. 우리는 서로 다른 생태계가 뒤섞인 자연, '가장자리 서식지edge habitats'에서 최고의 다양성을 발견한다. 미국과 멕시코 사이, 역사와 지리학 사이, 과학과 예술 사이, 유년기와 성인기 사이, 남성과 여성 사이의 경계를 거닐고 탐구해라. 가장자리 서식지는 소재를 찾기에 최적의 장소다.

연원이 다른 소재의 결합은 화학반응을 일으킨다. 에너지를 방출한다. 기억에 남을 만한 지난 세기의 수많은 작품은 새로운 조합의 결과물이었다. 유방암과 그레이트솔트 호수(테리 템페스트 윌리엄스Terry Tempest Williams의《피난처Refuge》), 기업문화와 부족 중심주의(토머스 프리드먼Thomas Friedman의《렉서스와 올리브 나무The Lexus and the Olive Tree》), 생물학과 철학(로렌 아이슬리Loren Eiseley의《광대한 여행The Immense Journey》)처럼 말이다.

다양한 분야의 정보를 통합해서 쓴 글은 생동감이 넘친다. 아무리 짧은 글이라도 그 안에서 문학, 과학, 신학, 인용문, 집안 이야기 등을 조합할 수 있다. 나는 현재를 살아가는 우리와 똑같은 문제를 경험했던 수천, 수백 년 전 먼 과거 사람들의 삶을 보여주는 전략을 즐겨 구사한다. 이런 식의 시간여행은 나와 독자 모두가 넓은 관점으로 세상을 바라볼 수 있게 해준다.

세심하게 묘사하기

누군가의 삶을 단 하루라도 진실하게 포착할 수 있다면,
그는 최고의 작가가 될 것이다.

톨스토이

정확하게 표현된 일상은 언제나 비범하다.

보니 프리드먼 Bonnie Friedman

정확한 디테일이란 강렬하고 인상적인 의미를 만들어내기 위해 이미지를 선택하고 활용하는 것과 관련 있다. 묘사하고 싶은 장면을 세부적으로 어떻게 표현할지에 대해서는 다수의 선택지가 존재한다. 그중에서 자기 글에 가장 적합한 방법을 골라내야 정확한 디테일을 살릴 수 있다.

우리는 누구나 자신의 몸을 통해 세상을 경험한다. 심오한 의미에서, 인간은 공통적으로 몸을 갖고 있다. 독자는 비 온 뒤의 흙냄새를 안다. 커피나 여름철 토마토 맛을 안다. 아기의 웃음소리와 기차의 기적소리를 안다. 촛불이 타오르는 색깔과 그 흔들림을 안다. 입맞춤의 느낌을 안다. 우리 작가가 인간의 경험을 글로 옮길 때, 우리는 독자와 연결된다.

정확한 디테일을 살리려면 두루뭉술한 일반적인 용어를 좀 더 구체적인 용어로 바꿔야 한다. '다인승 폭스바겐'은 '차'보다 더 선명한 이미지를 불러일으키고, 등장인물의 단면을 보여준다. 기억해라.

중요한 것은 디테일 그 자체가 아니라 그 안에 함축된 의미다. 어떤 장군의 감수성이나 재산에 대해 언급할 게 아니라면 그의 사무실에 배치된 우아하고 멋스러운 가구를 묘사할 이유가 전혀 없다.

10대 아이가 방에 몰래 숨어드는 방법, 후무스(중동의 병아리콩 요리 - 옮긴이)의 맛, 옥수수수염의 감촉, 치자나무의 향기, 거위 울음소리 등 작가는 이 모든 디테일을 독자가 경험하게 할 수 있다. 이때는 강조나 어조, 또는 문맥 등의 특정한 방식이 사용된다. 아이 방에 놓인 박제 개구리는 그 아이가 건강한지 아닌지에 따라 전혀 다른 의미를 지닐 수 있다. 행진하는 악단이나 심지어 포도 향 껌도 어떤 어조로 전달하느냐에 따라 독자의 인지와 반응을 전혀 다르게 이끌어낼 수 있다.

묘사는 글의 정서적 분위기를 전달하는 데 도움이 돼야 한다. 예를 들어, 날씨는 분위기를 전달하는 수단으로 자주 쓰인다. 홍관조가 지저귀는 화창한 봄은 희망 가득하고 행복한 분위기를 만들어 낸다. 이런 날씨는 예술캠프에서 장학금을 받게 된 소녀를 묘사할 때 빛을 발할 것이다. 대비나 역설, 비애 등을 강화하는 장치로도 날씨를 사용할 수 있다. 예를 들어, 죽은 남편을 뒤로 하고 병원에서 차를 몰고 집으로 향하는 여자가 창밖에 펼쳐진 눈부신 4월의 날씨에 눈길을 주는 장면은 여자의 슬픔을 배가하는 효과가 있다.

변화를 추구하는 작가는 디테일을 잘 살려서 독자가 새로운 생각을 받아들이거나 새로운 집단에 동조하도록, 혹은 작가가 관심을 둔 사안에 그들도 관심을 갖도록 이끌 수 있다. '나도 당신과 같아요'라는 걸 보여주는 디테일을 활용할 수 있다. 《리바이빙 오필리아》 제안서를 구매한 편집자는 단 한 가지 디테일에 끌려서 출간을 결정했다고 말했다. 상담 시간에 테디베어 인형을 끌어안고 눈물을 흘리며 강간당했던 순간을 이야기하는 소녀를 묘사하는 대목이었다. 사이드테이블 위에 쏟아진 한 잔의 레드와인이나 절뚝거리며 등산로를 따라 걷는 노부부 등, 정확한 관찰은 종종 작가가 전달하고자 하는 핵심을 찌른다.

생경한 병치로는 글에 눈을 확 잡아끄는 매력을 더할 수 있다. 언젠가 빈민가를 지나다가 고가의 기기, BMW, 호화별장 등이 인쇄된 신문지를 덕지덕지 붙여놓은 음산한 판잣집에 시선이 닿았다. 집이 마치 이웃 주민들을 놀리는 것처럼 보였다. 또 한번은 중환자실에서 폐기종으로 죽어가는 친구 옆에 서 있는데, 동네에서 제일 맛있는 피자가게가 어딘지를 놓고 실랑이하는 간호사들의 대화가 들렸다. 이런 병치를 포착했다면 적어라. 이런 것들은 대개 강렬하고 가슴 아프며, 당신의 글에 깊이를 더한다.

버트런드 러셀Bertrand Russell은 이렇게 썼다. "일련의 숫자를 읽고 눈물을 흘릴 수 있는 능력은 교양 있는 인간의 특징이다." 어떤 사람은 숫자에 반응할 수 있다. 홀로코스트로 목숨을 잃은 600만 명은 우리 대부분에게 깊은 의미를 갖는다. 또 대부분의 미국인은 이라크전쟁으로 목숨을 잃거나 파키스탄 카슈미르에서 일어난 지진으로 목숨을 잃은 수많은 사람을 떠올리며 안타까워한다. 글의 내용에 포함되는 사실과 통계는 정확해야 한다. 적절한 근거가 없으면, 우리가 하는 주장 또는 이야기의 맥락과 관점에 대한 신뢰성이 떨어진다.

하지만 인간은 계산기가 아니라는 것도 명심해야 한다. 우리는 경험과 이야기를 추구하는 유기체다. 인간의 몸에는 감각체계와 감정체계가 작동하고 있어서, 사람들은 이야기에 울고 웃는다. 나는 당신이 글을 쓸 때 숫자나 통계를 까다롭게 선택해서 지나치다 싶을 만큼 아껴 활용하기를 바란다. 대다수는 숫자와 통계를 금방 지루해한다. 스탈린은 이렇게 썼다. "한 사람을 죽이면 살인이지만, 100만 명을 죽이면 통계다."

작은 목소리로 신뢰 쌓기

예술에서 경제성은 언제나 아름다움과 상통한다.

헨리 제임스 Henry James

진실은 넌지시 비출 때 가장 잘 전달된다.

윌라 캐더

신이나 사랑, 죽음, 명예처럼 정말 중요한 주제는 간접적으로 전달할 때 제일 효과적이다. 한번은 비행기에서 손수 만든 시폰케이크를 세 시간이나 되는 비행 시간 내내 무릎 위에 소중히 올려놓고 가는 중년 여인을 봤다. 케이크를 받을 사람이 누군지는 몰라도 그가 사랑받고 있다는 사실은 분명히 알 수 있었다. 빈 의자 옆에 앉은 어린아이, 할머니표 국수가 빠진 추수감사절 식탁, 현관 옷장에 걸린 검은 정장 등의 묘사는 죽음을 효과적으로 전달할 수 있는 장치다.

독자에게 우리 생각을 직접적으로 전달할 필요 없다. 독자는 터득이 빠르다. 미묘한 세부사항은 독자가 상상력을 발휘할 수 있게 해주고, 빈칸을 채우는 방식으로 우리 글에 관여할 여지를 만들어 준다. 특히 감정적인 소재를 다룰 때는 감정 표현이 적을수록 더 큰 효과를 볼 수 있다. 체호프는 이렇게 썼다. "독자가 연민을 느끼게 하고 싶다면 더 냉정해져라."

우리 작가는 때로 자폐아, 에이즈, 다르푸르사태, 성 노예 등 누구도 떠올리고 싶어 하지 않는 문제를 독자에게 환기시킨다. 슬퍼하고 안타까워하라고 요구한다. 이런 요구가 받아들여지려면 독자가 우리를 믿어야 한다. 만약 독자가 두려움 때문에 책을 덮는다면, 그들은 거기서 독서를 멈출 것이다. 독자와의 관계를 잘 활용해야 그들이 듣기 어려워하는 이야기를 들려줄 수 있다.

딱 맞는 은유 찾기

은유는 우리보다 훨씬 깊고 오래된 뭔가로 통하는 길이다. 우리 생각을 온전하게 표현하는 매우 강력한 방법 중 하나다. 우리는 우리가 발견한 은유가 제 빛을 발하고, 더없이 맞춤하며, 글 전체에 영향을 미칠 만큼 풍부하기를 바란다.

어설픈 은유는 독자를 헷갈리게 만든다. 작가 자신도 그 표현에 발목 잡힌다. 작가는 자신이 떠올린 은유가 너무 뻔하지는 않은지 주의해야 한다. 그러지 않으면 의도한 것과 다른 프레임에 세상을 가두는 결과를 초래하고 만다. 전쟁 은유는 지나치게 많이 사용되곤 한다. 나는 웬만하면 삶을 전쟁이라는 프레임에 넣고 싶지 않기 때문에 그런 표현을 피한다. 은유가 어떤 영향을 미칠지 탐구하려면 기차 여행, 쇼핑 여행, 영화, 탐험, 퀼트, 10월에 건초 수레 타기 등 삶을 표현할 수 있는 프레임을 되도록 많이 떠올려봐야 한다. 그런 다음 그 프레임이 각기 어떤 식으로 다른 철학적 영역으로 이어질 수 있는지 주목해야 한다.

은유에는 자칫 나이, 성별, 계급 등 작가가 지닌 편향이 드러나기도 하기 때문에 주의해야 한다. 스포츠 은유가 좋은 예다. 독자의 크리켓 지식에 기댄 은유는 대부분의 사람들에게 이해하기 어렵다. 새와 꽃을 접목한 은유는 나에게는 와 닿지만 도시에 사는 열여덟 살 청춘에게는 어리둥절하기 십상이다. 마찬가지로, 삶을 클럽 메드Club Med 리조트에 빗댄 은유는 기껏해야 집 근처 주립공원에서 보내는 시간이 휴가의 전부인 사람들에게는 짜증만 불러일으킨다.

이번 장의 원래 제목은 '작가를 위한 연장통'이었다. 아마 정말 연장을 갖고 일하는 사람에게는 그럴듯한 은유였을 것이다. 실제로 테드 쿠저는 《시라는 집 수리 메뉴얼The Poetry Home Repair Manual》에서 이 은유를 놀랄 만큼 효과적으로 사용했다. 하지만 나로서는 어림도 없는 일이었다. 시도해봤지만 진부하고 가짜처럼 들릴 뿐이었다. 하지만 수영이라면 얘기가 다르다. 수영은 나를 위한 은유다. 수영과 글쓰기 경험은 힘들이지 않고 연결할 수 있다.

문서 정리하기

인정하지 않을지 모르지만 자료정리는 글쓰기의 기본이다. 컴퓨터 파일, 추천도서, 학술논문, 정보를 얻기 위해 연락할 사람들 이름, 예전에 써놓은 글, 꿈의 기록. 이 모든 것을 잘 정리해서 보관해야 한다. 도서관에서 엉뚱한 서가에 꽂힌 책은 잃어버린 책이나 다름없다. 작가에게 있어 잘못 정리된 아이디어는 잃어버린 아이디어와 마찬가지다.

작가는 따로 시간을 투자해 자료를 보관하고 검색하는 시스템을 구축해야 한다. 자기가 쓴 토막글이나 아끼는 인용구, 수십 년 전부터 모아놓은 정보를 쉽게 찾을 수 있는 시스템을 구축해야 한다. 우리 대부분은 성공하지 못하지만, 최선의 노력을 기울여놓아야 그나마 자료를 덜 잃고 그걸 찾는 시간을 조금이나마 줄일 수 있다.

때로는 우리가 몇 년 전에 썼던 글을 친구가 자기 결혼식에서 읽어줬으면 할 수도 있고, 며칠 뒤에 할 연설에 과거에 했던 연설이나 설교에서 언급했던 한마디가 꼭 필요할 수도 있다. 이 책을 읽는 독자 대부분은 아마 예전에 썼던 글을 하루 종일 찾아 헤맨 적이 있을 것이다. 이따금 과거에 했던 생각이 놀라울 정도로 적절한 순간이 있다. 결국 우리 각자의 관심과 노력, 삶의 테마에는 한계가 있기 때문이다. 경험 많은 작가는 많은 걸 버리지 않는 법을 배운다. 우리는 뛰어난 재활용자들이다.

누구나 자기만의 아이디어 정리법을 개발할 수 있다. 나는 늘 작은 공책을 가지고 다니면서 보고, 듣고, 떠올린 흥미로운 생각을 언제든 적는다. 생소하거나 이상한 단어, 대화, 그와 관련한 디테일, 책에 관한 아이디어, 감동적인 이야기, 색다른 병치, 나중에 질문하고 싶은 사람들 전화번호를 적는다.

집에 도착하면 밖에서 기록한 메모를 분류해 정리한다. 요즘은 대부분의 사람들이 컴퓨터로 자료를 정리하고, 어느 시점 이후로는 나도 그렇게 한다. 하지만 나는 개인 컴퓨터가 생기기 전에 나만의 정리 기술을 개발했고, 고장 나지 않은 것을 바꿀 필요를 느끼지 못했다. 나는 아직도 공책, 정리용 카드, 서류철, 책상서랍, 파일 캐비닛 같은 아날로그 방식을 사용한다. 아마 내가 내일 갑자기 죽는다면 아무도 내 시스템을 알아낼 수 없을 것이다. 하지만 나는 그것이 어떻게 작동하는지 훤히 안다. 옷장 안 바나나 상자에 담긴 옛날 서류들과 라벨로 표시해둔 편지함을.

나에게는 읽어야 할 책을 정리해둔 공책이 있는데, 내가 하고 있는 작업과 관련된 책 제목 옆에 금별 표시를 해놓는다. 또 글쓰기 책만 모아놓은 책장도 있는데 필요한 내용에는 밑줄을 그어놓았다. 1977년까지 거슬러 올라가는 옛날 일기장도 있다. 안타깝게도 가장 중요한 일기장을 잃어버렸는데, 중학교 때 쓴 하얀색 가죽 표지로 된 일기장이다. 지금이라도 그걸 찾을 수만 있다면 기꺼이 큰 돈을 들일 용의가 있다. 나는 어린 시절의 내 삶과 생각의 흔적을 되짚어보는 걸 좋아한다. 만약 당신이나 당신의 자녀가 아직 이 충고에 관심을 둘 만큼 어리다면 학창시절에 쓴 일기와 시 등은 전부 모아두기 바란다. 어릴 때 쓴 글은 글을 쓸 때뿐 아니라 나중에 자신을 이해하는 데에도 정말 유용하다.

낡은 캐비닛 서랍 하나는 내가 새롭다고 생각하는 아이디어로 채워놨는데, 생각지도 않게 유용할 때가 많다. 그리고 수많은 작가들처럼 나 역시 내 책과 프로젝트에 관한 아이디어를 모아두는 파일이 있다. 좋아하는 은유적 표현을 적어둔 공책도 있고, 좋아하는 인용문을 적은 공책도 있다. 이 정도로 정리하기까지 그 과정이 결코 쉽지는 않았다. 당신이 수십 년 동안 글을 썼다면, 혹은 원룸형 아파트에서 남편이나 부인, 두 아이, 거기다 고양이 한 마리까지 같이 지내며 글을 써왔다면, 충분히 안다. 당신의 고통을. 하지만 정말 다른 수가 없다. 당신이 만약 수 년간의 작업과 당신이 떠올렸던 최고의 아이디어를 잃어버렸다면, 그건 딱 일주일을 투자해서 산더미 같은 자료를 분류해놓지 않은 당신 탓이다.

이제 백업을 언급해야 할 때가 왔다. 컴퓨터가 망가지거나 집에 불이 나서, 혹은 우편배달부의 실수로 글을 잃어버렸다는 얘기를 누구나 한 번쯤은 들어봤을 것이다. 이런 사태를 방지하는 방법은 오로지 백업뿐이다. 나는 컴퓨터로 글을 쓰면 그날 쓴 글을 종이에 인쇄해놓는다. 또 예비로 디스크에 저장해 집에서 멀리 떨어진 헛간에 보관한다. 그래야 토네이도가 덮쳐서 집이 산산조각 나더라도 최소한 그 글은 살릴 기회가 있기 때문이다. 헛간이 무사하기만

하다면. 만약 당신에게 헛간이 없다면 친구나 가족에게 사본을 보내라. 이 부분에 대해서는 전적으로 내 말을 믿어라.

───────
진실이 바지를 꿰어 입는 동안
소문은 전 세계를 돌아다닐 수 있다.

마크 트웨인

───────
달이 하늘의 제자리에 있는지 항상 확인해라.

유도라 웰티 Eudora Welty

───────
누구에게나 자기 의견을 가질 자격이 있지만
자기만의 사실을 가질 자격은 없다.

다니엘 패트릭 모이니한 Daniel Patrick Moynihan

조사하고 연구하기

정확성이 얼마나 중요한지 강조하는 걸 제외하고, 집에서 컴퓨터로 혹은 도서관에서 자료를 찾거나, 전문가를 인터뷰하거나 강의에 참석하는 등의 전통적인 조사 방법에 대해서는 따로 언급하지 않을 생각이다. 우리 작가에게는 정직하고 정확해야 할 도덕적책임이 있다. 작은 실수는 우리에 대한 독자의 신뢰를 무너뜨린다. '이 작가가 이걸 모르는데, 저건 어떻게 알겠어?'라는 의문이 들게 한다. 특히 논란의 여지가 많은 주제를 다룬 글일수록 그 주장에 동의하지 않는 사람들이 득달같이 달려들어 논점 하나하나를 반박하고 나설 가능성이 크다. 작가는 방어할 준비가 돼 있어야 한다.

사실을 안다는 건 말이 쉽지 결코 만만한 일이 아니다. 달은 동쪽에서 뜬다. 이건 참이다. 하지만 다음 질문의 답은 어떤가. 우리는 어떤 비타민을 먹어야 할까? 유방암 검사는 1년에 한 번씩 꼭 받아야 할까? 정말 과거보다 지금 미국에 자폐아가 더 많을까? 아프가니스탄의 민간인 희생자는 몇 명이나 될까?

사실이란 미끈거리고 물컹거리는 작은 생명체와 같다. 제대로 된 관점으로 들여다보지 않으면 우리를 잘못된 길로 이끌기 십상이다. 내가 공화당 지지자인 며느리와 의견 일치를 본 게 하나 있다. 만약 우리가 1년 동안 책이나 뉴스채널, 구독 잡지 등을 서로 바꿔서 보면 아마 둘 다 자기 입장을 바꿀 가능성이 높을 거라는 점이다. 세상에는 거의 모든 주장을 정당화할 수 있을 정도로 정보가 차고 넘친다.

한번은 육류산업이 주력인 어떤 주에 있는 대학에서 연설을 했다. 나는 육류 포장 및 가공처리 공장에서 벌어지는 난민에 대한 악행에 대해 언급했다. 육포장 기업을 소유한 그 대학의 한 기부자가 내 지적에 화를 냈다. 그는 내가 에릭 슐로서Eric Scholsser의 《패스트푸드의 제국Fast Food Nation》과 지역신문에서 인용한 통계자료에 의문을 제기하는 편지를 보내왔다. 우리 둘에게는 각자 자기만의 '사실'과 자기만의 '과학'이 있었다. 다만 그 둘이 같지 않을 뿐이다.

내가 가장 좋아하는 조사 방법을 나는 '침윤/몰두법'이라고 부른다. 나는 책을 쓰기 시작하면 주제와 관련된 영역으로 옮겨가 끝날 때까지 그곳에 머문다. 관련한 문학작품과 학술논문을 섭렵한다. 《모든 곳의 한가운데》를 쓸 때는 이민자와 난민 관련 이야기뿐 아니라 새로 유입되는 난민에 대한 지역신문 기사도 샅샅이 찾아 읽었다. 그들의 고향 음악을 듣고, 난민 영화를 보고, 민속축제와 종교축제에 참석했다.

나는 '관련된 비평가'로서, 내가 연구하는 공동체 속으로 들어갔다. 《모든 곳의 한가운데》를 쓰는 동안은 세 가족의 문화 중개인이 되어 운전, 쇼핑, 입학 절차, 의료서비스, 일자리, 이민귀화국 관련 문제 등을 옆에서 안내했다. 모임, 워크숍, 파티, 치유의식 같은 자리에도 나가고 심지어 아기가 태어날 때도 그들과 함께했다. 그렇게 2년을 그들 세계에서 살았다. 그들 나라의 역사, 지리, 정치, 이민법을 배웠다. 둘 이상의 문화가 뒤섞일 때 흔히 겪는 정신건강 문제와 그로 인한 트라우마 치료에 관한 글을 읽었다. 난민을 돕는 판사, 경찰, 간호사, 교사를 인터뷰했다.

인터뷰하기

인터뷰와 관찰은 대단히 유용한 조사 방법이다. 나는 학교 교실이나 양로원 식당에 앉아 아이들이나 노인들과 어울리며 많은 것을 배웠다. 내가 손꼽는 아이디어 몇 개는 교회 행사에서 아이들과 그 부모들을 지켜보다가, 혹은 쿠르드 난민들과 야외에서 소풍을 즐기다가 번득 떠올랐다.

학술지에는 통계조사와 통제집단 연구가 자주 발표되지만 당대에 한 획을 그은 획기적인 연구를 살펴보면 작은 표본을 면밀히 관찰한 결과일 때가 많다. 프로이트, 융, 피아제, 앨리스 밀러Alice Millers 같은 학자는 개별 환자를 주의 깊게 관찰했고, 그 결과를 인간 일반에 적용할 수 있는 이론으로 확장했다. 과학은 통계적으로 유의미한 연구를 통해 발전한다. 하지만 관찰과 유레카를 외치는 순간의 기여도 무시할 수 없다.

나는 인터뷰를 선형적 과정으로 진행하지 않는다. 정보를 모은 다음 책을 쓰는 게 아니라, 그 과정 내내 사람들과 교류한다. 우선 가설을 세운 뒤에 그 가설을 확인하기 위한 인터뷰를 하고, 처음의 가설을 세부적으로 발전시켜 좀 더 복잡한 가설을 세운다. 때로는 전체적인 그림을 그리기 위해 인터뷰를 하고, 그 인터뷰를 통해 분위기를 파악한 다음, 여전히 남아 있는 공백을 메우기 위해 다른 인터뷰를 진행하기도 한다. 프로젝트가 막바지에 이르면 좀 더 복잡하고 집약적인 질문이 수면 위로 떠오르는데, 그 답을 얻기 위해 마지막 짧은 인터뷰 일정을 잡는다.

인터뷰 대상은 작가가 비공식적으로, 심지어 임의로 선정할 수 있다. 친구에게 사업가나 경찰, 중독 치료모임 운영자 등을 소개해 달라고 할 수도 있고, 기관에 연락하거나, 신문에 광고를 내거나, 다루고자 하는 주제에 대해 연설을 하고 청중에게 인터뷰 신청을 부탁할 수도 있다. 사람들은 보통 자기 의견을 말하고 싶어 한다.

작가는 듣고 싶어 한다.

작가는 되도록 다양한 사람들을 인터뷰하고 싶어 하지만, 요점이 비슷한 이야기를 너무 많이 수집하다가는 나중에 자료에 파묻히기 십상이다. 인터뷰를 진행하기 전에 사전준비도 잘해둬야 하지만 도중에 발생하는 즉흥적인 상황에도 유연하게 대처할 수 있어야 한다. 우리는 인터뷰 대상자의 독특한 점을 알고 싶어 하는 동시에 모두에게 묻는 똑같은 질문에 대한 대답도 듣고 싶어 한다.

10대, 노년층 등 인구통계학적 집단에 관한 연구를 할 때 나는 먼저 인터뷰 대상자들에게 실명 사용 여부를 묻고 그들 뜻에 따른다. 내담자가 언급되는 글 같은 특별한 경우에는 이름을 조합해서 사용한다. 실명을 어떻게 처리했는지 독자들에게 있는 그대로 알리는 게 중요하다.

인터뷰 시작 전, 우리는 인터뷰 대상자에게 그 인터뷰의 목적과 인터뷰로 얻은 정보가 어떻게 쓰일지 설명해야 한다. 비밀유지와 권리양도 계약서 작성에 대해서도 상의한다. 나는 필요한 서류를 인터뷰 시작 전에 보여주고, 서명 여부는 인터뷰가 끝난 뒤에 결정해도 된다고 설명한다. 출판사에서 계약서 양식을 주기도 하는데 나는 보통 내가 만든 간단한 형식의 계약서를 사용한다.

나는 누군가를 인터뷰에 응하게 하려고 구슬리지 않는다. 상대가 인터뷰에 대해 의심을 품으면 재빠르면서도 정중하게 제안을 거둔다. 그건 일정 부분 존중의 문제이기 때문이다. 다른 한편으로는 나 자신을 방어하는 고도의 적응전략이기도 하다. 찬반의 감정이 병존하는 주제에 관한 인터뷰는 나중에 문제를 일으키기 쉽다.

나의 글로 세상을 1밀리미터라도 바꿀 수 있다면

물론 선택의 여지가 없는 경우도 있다. 만약 유독성 폐기물에 관한 글을 쓰고 있다면, 그 폐기물을 버리는 기업 CEO와의 인터뷰는 필수다.

또 인터뷰 전, 인터뷰 대상자에게 걱정되는 점이나 궁금한 점을 물어볼 기회를 줘야 한다. 일단 인터뷰가 시작되면 우리는 말을 아끼고 인터뷰 대상자가 주로 이야기하게 해야 한다. 자꾸 끼어들어 맥을 끊으면 황금알을 놓칠 수도 있다. 인터뷰 대상자의 감정 변화에 주의를 기울이고, 얼굴을 바라보며 한숨과 침묵의 순간에 주목해야 한다. 이야기가 잠깐 끊겼을 때는 대뜸 끼어들지 말고 잠자코 다음에 무슨 일이 일어날지 기다려라. 조앤 실버Joan Silber의 《천상의 아이디어Ideas of Heaven》에는 이런 말이 나온다. "입 다물고 있기는 훌륭한 조사 수단이다."

인터뷰가 진행되는 동안 우리는 인터뷰 대상자의 열정, 에너지, 강렬하면서도 독특한 생각을 주의 깊게 듣고자 한다. 반복적으로 등장하는 주제나 은유, 특이한 단어 사용 등을 놓치지 않고자 한다. 단어 뒤에 숨은 의미를 헤아리고자 한다. 우리는 들으면서 자문한다. 이 사람의 경험이 그를 어떻게 변화시켰을까? 이 사람의 어린 시절은 어땠을까? 인터뷰에서는 느린 게 사실상 빠른 것이다. 오랜 시간 이어지는 차분한 분위기가 가장 흥미롭고 유용한 정보를 이끌어낸다. 가장 사적인 정보는 헤어지면서 '안녕'이라고 말하는 순간, 인터뷰가 다 끝났다고 생각한 순간 찾아올 가능성이 높다.

대부분의 작가가 조사를 좋아하지만 자칫 그 정도가 지나칠 수도 있다. 온갖 정보를 쓸어 담아놓은 노트, 수십 번의 인터뷰, 계약서 뭉치, 산더미 같은 책은 정작 책을 써야 하는 시점이 오면 우리를 짓누르는 짐으로 돌변한다. 조사를 통해 얻을 수 있는 풍부한 경험은 글에 깊이를 더하고 생기를 불어넣으며, 다양하고 복잡한 현실을 더 잘 반영하도록 돕는다. 하지만 곧 조사를 멈추고, 자료를 선택하고 통합하는 작업을 시작해야 하는 순간이 온다. 언제든 결정적인 새로운 정보가 나타날 가능성을 남겨놓되, 많다고 좋은 게 아닌 지점에 도달한 순간을 잘 간파해야 한다. 정보는 이미 충분하다.

펼치고 좁히기를 반복하기

나는 첫 책을 쓰면서 작업을 좀 더 밀도 있게 할 수 있는 방법을 개발했다. '아코디언식'이라고 이름 붙였는데, 원고의 양적·질적 확대와 축소를 반복하는 방법이다. 확대 구간에서는 온갖 아이디어, 인용, 이야기, 곁가지 생각 등을 되는대로 펼쳐놓고, 가설과 생생한 디테일이 난무하는 거대하고 볼품없는 집성체를 만든다. 압도당할 정도로 커도 개의치 않는다. 그다음은 축소 구간이다. 여기서는 우선 이 프로젝트의 핵심사항 몇 가지에 대한 판단을 내린다. 자료의 양을 반으로 줄이고 핵심사항과 관련 없는 것을 제거한다. 따분한 내용을 지우고, 다시 구성한 다음, 조금 더 덜어낸다. 초안이 얇고 가벼워지면, 다시 한번 확대 구간을 시작하고, 새로운 아이디어, 인용, 이야기, 곁가지를 덧붙인다.

아코디언식은 시간이 많이 들고 자기학대에 가까울 정도로 혹독한 훈련이 필요하다. 하지만 나에게는 잘 맞는다. 내 글을 힘껏 쥐어짰다가 다시 넓게 펼치는 과정을 반복하면서 글의 힘과 풍성함을 더해가는 맛이 최고다. 당신도 한번 시도해보기 바란다.

이 장에서 나는 당신이 이미 당신만의 프로젝트에 뛰어들었고 몸을 풀었고, 호흡이 느려지고 규칙적이 된 상태라고 가정했다. 당신은 지금 거대한 물살과 일렁이는 빛의 세계에 깊숙이 잠겨 있다. 굳건한 현실세계는 잊히고, 시간도 사라진다.

삐이 삐이. 초인종이 울린다. 아마 외출에서 돌아온 가족이거나 매주 한 번씩 차를 마시며 담소를 나누는 모임 때문에 방문한 이웃일 것이다. 아니면 사무실에 들르라는 상사의 전화일 수도 있다. 당신은 약간 멍한 상태로 글쓰기의 물살에서 빠져나온다. 아직은 수면 아래의 세계가 방금 돌아온 세계보다 더 현실적으로 느껴진다. 물에서 그만 나와야 하다니 아쉽기만 하다. 하지만 온전히 현실로 돌아오고 나면 당신은 더 활기차고 상쾌한 기분이 된다. 내일이 되면 다시 책상 앞에 앉아 지금까지 쓴 글을 읽어보고 고치기 시작할 것이다.

9장

나의 위치 고민하기
관점

개개인에게 정의가 실현되려면 무한한 뉘앙스가 필요하다.

카를 융

물속에 있는 돌멩이는
태양 아래 있는 돌멩이가 어떻게 느끼는지 모른다.

아이티 속담

불교경전 《법화경》에 나오는 '묘음妙音' 보살은 모든 사람에게 그 사람의 언어로 말할 수 있는 능력이 있다. 음악을 들을 줄 아는 사람에게는 노래로 이야기하고, 속된 말을 쓰는 사람에게는 속된 말로 이야기한다. 모든 말은 듣는 이가 알아들을 수 있는 형태로 변형된다.

모든 심리치료사는 묘음보살이 되는 훈련을 받는다. 심리치료란 다른 사람의 관점을 이해하고 관련 지식을 다른 사람을 돕는 데 활용하는 기술이라고 정의할 수 있다. 변화를 위한 글쓰기에는 다른 사람의 관점을 이해하고 그 관점에서 독자와 소통하려는 노력이 따르기 마련이다. 나에게는 다른 사람의 관점을 이해하려는 이 시도가 심리치료와 글쓰기 사이의 가장 본질적인 연결점이었다.

관점은 시간, 장소 그리고 관찰자를 포함하는 개념이다. 이는 우리가 어떻게 주의를 기울이고, 어떤 위치에 서서, 무엇을 관찰할 수 있는지에 관한 것이다. 관점은 우리의 성격구조, 동기, 개인적

성향, 세상에 관한 지식을 드러낸다. 독자에게 우리의 지적인 명료함과 공감능력을 보여준다.

어떤 면에서, 우리가 관찰하는 사람에 대한 묘사는 언제나 이중 초상double portrait에 다름 아니다. 관찰의 대상뿐 아니라 관찰자인 우리가 다른 사람을 어떻게 인식하고 이해하는지도 드러나기 때문이다.

도덕성은 관점과 밀접한 관련이 있다. 도덕적인 행동은 다른 사람의 관점, 즉 그들의 생각과 느낌, 경험을 얼마나 이해하느냐에 좌우된다. 타인이 세상을 어떻게 바라보는지에 대한 참조가 많아질수록 도덕적 상상력이 커진다. 타인에 대한 이해를 확장하지 않고서는 결코 정확하게 공감할 수 없다.

관점에 대한 고민은 글쓰기 과정의 초기 단계에 이뤄진다. 관점은 뭔가를 파고들어 펜을 집어 들고 특정한 일련의 문제를 다뤄야겠다고 마음먹는 결정에 관여한다. 관점이란, 우리가 우리의 이야기를 하기에 좋은 위치를 뜻한다. 관점을 선택할 때 우리는 스스로 누구에게, 어느 정도의 거리에서, 어떤 한계와 목적을 가지고 이야기할 것인지 질문을 던진다.

관점은 철자법이나 문법 같은 기술적인 문제가 아니다. 관점은 세상에 대한 우리의 이해를 반영한다. 관점은 우리가 쓰는 모든 글에서 우리의 가장 내밀한 동기와 도덕적 진실성을 망라한다. 그 글을 쓰는 이유와 그것이 세상에 어떤 영향을 미치기를 바라는지를 미묘한 방식으로 드러낸다.

관점에는 최소한 두 가지 측면이 있다. 하나는 작가와 작가가 바라보는 대상과의 관계고, 다른 하나는 작가가 독자와 맺는 관계다. 예를 들어, 나는 네브래스카에 사는 난민들을 다룬 《모든 것의 한 가운데》를 쓰면서 난민들의 관점에 깊이 공감했다. 동시에 난민을 바라보는 독자의 관점에도 공감했다. 나는 독자들이 마음은 선하지만 난민에 대한 지식은 한정적이라고 가정했다. 그들에게 난민에 대해 이야기해주고 그들이 가진 준거의 틀을 넓혀주고 싶었다. 내 책을 통해 난민을 사회적으로 정형화된 이미지가 아니라 피와 살로 이뤄진 같은 인간으로 바라볼 수 있게 되기를 희망했다.

내부인, 외부인, 관련된 비평가

작가는 세 가지 기본적인 입장에서 글을 쓸 수 있다. 친밀한 내부인, 외부인, 그리고 인류학자 레나토 로살도Renato Rosaldo가 말한 '관련된 비평가connected critics'. 마지막 세 번째는 작가가 관찰 대상자의 삶에 긴밀하게 관여하면서도 어느 정도 거리를 두고 그들을 관찰할 수 있는 입장이다. 세 입장에는 각기 고유한 장단점이 있다. 내부인은 습관화된 관점에 시달리고, 무뎌진 관점으로 글을 쓰곤 한다. 또 아는 게 지나치게 많아서 난해한 세부사항에 매몰될 수 있다. 집단사고에 눈이 멀어서 그 집단의 입장을 대변하는 경향도 있다.

물론 긍정적인 면도 있다. 우리가 내부자의 입장을 취하면 내부자로서의 권위를 얻을 수 있고, 우리의 지식과 경험을 활용할 수 있다. 필요할 때 도움을 청할 연줄이 있고, 조사를 하기도 쉽다. 흔히, 내부자로서 글을 쓰면 독자에게 다년간의 성찰과 제도상의 지식을 전할 수 있다. 아이라 바이오크Ira Byock 박사는 내부인으로서 《다잉 웰Dying Well》을 썼다. 그는 말기의료 개선 프로그램을 이끄는 국제적인 지도자이자 호스피스 매니저로 활동하며, 임종을 앞둔 환자를 돌보는 일에 17년 동안 종사했다. 책을 쓸 무렵 그는 할 말이 많았다.

르알랜 존스LeAlan Jones와 로이드 뉴먼Lloyd Newman의 《우리의 미국Our America》역시 내부인의 이야기다. 시카고 남부의 빈민가 카브리니 그린Cabrini-Green에 살았던 두 청소년, 존스와 뉴먼은 녹음기를 가지고 다니며 공공주택의 삶을 주제로 이웃을 인터뷰했다. 두 사람은 지역주민의 신뢰를 바탕으로 친밀하고 스스럼없는 대화를 녹음할 수 있었다. 라디오 프로듀서 데이비드 아이세이David Isay가 그들에게 녹음기를 제공했고 인터뷰 편집과 출판을 도왔다.

외부인 입장에서 글을 쓸 때 우리는 스스로도 무슨 이야기를 하고 있는지 잘 모를 수 있다. 어떤 상황의 결정적인 측면을 이해하기에는 관찰 대상에 너무 익숙하지 않기 때문이다. 나는 제대로 알기 위해 노력해보지도 않은 집단에 관해 글을 쓰는 건 어리석다고 생각한다. 무지한 외부인으로서 우리는 뉘앙스와 근본적인 문제를 모두 놓칠 수 있다.

하지만 외부인으로서 글을 쓰면 새로운 시각에서 접근할 수 있다는 커다란 장점이 있다. 예를 들어 《포스트빌Postville》의 저자 스티븐 블룸Stephen Bloom은 중서부의 시골 사람들이 유대교 종파 가운데서도 가장 정통적이고 열성적인 루바비치파라는 거대한 집단 구성원들과 어떻게 섞여 사는지 알아보기 위해 아이오와주 포스트빌이라는 작은 마을을 방문한다. 블룸은 특정한 통찰을 갖고 그곳에 도착했고, 처음과는 전혀 다른 통찰을 얻어서 그곳을 떠났다. 우리가 외부인의 눈으로 가서 배우면 독자도 우리와 함께 배운다.

나는 관련된 비평가 입장에서 글을 쓸 때 제일 마음에 드는 글이 나오곤 한다. 이 관점은 거리와 객관성 문제를 끊임없이 고민해야 하기 때문에 기술적으로 다루기가 복잡하다. 한순간도 '이 순간, 이 장면에서 내 위치는 어디인가?'라는 질문을 멈출 수 없다. 물론, 대답은 '발코니에 서서 지켜보는 관찰자인 동시에 마당에서 춤을 추는 관찰 대상'이다.

관련된 비평가는 인류학 분야의 뛰어난 현장 연구가처럼 객관성과 연관성 모두를 추구한다. 인류학자는 그들이 합류한 공동체를 연구하고 스스로 이야기의 중요한 일부가 된다. 일찍이 인류학자 마거릿 미드가 이 관점으로 《사모아의 청소년Coming of Age in Samoa》을 썼다. 책에는 원주민 전통 옷을 입고 마을 여성들과 나란히 앉아 일하는 미드의 모습이 담긴 사진이 여러 장 실렸다. 그는 관련된 비평가의 관점으로 거의 한 세기가 지난 지금도 여전히 논의될 만큼 중요한 책을 써냈다.

멜리사 페이 그린의 《시트록을 위한 기도Praying for Sheetrock》 역시 이 관점에서 쓴 책이다. 그린은 조지아주 매킨토시카운티를 여행하면서 인종차별 폐지와 관련해 그곳 주민을 인터뷰했다. 이 책은 흑인 공동체의 정치적 각성과 인종차별주의적 폭력배나 다름없는 권력가들의 몰락을 그리고 있다. 한동안 그린은 그곳 주민의 삶을 이해하려고 애쓰는 외부인이자 흑인 공동체에 합류한 내부인으로서의 삶을 살았다. 그는 여느 기자가 하듯 할 수 있는 모든 사람을 인터뷰해서 그들의 입장을 보고했다. 하지만 그린은 명백하게 흑인 소작인들의 편이었기에 '객관적 입장'의 기자는 아니었다.

전반적인 관점을 정한 다음에도 구체적인 문제와의 씨름은 계속된다. 대상과 어느 정도나 떨어져서 얼마나 유대감을 가져야 할까? 우리 반응을 묘사하는 게 독자의 참여를 강화시킬까 아니면 우리의 객관성에 의심을 품게 만들까? 또는 너무 거리를 둬서 글이 냉담하고 분석적으로 느껴지진 않을까?

고민해봐야 할 또 다른 중요한 문제가 있다. 독자가 우리에 대해 얼마나 알기를 원하는가이다. 이야기에서 우리가 중요한 역할을 차지하는가? 우리와 대상과의 관계에 대해 독자에게 얼마나 이야기해야 할까? 만약 거주환경이 악화된 도심 지역에 관해 글을 쓰는 의료인이라면, 관찰한 것만 쓸 것인가 아니면 슬퍼하고 격노하는 자신의 모습을 묘사할 것인가? 네팔 오지 여행 중에 삶은 야크 고기를 먹고 병이 났었다는 말을 해야 할까? 정부의 특정 정책을 경멸한다고 고백해야 할까? 아이를 잃은 경험 때문에 유아 사망률에 관심이 많다는 걸 설명해야 할까? 이 모든 질문에 대한 답은 하나다. 경우에 따라 다르다. 우리가 이루려고 하는 것이 무엇인지, 그것을 이루기 위한 최선의 전략이 무엇인지에 대한 우리 판단에 달려 있다.

바르바라 에렌라이히Barbara Ehrenreich는 《노동의 배신》에서 작가 자신의 반응을 효과적으로 활용했다. 그는 저임금 노동을 하며 최저임금으로 이어가는 생활이 어떤지를 썼다. 하지만 때로 작가 자신에 대한 이야기는 실수를 부르기도 한다. 몇몇 책은 독자가 알고 싶어 하는 것 이상으로 작가 이야기를 많이 한다. 독자는 그런 작가를 자기밖에 모르는 따분한 사람이라고 넘겨짚기 쉽다.

글에 내 이야기를 언제, 얼마나 집어넣을지는 내가 이 책을 쓰는 내내 고민했던 까다로운 문제이기도 하다. 나는 스스로에게 물었다. '언제 작가로서 내 이야기를 공유해야 할까?' 내 경험이 때로 독자에게 도움이 될 수도 있지만, 너무 많이 하면 안 하느니만 못할 수 있다.

관점과 관련해서, 작가가 관찰 대상에게 느끼는 감정은 글에서 그들을 언급할 때의 어조에 영향을 미친다. 이는 글 전반의 어조와는 다르다. 예를 들어, 나는 내가 깊이 사랑하는 사람이 겪는 부당함에 대해 분노하는 글을 쓸 수 있다. 글이 막힌다는 느낌이 들 때는 대상을 향한 이 어조가 문제해결의 실마리를 제공할 수 있다. 예를 들어, 《리바이빙 오필리아》를 쓰는 동안 나는 10대 조사 대상자들을 언급하는 내 어조가 신랄하고 좌절감에 차 있다는 사실을 깨달았다. 나는 그 아이들을 이기적이고, 얄팍하고, 무책임하다고 판단하고 있었다. 그때 머릿속 알람이 울렸다. 결국 그 아이들은 내 도움을 구하는 가족의 자녀들 아닌가. 그렇다면 내가 무엇을 놓치고 있기에 그 아이들을 좀 더 존중하는 태도로 바라보지 못한 것일까? 이 답을 찾고 나서야 나는 내 책의 의미를 발견했다.

어떤 관점을 취해야 한다고 정해진 답은 없다. 우리가 내리는 결정이 우리 글에 어떤 영향을 미치는지를 의식하고 있는 한 어떤 관점도 통할 수 있다. 관점에 유념하면 유념할수록 더 노련하고 솜씨 좋게 글을 쓸 수 있다. 진정으로 객관적인 사람은 없다. 테드 쿠저는 "무엇을 쓰든 당신 감정은 수면 위로 떠오를 것이다"라고 썼다. 옳소! 옳소! 우리가 논리적이고 합리적일지는 몰라도, 누구나 지극히 개인적인 관점으로 세상을 본다. 사실, 그것이 우리에게 할 말이 있는 이유다.

대명사 선택하기

'관점'을 고민할 때 가장 까다로운 문제 중 하나는 '나', '우리', '그들', '당신' 중에 어떤 대명사를 사용할지 결정하는 것이다. 나는 이 책을 쓰면서 다른 어떤 때보다 더 대명사 문제로 골머리를 앓았는데, 아마도 심리치료사, 위기에 처한 지구의 응급구조대원, 동료 작가, 글쓰기 선생 등 다양한 위치에서 쓰는 글이기 때문일 것이다.

대명사 때문에 자꾸 글이 막힌다면 그건 대개 우리와 독자, 우리와 글감 사이의 관계를 명확하게 규명하지 않아서이기 쉽다. 이럴 때 우리는 대명사를 '우리'로 할지, '그들'로 할지, 또는 우리가 언급한 내용이 우리 자신에게 적용될 수 있는지의 문제를 놓고 씨름하게 된다. 예를 들어, 나는 스카이다이빙에 관한 책을 쓸 수는 있겠지만 나를 그 내용에 포함시키지는 못할 것이다. 나는 스카이다이빙을 한 번도 해본 적 없고 앞으로도 할 계획이 없기 때문이다.

반대로 이 책에 쓰인 거의 모든 내용은 나 자신에게도 해당된다.

대명사를 선택하는 문제 때문에 자꾸 글이 턱턱 막힌다면 마음을 차분히 가라앉히고 문제를 신중하게 풀어야 한다는 신호다. 우리가 독자를 '당신'이라고 불러도, 독자는 종종 이를 '우리'라고 읽는다. 독자와 공유하고자 하는 생각에 흔히 작가 자신을 포함시키기 때문이다. 예를 들어, 나는 이런 완벽한 문장을 쓸 수 있다. '당신은 아이들이 건강하지 않은 음식을 먹도록 권장하는 광고 캠페인을 당장 멈춰야 한다.' 하지만 이 문장이 제안하는 행동의 책임이 작가 자신을 포함한 모두에게 있다는 의미를 담아, '우리'로 시작하면 더 좋은 문장이 될 것이다.

한편 나는 이미 책을 출간해봤기 때문에 이 책에 '첫 책을 출간하고자 하는 우리는……'이라는 문장을 쓸 수 없다. 그렇다고 '우리는 작가로서 ……를 경험했다'라고 쓰면 잘난 체하는 것처럼 들릴 수 있다. 그렇다고 '우리 초보자들은……'이라는 표현을 쓰면 겸손을 가장하는 것처럼 들린다. 즉, '우리'는 우아하게 사용해야 하는 수고로운 대명사다.

또 우리는 독자에 관해 쉽게 가정하곤 하는데, 그렇다 해도 '우리'를 남발하면 자칫 거부감을 불러일으킬 수 있다. 예를 들어, '우리 여자들'이나 '대학을 졸업한 우리는……'으로 시작하는 문장은 그렇지 않은 사람을 제외하는 결과를 낳는다. 독자가 못 받아들일지도 모르는 가정을 하는 셈이다. 내가 타당한 차이를 부정하고 있다는 느낌을 받으면 독자는 나와 논쟁을 벌이고 심지어 내 글을 내팽개쳐버릴 수도 있다.

나는 연결에 가치를 두기 때문에 되도록 '우리'를 사용하려고 노력한다. 하지만 때로 '당신'이나 '그들'이 최선의 선택일 때도 있다. 특히 언급하려는 집단에 나를 포함시키고 싶지 않다면 더욱 그렇다. 이를테면, '당신이 누구에게나 무기를 소지할 권리가 있다고 생각한다면……'이나 '당신이 물건을 사면서 내리는 결정이 경제적 정의나 환경에 어떤 영향을 미치든 아랑곳하지 않는다면……'이라는 문장을 쓰면서는 주어로 '우리'를 내세우지 않을 것이다. 내가 묘사한 유형에 나는 포함되지 않는다는 점을 명확히 밝히고 싶기 때문이다.

길앞잡이 벌레, 화학반응, 토양침식 같은 문제를 다루는 글을 쓸 때는 관점을 정하기가 쉽다. 하지만 사람을 주제로 글을 쓸 때는 대명사의 선택이 우리의 가장 심원한 가치와 뒤얽힌다. 그 선택은 단순히 기술적인 문제가 아니라 세계관의 문제다. 대명사는 누구를 포함시키고 누구를 제외할지, 누가 우리 관심의 원 안에 있고 누가 '다른 쪽'인지를 선택하는 문제다. 대명사의 선택은 가장 치열한 수준으로 우리가 추구하는 가치를 명확히 정의하는 문제다. 우리가 누구 편에 서 있는지, 누구에게 맞서고 있는지, 그리고 궁극적으로 누구를 '우리'라고 부르기로 선택했는지의 문제다.

관점은 너무나 복잡하고 까다롭기 때문에 실제로 연습해보는 게 가장 좋다. 몇 가지 장면을 앞에서 다룬 내부인, 외부인, 관련된 비평가의 관점으로 관찰한 뒤에, 그 이야기 속 당신의 위치에 유의하면서 관찰한 것을 글로 적어보자. 당신이 좋아하지 않거나 존중하지 않는 사람의 관점에서 이야기를 써봐라. 그 사람의 관점에서 세상을 깊이 고민해보고 당신 마음속에 무슨 일이 일어나는지 지켜봐라. 그런 다음 같은 이야기를 서로 다른 두 사람의 관점에서 따로따로 써보자. 해보고 나면 당신이 얼마나 더 지혜로워졌는지 알게 될 것이다.

프레임 넓히기

조지 레이코프George Lakoff의 《코끼리는 생각하지 마》는 사람들이 어떻게 정보를 처리하는지를 인지과학 및 언어학적 관점에서 다룬 책이다. 그는 보통 새로운 사실을 접하면 그 사실이 세상을 바라보던 자신의 기존 프레임에 들어맞아야만 완전히 이해할 수 있다고 설명한다. 만약 어떤 정보가 사람들이 정보를 인지하고 처리하는 전반적인 방식과 조화를 이루지 못하면, 사람들은 그냥 그 정보를 거부해버린다. 이런 현상은 '난 마음을 정했어요. 그러니까 새로운 사실로 날 혼란스럽게 하지 말아요'라는 식의 태도를 설명해준다. 어떤 사실은 독자가 가진 준거의 틀에서 너무 멀리 벗어나 있어서 그들에게 받아들여질 수 없다.

레이코프는 타인을 설득하고자 한다면 더 많은 사람들의 경험과 접점을 찾을 수 있는 조금 더 큰 프레임을 만들어야 한다고 주장한다. 사람들이 지닌 프레임이 작을수록 그들은 더 많이 길을 잃고, 더 많은 혼란을 겪으며, 좋은 결정이나 적절한 행동을 덜 하게 될 것이다. 반대로 프레임이 클수록 더 현실을 직시하게 될 것이다.

우리의 관점은 우리가 세상을 바라보는 프레임이다. 평생에 걸쳐 점점 지혜로워지는 사람들은 (모두가 그런 건 아니지만) 자기가 가진 준거의 틀을 확장하면 더 많은 사람과 더 많은 경험을 연결할 수 있다는 사실을 깨닫는다. 최고의 작가는 독자의 관점을 넓혀준다. 독자가 세상을 더 깊이 이해할 수 있도록 많은 것을 아우르는 은유와 더 큰 프레임을 만들어낸다.

관점이나 관계에 대한 존중을 이야기할 때 나는 데이비드 마이어스David Myers와 리사 스칸조니Letha Scanzoni가 함께 쓴 《하나님이 맺어준 인연What God Has Joined Together》 서문을 즐겨 예로 든다. 이 공동 작가는 동성결혼에 대한 기독교의 입장을 재고해보도록 설득하는 힘든 임무를 자청했다. 이 책의 서문은 정신과 마음을 활짝 열어젖히는 프레임의 훌륭한 본보기다. 여기서 이 발췌문을 독자와 함께 읽는 것에 대해 두 작가에게 허락을 구했고, 고맙게도 승낙을 받을 수 있었다.

- **독자들에게 보내는 사적인 편지**

이 책은 결혼에 관한 책입니다. 우리는 결혼을 믿습니다. 결혼이 더 공고해지기를 바랍니다. 단단하고 건강한 사랑의 관계가 두 사람이나 그들에게 생길 아이들에게 이롭다는 걸 알기에 부부들이 번성하기를 바랍니다. 또 우리는 결혼을 옹호함으로써 사회도 이로움을 얻는다고 믿습니다.

우리는 결혼을 진지하게 받아들입니다. 우리는 《기도서The Book

of Common Prayer》(1892)에서 말하는 전통적인 결혼식의 엄숙한 서약을 지지합니다. 《기도서》에서는 결혼이 신성하고 명예로운 것이며, "경솔하거나 가볍게 여겨서는 안 되고, 경건하고, 신중하며, 사려 깊고, 진지하게, 그리고 신 앞에 두려움을 느끼며" 이뤄져야 한다고 말합니다.

결혼식은 "이제 이 두 사람이 하나가 되기 위해 모인" 신성한 장소입니다. 이 시간 이후로 두 사람은 세상에서 가장 가까운 관계가 됩니다. 누군가 "당신과 제일 가까운 친척이 누구죠?"라고 물으면, 두 사람은 더 이상 부모나 형제의 이름을 말하지 않고, 서로의 이름을 말하겠지요. 그들은 이제 가족입니다. 서로 사랑하고, 지지하고, 위로하고, 용기를 주며, 존중하고, 서로 돕고 기대며, 함께 성장하고, 같이 있을 때나 따로 있을 때나 서로에게 헌신할 것입니다. 기쁠 때나 힘들 때, 그리고 그 사이의 모든 평범한 순간에 서로를 위해 곁을 지킬 것입니다. 서로 가까이 지내는 데 그치지 않고 삶의 짝을 이루어 함께 결정하고 오늘날 짊어져야 할 온갖 부담과 책임을 나누어질 것입니다. 두 사람은 더 이상 혼자가 아닙니다. 이것이 바로 신의 뜻에 따라 결혼으로 하나가 되는 것의 의미입니다.

그럼에도, 어떤 사람들은 결혼이라는 공식적인 약속을 동경하면서도 그것을 허락받지 못합니다. 역사적으로 일부 연인은 사회적 계급이나 인종 또는 민족이 다르다는 이유로 결혼을 금지당해왔습니다. 그중에서도 오늘날 해결이 시급한 문제는 '동성 연인의 사랑을 결혼제도를 통해 사회적으로 인정해주는 것을 꼭 막아야 하는가'일 것입니다.

많은 사람이 게이와 레즈비언의 결혼을 합법화하는 것에 대해 강력한 의문을 제기합니다. 이유는 다양하겠지만 그 뿌리는 아마 정치, 종교, 성에 대한 가치관, 동성애에 관한 잘못된 정보, 사회적 변화에 대한 두려움, 선입견과 편협함에 있을 것입니다. 그 밖에 다른 이유도 있을지 모르겠습니다. 동성 간의 결혼이 결혼제도 자체를 망칠 거라고 우려하는 목소리가 높습니다. 하지만 우리는 아니라고 생각합니다. 오히려 게이와 레즈비언에게 결혼을 허용하는 것이 그 제도를 더욱 공고히 하는 길이라고 믿습니다. 이 책에서 우리는 우리가 그렇게 확신하는 이유를 설명해보려 합니다.

우리는 결혼뿐 아니라, 기독교 신앙도 진지하게 받아들입니다. 이것은 무엇보다 우리가 '유리를 통해 어렴풋이' 본다는 걸 알고 있으며, 이 주제나 다른 어떤 주제에 대해서도 모든 답을 가진 사람은 없다는 걸 이해하면서, 겸손한 마음으로 이 문제에 접근하겠다는 의미입니다. 우리에게 극렬히 반대하는 사람에게조차 사랑하는 마음으로 이야기하겠다는 뜻입니다. 우리는 "하나님이 이같이 우리를 사랑하셨은즉 우리도 서로 사랑하는 것이 마땅하도다"(《요한일서》 4장 11절)라는 말씀을 믿으며, 성서를 얼마나 다르게 해석하든, 세상에 미치는 신의 과업을 얼마나 다르게 이해하든, 이 말씀이 서로를 존중하라는 의미라는 걸 믿습니다.

이러한 논의를 제안하는 것은 논쟁에서 이기려는 것도, 어떤 추상적인 개념을 설명하려는 것도 아닙니다. 인간에 대해, 이성애자 동성애자 구별 없이, 신이 사랑하시는 우리 형제와 자매에 대해 이야기해보고자 하는 것입니다. 독자들이 부디 열린 마음으로 우리가 배워온 것, 그리고 지금도 계속 배우고 있는 것에 귀 기울이고 숙고해보기를, 우리가 도달했던 결론으로 함께 가보기를 부탁하는 것입니다.

결혼으로 결합한 두 사람의 하나 됨을 강조했을 뿐만 아니라 신의 가족으로 하나가 되기를 기도했던 예수의 정신을 빌려 독자의 이해와 대화를 촉진해보고자 이 책을 씁니다. "곧 내가 그들 안에 있고 아버지께서 내 안에 계시어 그들로 온전함을 이루어 하나가 되게 하려 함은 아버지께서 나를 보내신 것과 또 나를 사랑하심같이 그들도 사랑하신 것을 세상으로 알게 하려 함이로소이다."《요한복음》 17장 23절)

마이어스와 스칸조니는 독자를 이해하고 있다. 그래서 독자가 있는 곳, 결혼은 격려하고 지지하고 강화해야 할 대상이라는 믿음에서부터 이야기를 시작했다. 《기도서》와 성서를 증거로 제시하며 독자의 프레임 안에서 글을 썼다. 독자의 언어와 가치를 사용하고 예상되는 논쟁을 예측한 뒤 부드럽게 반박했다. 시종일관 공손하고 온화한 어조로 이어가다가 포용과 사랑의 대가인 예수를 인용하며 글을 맺었다.

연민과 공감

————————

이 고통이 연민을 일깨우는 데 도움이 되기를.

관음에게 드리는 기도

유진 오닐Eugene O'Neill이 말했다. "인간은 금이 간 상태로 태어나 붙여가며 사는데 그 접착제는 신의 은총이다." 그에게 무례하거나 불손하게 굴려는 의도는 아니지만 나는 그 접착제가 연민과 공감이라고 확신한다. '연민'에는 '함께 고통받는다'는 의미가 있다. 관점을 되새긴다는 것은 공감의 뉘앙스를 탐구하는 것이다. 다른 사람에 관해 글을 쓴다는 건 자신의 정체성을 넘어 타인의 입장을 헤아리고 이해하려고 노력하는 과정이다.

연민은 주제 선택에도 중요한 영향을 미친다. 수감자, 난독증을 앓는 아이, 허리케인 피해자, 노동력을 착취당하는 멕시코 노동자에 관해 글을 쓰기로 결심했다면 그들의 옹호자가 되기로 마음먹었다는 뜻이다. 다른 사람의 이야기를 한다는 건 그들을 옹호한다는 의미다.

관점을 고민하는 시간은 우리의 가장 내밀하고 실존적인 문제와 드잡이하는 시간이다. 우리는 어디에 관심을 쏟아야 하는가? 우리는 무엇을 위해 이 자리에 왔는가? 우리는 어떤 책임을 져야 하는가? 누구에게 연민을 느끼는가? 우리의 목적은 무엇인가?

관점은 스페인 철학자 미겔 데 우나무노Miguel de Unamuno가 '교조주의ideocracies'라고 불렀던 것, 또는 이념의 폭압에 맞서 싸우는 방식이다. 전쟁, 종교적 편협함, 식민주의, 인종차별주의, 여성에 대한 억압, 공산주의, 파시즘, 야만적 자본주의 등 인류 역사에 등장하지 말았어야 할 악한 이념은 제한된 공감 탓에 널리 퍼져나갔다. 광신도들이 동성애자를 향해 맹렬한 비난을 퍼붓는 건 일정 부분 그들이 알지 못하거나 이해하지 못하기 때문이다. 증오와 도그

마는 타인의 삶과 경험에 대한 무지의 결과다.

"여자와 자동차의 공통점은 조만간 나한테 골칫거리가 될 거라는 거지"라고 말하는 남자는, 여자가 그에게 문제가 된다는 점에서는 정확할지 몰라도, 아마 살면서 여성에 대한 관점을 제대로 배워본 적이 없을 것이다. 내 친구 하나가 라디오에서 진보주의자들을 맹비난하는 대화를 듣고 이렇게 썼다. "그들은 이 정도로 미워할 만큼 나를 알지 못한다." 특히 이념적으로 남을 비방하는 사람들은 자기가 미워하는 사람들을 알지 못한다. 자기가 가진 작고 두껍고 왜곡된 유리를 통해 세상을 볼 뿐이다.

공감은 이데올로기를 산산이 부수고 고정관념을 깨트린다. 공감만이 유일한 답이다. 관점을 가르친다는 것은 공감 훈련을 한다는 뜻이다. 심리치료사는 남성 내담자에게 아내 역할을 해보게 하거나 여성 내담자에게 10대 딸 역할을 해보라고 권하는 방식으로 공감을 훈련시킬 수 있다. 선생님은 학생에게 눈을 감고 시각장애인에게 세상이 어떻게 보일지 상상해보라는 식으로 관점을 가르칠 수 있다.

우리 작가는 세상을 바라보는 다양한 관점을 제시함으로써 독자가 자신의 프레임을 확장할 수 있도록 돕는다. 우리는 편견을 녹이고 마음과 정신의 창을 열어젖힌다. 관점에 통달하는 것은 일생의 과업이다. '영적인 성장'이나 타인을 친절하게 대하고 세상에서 자신의 쓸모를 발견하는 것과 마찬가지로 우리가 죽을 때까지 매달려야 할 숙제다.

10장

정리운동

고쳐쓰기

고쳐쓰기를 잘못된 걸 고치는 거라고 생각하지 마라.
그러면 부정적인 기분으로 시작하게 된다.
오히려 이미 좋아하는 걸 더 나아지게 만들 기회로 여겨라.

매리언 데인 바우어 Marion Dane Bauer

글쓰기는 수고로운 작업이다. 우리는 시행착오를 하고, 실수를 분석하고, 사뮈엘 베케트Samuel Beckett가 말했던 '더 나은 실패failing better'에서 조금씩 배워나간다. 나는 초고가 형편없는 편이다. 수정을 어느 정도 거쳐야 글에 태가 난다. 매번 거친 초고를 들고 그 질적인 부족함에 민망해하며 더 이상 부끄럽지 않을 때까지 수십 번 다듬는다. 글 쓰는 시간의 95퍼센트를 수정에 쏟는다. 심지어 책이 출판된 뒤에도 사인회에서 읽을 때마다 글을 고친다.

많은 작가가 초안에는 심혈을 기울이는 반면 글을 고치는 건 지루하고 힘들다고 생각한다. 하지만 경험상 그 반대다. 정원 가꾸기를 처음 시작하는 초보자는 대개 잡초 뽑기나 가지치기보다 식물을 심는 작업을 더 재미있어한다. 하지만 오랫동안 정원을 가꿔본 사람은 가지치기나 잡초 제거가 훨씬 창의적인 과정이라는 걸 안다. 하루에 몇 분씩 어떤 가지를 남길지 신중히 고르고 자르는 과정을 반복하다 보면 어느 날 문득 환상적인 빛깔로 만개한 꽃이 자태를 뽐낸다. 이 부분을 자르고 이걸 저쪽으로 옮겨서 제멋대로인 화단을 인상적인 작품으로 탈바꿈시킨다. 하물며 우리가 제일 좋아하는 글을 다듬고 줄이고 옮기는 일이야 말할 것도 없다. 졸문을 잘라내는 건 아무나 할 수 있다. 그러나 적절하지도 않고 필요도 없는 명문을 잘라내는 작업은 진지한 작가만이 할 수 있다.

잠시 멈추고 거리 두기

안 그래도 힘들고 스트레스 많은 독자에게 감정적이고 논란의 여지가 많은 복잡한 주제를 안기려면 글이 되도록 간결하고 감동적이면서 영감이 넘쳐야 한다. 열정에 휩싸여 글을 쓰는 건 좋지만, 그렇게 쓴 글을 고치고 다듬어서 세상에 내놓는 일은 좀 더 차분해졌을 때 하는 게 좋다. 때로 우리는 하루나 이틀쯤 묵히면 고쳐서 새롭게 탄생시킬 수 있는 글을 당장 찢어버리고 싶은 충동에 시달린다. 물론 그보다 자주 흥분 상태에서 글을 쓸 때 아드레날린이 솟구치는 걸 느끼곤 하지만 그런 순간에 느끼는 자신감은 거짓일 때가 많다.

시간과 공간. 이 둘은 우리에게 균형감을 찾아주고, 우리 글에 다른 사람이 어떻게 반응할지 생각해볼 여유를 준다. 어딘가로 휴가를 떠나거나 일주일 동안 다른 일에 몰두하고 난 뒤에 글을 다시 보면 더 선명하게 보인다. 심지어 마감일이 지났다 해도 우리는 잠시 멈추고 점심을 먹거나 거리를 산책하러 나가야 한다. 그래야 맑아진 머리로 돌아와 마지막으로 한 번 더 글을 읽을 수 있다. 마침내 우리는 '그냥 빨리 끝내버리고 싶다'는 충동에 저항하는 법을 배운다.

글쓰기를 잠시 멈추는 건 농지의 흙이 다시 생명력을 되찾도록 작물을 심지 않고 한동안 비워두는 이치와 비슷하다. 우리 생각은 흙 속에 묻혀 있지만 여전히 결정적이고 창의적이다. 경험에 비춰 봤을 때, 글은 보통 길수록 오래 묵히는 게 좋다. 물론 예외는 있다. 몇몇 훌륭한 작품은 흥분 상태에서 쓰였다. 존 크라카우어Jon Krakauer의 《희박한 공기 속으로》가 좋은 예다. 작가는 글을 너무 다급하게 썼다고 느꼈고, 에베레스트에서 있었던 일을 객관적으로 다루기에는 너무 가까이서 그 일을 경험했다고 생각했다. 하지만 독자들 생각은 달랐다. 그들은 그 원정에 대한 작가의 강렬한 감정에 감응했다. 수많은 독자가 무슨 일이 있었는지 궁금해할 때, 크라카우어는 원정대의 일원으로서 대답해줄 수 있었다. 책장을 넘길 때마다 에베레스트의 매서운 칼바람과 무자비한 눈보라에 몸이 휘청일 지경이다.

소리 내 읽기

어느 여름, 대학을 마치고 집에 와 있던 딸 사라에게 내 원고 《또 다른 나라》를 읽어줬다. 읽다 보니 어떤 부분은 어색했고, 어떤 부분은 지루했다. 가식적으로 들리거나 이해가 잘 안 되는 부분도 있었다. 투박하거나 과장된 부분도 있고, 반복되는 내용도 있었으며, 잘난 체가 느껴지는 곳도 있었다. 또 사라의 반응을 보면서 어떤 부분이 듣는 이를 멍하게 만드는지, 또 어떤 부분에서 귀가 쫑긋해지는지를 알아챘다.

작가는 자기와 다른 생각을 가진 사람에게 글을 읽어주면서 많은 것을 얻을 수 있다. 듣는 사람을 관찰하면 글이 그 사람에게 심리적으로 어떤 영향을 미치는지 살필 수 있다. 다 읽고 난 다음에는 의견을 들을 수 있고, 굳이 입을 열어 표현하지 않아도 무엇을 말하기 곤란해하는지 감을 잡을 수 있다. 긴장하거나 찡그리거나 동의의 표시로 고개를 끄덕이거나 하는 신체적 반응에서도 단서를 얻을 수 있다.

독자가 부정적인 반응을 강하게 드러낸다고 해서 글을 꼭 고쳐야 하는 건 아니지만 이를 통해 우리 글이 다른 사람에게 어떤 영향을 미치는지에 관한 더 많은 정보를 얻을 수 있다. 우리 대부분이 글을 낭독하며 즉석에서 사람들의 반응을 살필 수 있는 스피커스 코너speakers' corner(런던 하이드파크 모퉁이에 마련된, 누구라도 자유롭게 연설할 수 있는 공간 - 옮긴이)에 설 수 없다는 게 안타깝다. 대신 우리는 작가 워크숍이나 독서 모임, 교회 모임, 학부모회 같은 곳에서 읽을 수 있을 것이다.

간결하게 하기

불교 팔정도八正道 중 하나인 정어正語는 친절하고, 유용하며, 진실한 말만 하라는 가르침이다. 작가도 명심해야 할 훌륭한 조언이다. 우리는 글을 고칠 때 이런 질문을 해볼 수 있다. 멋진 생각을 군더더기 없이 알맞게 제시했나? 독자와 관계를 맺고, 중요한 뭔가를 그들과 연결해줬나?

작가로서 우리의 목표는 독자에게 가장 정확한 이미지와 최소한의 단어로 최대한의 의미를 전달하는 것이다. 소식지, 서평, 칼럼 등과 같은 수많은 유형의 글은 복잡한 문제를 충분히 설명할 만큼 지면이 여유롭게 허락되지 않는다. 독자는 그들의 한정된 시간을 두고 다투는 수백 개의 메시지를 훑는다. 장황한 글을 일부러 애써 읽지 않는다.

우리 대부분은 학교에서 분량이 정해진 과제를 하며 글쓰기를 배웠다. 가능한 한 종이를 가득 채우려 노력했다. 그 습관은 버려야 한다. 유행어나 진부한 표현을 피하고 분량을 늘리려고 쓸데없이 말을 덧붙이지 않도록 주의해야 한다. '대단히', '일종의', '일반적으로', 특히 '내 생각에' 같은 모호한 수식어는 없어도 된다. 글전체가 우리 생각이다. 쓸데없는 말장난 같은 부사는 싹 걷어내야 한다. '그는 절벽에 영웅적으로 매달려 있었다'나 '굶주린 듯, 그는 저녁 식탁으로 향했다'에서 '영웅적으로'나 '굶주린 듯' 같은 꾸밈은 불필요하다.

나는 특히 '솔직히'라는 단어를 친밀한 느낌을 주려고 잘못 사용하는 경우가 싫다. '솔직히'나 '솔직하게'라고 썼다면 제발 솔직한 말을 해라. '솔직하다'라는 말에는 당신이 정직하게 말하고 있다는 사실은 물론이고, 듣는 이가 당신이 하는 말을 싫어하거나 당신에게 신랄한 비난을 퍼붓더라도 감수하겠다는 의미까지 들어 있다. '솔직히, 나는 항상 콜로라도강에서 래프팅을 하고 싶었어'라고 말하지 마라. 화자가 위험을 감수하고 속마음을 드러내는 부분은 이 문장 어디에도 없다. 솔직한 말은 이래야 한다. '솔직히, 나는 일곱 가지 죄악을 모두 저질렀습니다.'

독자를 정해 집중력 높이기

모르몬교도인 친구가 자기 교단에서는 젊은 선교사들을 전 세계로 보내는데 그 선교사들의 설교로 개종하는 사람은 거의 없다는 말을 한 적이 있다. 의아해진 내가 순진하게 물었다. "그럼 왜 수천 명씩이나 해외로 보내는 건데?" 친구가 씩 웃더니 대답했다. "2년 동안 다른 사람들을 개종시키려고 애쓰다 보면, 선교사 자신의 믿음이 굳건해져서 교회를 떠나지 않거든. 젊은 사람들이 신앙심을 잃지 않게 하는 우리식 방법이야." 그 선교사들은 아무도 바꾸지 못했다. 다만 자신이 전달하고자 했던 메시지를 스스로 더욱 분명하게 깨닫고 더 깊이 헌신했다. 청자의 존재는 스스로를 집중하게 하는 힘이다.

글을 쓸 때 우리는 내면 깊숙이 들어가 지극히 개인적인 영역에

나의 글로 세상을 1밀리미터라도 바꿀 수 있다면

머물지만 글을 고쳐 쓸 때는 밖으로 나와 독자를 생각한다. 그리고 이런 질문을 던진다. 우리는 누구에게, 어떤 영향을 미치고 싶은가? 우리는 독자를 마음속에 그리면서 생각을 체계화하고 다듬는다. 우리와 생각이 같은 독자를 향해 글을 쓸 때는 그들이 초점을 잃지 않고 공동의 목표에 전념할 수 있게 해야 한다. 진심으로 동의하지는 않지만 그렇다고 전적으로 반대하는 것도 아닌 독자에게 글을 쓸 때는 그들이 마음을 열고 새로운 시각으로 생각해볼 기회를 만들어줘야 한다. 독자가 누구냐에 따라 글을 고치는 방향도 달라진다.

● 믿음을 강화하는 글쓰기

사실 대부분의 설교는 성가대를 향해 이뤄진다. 이 세상 거의 모든 중요한 사회활동은 성가대들의 작품이다. 우리처럼 생각하는 사람이 우리 글을 읽을 가능성이 가장 높다. 그리고 독자는 보통 자기 믿음에 의문을 품거나 도전하는 게 아니라 강화하는 쪽을 추구한다. 동지들에게 글을 쓸 때 우리는 그들에게 힘이 돼주고 그들을 지지할 수 있기를 희망한다. 우리가 제공하는 새로운 아이디어와 정보를 바탕으로 그들이 신념을 확고하게 다지고 행동에 나서주기를 바란다. 이런 바람을 담아 우리는 공동의 역사와 공동의 영웅을 언급하고 많은 의미가 함축된 공동의 은유를 활용한다. '우리 편'을 향한 이런 종류의 글쓰기는 신념 공동체가 그 신념을 이뤄내기 위해 행동하기를 촉구한다.

● 생각이 다른 사람을 설득하는 글쓰기

때로 우리는 생각이 다른 사람을 설득하려는 목적으로 글을 쓴다. 그들은 가족일 수도 있고, 친구 또는 우리가 아는 누구나일 수 있다. 사실, 특정한 작은 집단을 대상으로 쓰는 글이 아닌 한 우리는 독자가 우리와 지극히 다른 삶을 경험했고, 그 경험을 통해 지금의 결론에 이르렀다고 가정해야 한다.

최근 작가들끼리 갔던 캠핑에서 한 친구가 자신이 공화당원이라는 깜짝 고백을 했다. 군인 가정에서 자라났고 뼛속까지 보수적인 남자와 결혼한 친구였다. 몇 해 동안 캠핑을 다니면서 우리에 대한 굳건한 믿음이 생긴 후에야 친구는 자기가 보수주의자라고 밝혔다. 이라크 전쟁이 있기 전, 그는 전쟁에 반대하는 시인들 집회에서 뭔가를 낭독해달라는 초청을 자주 받았다고 한다. 그가 쓸쓸하게 말했다. "시인이 전쟁을 지지할지도 모른다는 생각은 아무도 안 하더라."

생각이 다른 사람들을 대상으로 글을 쓸 때는 그들을 존중하면서 동시에 그들의 관심을 잡아끌어야 한다. 그들을 우리 세계로 초대해 공통분모를 만들어야 한다. 모든 인간은 고통으로부터 자유롭고 행복하기를 원한다. 자신이 쓸모 있기를 바라며, 안전하고, 사랑받고, 이해받기를 갈구한다. 이는 누구나 추구하는 목표지만 그걸 어떻게 달성하느냐에 대한 생각은 서로 다르다.

입장이 다른 사람을 설득하면서 거부감을 주지 않으려면 공동의 필요와 문제에 초점을 맞추는 게 최선이다. 그래야 고개를 끄덕이며 우리 이야기를 듣고, 우리가 해결책을 제시할 때 그 제안을 받아들이고 힘을 보탤 마음이 생긴다.

작가가 자신의 정체성을 기성집단의 일원으로 규정하면 역효과를 부를 수 있다. 자유주의자, 페미니스트, 낙태반대 운동가, 복음주의자 같은 단어는 많은 사람의 내면에 특정한 알람을 울린다. 우리는 독자가 자기 머릿속의 시끄러운 목소리를 따라가는 게 아니라 우리 생각을 좇게 해야 한다.

나는 나를 환경운동가라고 자처하는 게 자랑스럽다. 하지만 수많은 미국인, 특히 농사, 벌목, 어업 등으로 생계를 꾸리는 사람 대부분은 환경운동가를 좋아하지 않는다. 그렇기에 나는 그런 부정적인 감정을 건드리지 않으면서 그들에게 내 생각을 전하고 싶다. 환경운동가에게 '극렬 환경운동가tree-huggers'라는 꼬리표를 붙이는 사람들이라 해도 가족과 야외활동을 즐길 수 있는 공원은 싫어하지 않을 것이다. 신선한 공기, 깨끗한 물, 초록의 풍경을 좋아하고, 새와 동물을 바라보는 걸 좋아할 것이다. 아이들이 자연과 더불어 성장하길 바라고, 손자와 증손자를 포함한 우리 후세를 위해 지구를 보호해야 한다는 일반론에도 동의할 것이다. 그리고 분명 그들에게도 자연에서 충만하고 행복한 시간을 보낸 추억이 있을 것이다. 이런 목록을 써내려가다 보면 스스로를 특정한 정체성으로 규정하지 않고도 얼마든지 환경문제를 논의할 수 있는 수많은 방법을 떠올릴 수 있다.

한편, 이따금 내 문화적인 꼬리표를 주장하고 싶을 때도 있다. 내가 페미니스트이자 인권운동가로서 그 단어에 대한 권리를 주장하지 않는다면, 그 단어를 조롱하고 폄훼하는 이들이 그걸 마음대로 쓰도록 내버려두는 거라고 생각한다. 나는 다른 사람이 나를 규정하길 바라지 않고, 내가 품은 대의를 싫어하는 사람에게 내 언어를 넘겨줄 생각도 없다. 나는 뜻 있는 사람은 자기 자신과 추구하는 대의를 스스럼없이 동일시한다는 사실을 환기하고 싶다. 이렇듯, 설득에 관한 거의 모든 다른 문제와 마찬가지로 꼬리표 문제는 복잡하다. 중요한 건 이것이다. 우리가 추구하는 대의를 널리 알리기 위해 독자와의 관계를 위험에 빠뜨릴 것인가? 대답은 이렇다. 상황에 따라 다르다.

믿을 만한 독자에게 읽혀보기

나는 내 모든 글을 가족이나 친구와 공유한다. 엉성한 첫 원고를 주로 읽는 사람은 팸이라는 친구다. 그에게서 다 읽었다는 연락이 오면, 내가 점심을 사고, 함께 책 속 아이디어에 대해 이야기를 나눈다. 팸은 친절하고 낙관적인 태도로 가장 반응이 좋을 것 같은 소재에 대해 이야기한다. 그러고 나서 조심스럽게 내가 지나치게 단순화했거나 이해가 잘 안 되는 부분, 모순된 단락 등을 지적한다. 어쨌든 이 만남의 마무리는 늘 한결같다. "정말 기대돼! 책이 빨리 나오면 좋겠어!"

팸처럼 솔직하게 의견을 말해줄 듬직한 독자를 찾으려면 그들이 내주는 시간에 감사하고 그들이 들려주는 의견을 존중하면서 느긋한 마음으로 받아들이는 태도가 필요하다. 친구나 가까운 지인이 얼굴을 맞댄 자리에서 우리가 쓴 글에 대해 안 좋은 평가를 하고 싶을 리 없다. 하지만 우리가 어떤 비판이라도 귀담아 들을 것이며, 그 비판을 감사한 마음으로 우아하게 수용할 수 있다는 확신을 심어주면 그들도 솔직하게 말해줄 것이다. 돈을 지불하고 이런 서비스를 받는 작가도 많은데, 그것도 좋은 방법이다. 그게 누구든 우리의 독자가 돼주는 사람은 우리에게 시간과 관심이라는 선물을 주는 것이다.

나는 이따금 진행 중인 원고의 사본을 열다섯 부 정도 만들어 다양한 독자에게 보낸다. 보통은 영어 전공자 몇 사람, 기자 한 사람, 학자 한 사람 또는 관련 전문가 두 사람, 다수의 일반 남녀 등이다. 사촌이나 내가 제일 좋아하는 편의점 직원, 이웃의 생각이 알고 싶을 때는 그들에게도 부탁한다.

한 원고를 여러 비평가가 읽고 쏟아내는 피드백은 치열하고 갈래가 어지러워 판단하기 어려울 수도 있다. 어떤 때는 독자끼리 정반대 의견을 내놓기도 한다. 한 독자가 빼는 게 좋겠다고 한 부분을 다른 독자는 제일 마음에 든다고 하는 식이다. 결국 판단은 작가 자신의 몫이다.

내가 독자들에게 《모든 곳의 한가운데》 원고를 보내면서 첨부한 편지를 소개한다. 내가 그들에게 무엇을 기대하는지 이해하는 데 도움이 되리라 생각한다.

● **독자님들께**

우선 시간을 내주셔서 감사하다는 말씀을 드립니다. 모두 바쁘시다는 걸 잘 알고, 그런 귀한 시간을 저에게 내주셔서 정말 고맙게 생각합니다. 부디 솔직하게 말씀해주세요. 친구들에게 먼저 매를 맞고 바로잡는 게 나중에 호된 서평을 읽는 것보다 훨씬 나으니까요. 당신이 솔직하게 얘기해주는 게 저에게는 크나큰 호의입니다. 주저하지 마세요.

뻔한 말, 반복되는 부분, 심리학 용어를 지적해주세요. 어색한 문장, 젠체하는 말투, 쓸데없이 어려운 단어도요. 제가 설교하려 들었을 수 있습니다. 주장을 지나치거나 강요하는 듯한 부분이 없는지 말해주세요.

저에 대한 신뢰가 의심되거나 논쟁의 여지가 있는 부분, 논리가 엉성한 부분을 알려주세요. 덧붙여 아래 질문을 염두에 두고 원고를 읽어주시면 감사하겠습니다.

어떤 부분이 신선하고 흥미로웠나요?

의미가 모호해서 헤매게 되는 부분이 있나요?

덜어낼 부분이 있나요? 글 전체를 포함해서 지루하고 같은 얘기의 반복이라고 느껴지는 부분이 있나요?

진부하거나, 지루하거나, 학구적이거나, 지나치게 추상적인 부분은 어딘가요?

더 많은 이야기를 듣고 싶은 부분은 어디인가요?

글의 순서는 어떤가요? 연결이 어색한 부분이 있나요?

내용을 더 알고 싶은데 내가 빠뜨린 부분은 없나요?

마지막으로, 가장 포괄적인 의미에서 원고의 질을 높일 방법이 있을까요?

무리한 부탁이라는 거 압니다. 다시 한번 도움에 깊이 감사드립니다. 책이 나오면 꼭 보내드리겠습니다. 부디 당신의 모든 생각을 알려주세요.

친애하는 친구들에게,
감사의 마음을 담아

완벽한 제목 고르기

제목은 독자에게 기대감을 심어주고 글의 내용과 주제에 대한 정보를 전달하는 방법이다. 또 좋은 제목은 우리가 독자를 찾는 방법이기도 하다. 머리에 쏙 박히는 제목과 억지로 박아 넣는 제목은 한 끗 차이다. 여러 의미를 담은 함축적인 제목은 강렬한 인상을 줄 수 있지만 식상한 말장난은 짜증만 돋운다. 내 관심을 끄는 제목은 이런 것이다. 《성의 미국화The Americanization of Sex》(에드윈 슈어Edwin Schur), 《마음챙김 명상과 자가치유Full Catastrophe Living》(존 카밧진Jon Kabat-Zinn), 《패스트푸드의 제국》(에릭 슐로서), 《지구의 영혼The Global Soul》(피코 아이어Pico Iyer), 《저 멀리 있는 거울A Distant Mirror》(바바라 터크먼Barbara Tuchman), 《지하드 대 맥월드Jihad vs. McWorld》(벤자민 바버Benjamin Barber), 《허풍 떠는 인터넷Silicon Snake Oil》(클리포드 스톨Clifford Stoll), 《쇼핑하기 위해 태어났다Born to Buy》(줄리엣 쇼어Juliet Schor). 이런 제목은 세상을 이해하는 새로운 방법을 약속하고 작가가 무슨 이야기를 할지 호기심을 자극한다.

주제를 발전시키다 보면 제목이 여러 번 바뀌기도 한다. 최고의 제목은 머리를 세게 한 대 얻어맞은 것처럼 정신이 번쩍 들게 한다. 제목은 작가의 깨달음이 될 수도 있고, 다른 사람을 깨달음으로 이끌 수도 있다. 멋진 제목은 우리가 그걸 발견했을 때 '아하'를 외치게 하고, 나중에 독자가 책을 다 읽고 나서 그 책의 의미와 제목을 연결시켰을 때에도 '아하'를 외치게 한다. 완벽한 제목을 찾기 위해 모든 노력을 기울여라.

시작부터 끝까지 집중력 잃지 않기

───────

중간에 이르기 위해 책을 읽는 사람은 없다.

미키 스필레인 Mickey Spillane

작가라면 자기 글의 모든 단락, 절, 장, 글 전체의 시작과 마무리가 멋지기를 바란다. 빼어난 도입부는 독자의 내면 깊은 곳을 건드려 그 책을 계속 읽고 싶게 만든다. 훌륭한 끝맺음은 필연적이면서도 다소 놀라운 결론으로 독자를 이끈다. 완벽한 끝맺음은 독자가 알고자 했지만 그 실체를 몰랐던 뭔가를 발견하게 해준다.

결말에 대해 일러둘 게 있다. 수많은 책과 기사에서, 작가는 끝까지 가기도 전에 기운이 빠진다. 앞에서 너무 힘을 쏟은 나머지 어느 순간 갑자기 동력을 잃는다. 결말을 향해 나아가긴 하지만 글이 점점 늘어지고 엉성해진다. 작가는 원고를 고칠 때마다 처음부터 끝까지 읽곤 하는데, 그렇기 때문에 끝부분보다 앞부분을 훨씬 더 많이 읽게 된다. 그러지 마라. 글을 마무리하는 다양한 방법을 모색해라.

마지막으로, 좀 더 부담스러운 조언을 하자면, 축축 늘어지기 쉬운 책 중간을 잊지 마라. 이래서 책을 쓸 때는 모든 부분이 어렵다.

다시 한번 독자를 생각하기

우리는 좀처럼 마음을 열지 않는 상대의 마음을 얻으려고 애쓰는 중이다. 가장 쓰고 싶은 문장을 쓰지 않고 건너뛰어야 할 때도 많다. 우리와 생각이 같은 독자는 우리가 쓴 열성적인 문장에 감동을 받겠지만 그렇지 않은 독자는 너무 선동적이라고 생각할 수 있다. 우리가 할 일은 핵심 주장을 훼손하지 않으면서 설득력을 갖추는 것이다. 거기에는 숱한 실험과 엄청난 노력이 필요하다.

마지막으로 글을 훑어보면서 잘난 체하는 곳은 없는지 살피고 스스로 이런 질문을 던져보자. 요지가 명확하고 독자가 읽기 편하게 썼는가? 독자가 거부감을 느낄 만한 곳은 어디인가? 무심코 내가 의도한 것보다 더 많은 뜻을 내포한 단어나 반응이 명확하게 갈릴 만한 표현을 쓰진 않았나? (이를테면, '정부 지출'이라는 표현은 어떤 사람에게는 아무렇지 않은 말이지만, 어떤 사람에게는 강렬한 반감을 불러일으킨다.)

나는 《리바이빙 오필리아》를 쓸 때, 여자아이들의 고통을 남자아이들의 고통과 비교하지 않으려고 조심했다. 무엇보다 사회과학으로는 한 집단의 고통이 다른 집단의 고통보다 더 크다는 걸 증명할 수 없다. 더욱이 여자아이가 남자아이보다 문제를 더 많이 겪는다는 말은 곧바로 논쟁으로 이어질 가능성이 크다. 그래서 난 명확하게 움직였다. 나는 내가 똑같이 사랑하는 아들과 딸의 엄마이며, 여자아이에 대한 견해를 밝히는 이유는 여자아이가 남자아이보다 더 힘든 일을 많이 겪고 더 가치 있다고 느껴서가 아니라 나도 한때 소녀였고 소녀들을 치료하는 심리치료사이기 때문이라는 점을 분명히 했다.

또 나는 누군가에게 비난의 화살을 돌리지 않으려고 주의를 기울였다. 다양한 여자아이 집단, 여러 가족 유형, 다양한 문제를 선별했다. '보호자의 지도가 필요한PG-rated'이라는 표현도 신중하게 사용했다. 내가 좋아하는 몇몇 작가는 욕설을 사용한다. 나는 욕설이 불쾌하지 않지만 불쾌한 사람도 있을 것이다. 게다가 욕설은 독자층을 제한한다. 대부분의 대학에서는 욕설이 포함된 책을 교재로 쓰지 않는다.

아무리 조심해도 변화를 일으키고자 하는 글에는 반론이 따르기 마련이다. 우리는 반론에 준비가 돼 있어야 한다. 우리가 아는 사실과 주장하는 논리에 체계가 잡혀 있어야 한다. 그렇다고 글을 쓰면서 또 우리 글을 변호하면서 모든 걸 알고 있어야 한다는 뜻은 아니다. 무엇을 알고 무엇을 모르는지 정직하면 된다.

끝내야 할 때를 인정하기

나는 원고를 끝냈다고 말하기 전까지 마흔 번에서 쉰 번쯤 고친다. 끝날 때쯤 되면 그 책이 마치 무척이나 소중한 사람 같다. 특히 마지막 몇 달은 실제 사람보다 글에 대한 생각을 더 많이 한다. 그런데 언제 멈춰야 할지는 어떻게 알까?

어떤 작가는 쉼표 지우기로 오전 시간을 다 보내고 나서 다시 써넣느라 오후를 보내면 그제야 고치기를 그만둔다고 한다. 나는 원고를 봐도 더 이상 보는 것 같지 않을 때, 원고가 어느 정도 외워질 때, 더 나아지게 하려던 것이 오히려 안 하느니만 못할 때 고치기를 멈춘다.

수정 작업이 막바지에 이르면 한밤중에 벌떡 일어나 머릿속으로 빨간 펜을 들고 특정 문장에 줄을 죽죽 긋는 일이 다반사다. 그 문장만 보이는 게 아니라 페이지 전체가 훤히 보인다. 심지어 몇 페이지인지도 말할 수 있다. 빨간 색 표시는 그 문장을 다시 써야 한다는 의미다. 그런 식으로 잠에서 깨어나면 이제 멈출 때라는 걸 깨닫는다. 집착을 버리고 남편에게 산책이라도 나가자고 말해야겠다고 생각한다.

성공에 대해 정의하기

성공은 숫자놀음이 아니다. 질은 양이 아니다. 어떤 책은 상대적으로 거의 안 팔리지만 인류 진보에 디딤돌 역할을 한다. 비주류 신문의 사설이 선거 결과를 뒤집는다. 처음에 무시당했던 학술기사가 역사의 흐름을 바꿔놓는다. 우리 대부분은 세계 역사의 흐름을 바꾸지는 못할 것이다. 하지만 1밀리미터라도 세상을 좋은 방향으로 돌릴 수 있다면 우리로서는 성공이다.

아무리 아름다운 단어를 정성껏 골라 쓴다 해도 글로 온전한 모습을 담기에 삶은 너무나 많은 놀라움으로 가득하다. 우리는 열과 성을 다해 실패에 도전하도록 자신을 단련해야 한다. 지능지수가 300인 뇌를 갖고 태어나지 못했거나 시끄러운 선로 옆에 살거나 엄마가 이제 막 고관절 수술을 받아 언제든 달려갈 준비가 돼 있어야 하는 건 우리 잘못이 아니다. 우리는 누구나 타고난 조건, 방해 요인, 삶의 교훈을 깨닫게 해주는 일 같은 제약 속에서 글을 쓴다.

성공이란 우리가 최선을 다했다는 의미다. 우리가 재능을 낭비하지 않았고 책임을 무시하지 않았다는 의미다. 우리는 우리가 가진 시간과 재능을 타인을 돕는 데 썼다. 다른 누군가의 자유를 위해 우리의 자유를 활용했다. 우리의 성공은 명성이나 트로피가 아니다. 우리 신념이 다른 사람들 사이에서 논의되는 것이다.

글쓰기는 우리 자신보다 훨씬 크고 중요한 큰 그림의 작은 조각이다. 길게 보면, 작가로서의 성공은 사유에 관심을 쏟는 사람들이 들어가는 몇백 년 된 신전에 자리를 확보했다는 의미다. 피로와 고통, 기쁨을 동시에 안기는 인류의 식탁에서 우리 의자를 발견했다는 의미다. 우리가 정말 운이 좋다면 그곳에 다른 사람들을 위한 자리도 마련할 수 있을 것이다.

성공의 순간 귓가에 뮤즈의 속삭임이 들린다. "잘했어요, 나의 선하고 신실한 종이여."

3부

행동으로 옮기기

편지글부터 블로그까지
유형별 글쓰기

11장 _____ 편지 쓰기

시민의 첫 번째 임무는 끊임없이 말하는 것이다.

권터 그라스

인간의 주된 특권 중 하나는 우주를 대변하는 것이다.

노먼 매클린 Norman Maclean

우리에게는 세상을 다시 시작할 힘이 있다.

토머스 페인 Thomas Paine

연결이 지닌 놀라운 힘

네브래스카주 링컨 외곽에 있는 스프링크리크 대초원은 과학자들 사이에서 미국 중앙대평원 본래의 생태계를 대표하는 상징적 장소로 통한다. 이곳은 626에이커(약 2.5제곱킬로미터)에 달하는 대초원으로 한 번도 경작된 적이 없으며 키 큰 풀이 끝없이 펼쳐진다. 습지와 천연 샘, 개울, 연못이 있고, 참나무, 미루나무, 팽나무 등으로 이뤄진 울창한 숲도 있다. 이곳에는 192종의 새와 350종 이상의 식물이 서식한다. 또 수천 년 전으로 거슬러 올라가는 원주민 유적이 보존돼 있고, 네브래스카시티-커니 요새를 잇는 지름길에서 오리건트레일(미주리주에서 오리건주에 이르는 산길로, 미국 개척 사상 유명한 이주도로 – 옮긴이)로 이어지는 우마차의 바퀴 자국이 남아 있는 곳이기도 하다.

1998년, 비영리 자연보호 단체인 오듀본Audubon의 네브래스카주 지부가 스프링크리크 대초원을 매입했다. 남편과 나는 그곳을 찾아 붉게 물든 초원을 걷고, 오리건트레일을 손으로 느끼고, 봄이 되면 암컷에게 구애하는 들꿩의 현란한 몸짓을 관찰하는 걸 무척 좋아한다. 우리는 화살촉이 어디서 발견됐는지, 루드베키아와 흰 타래난초가 어디서 자라는지 안다. 수 세기 전, 들소들은 등이 간지러울 때마다 바위에 등을 문질렀는데, 시간이 지나면서 그 바위 둘레로 얕은 웅덩이가 만들어졌다. 우리는 들소들이 뒹굴던 그 흔적 옆에서 소풍을 즐기곤 한다.

2004년 1월, 오듀본 네브래스카주 지부장에게서 한 통의 전화가 걸려왔다. 초원이 위기에 처했다는 소식이었다. 한 개인 토지 소유자가 대초원 근처에 상업용 모터크로스(오토바이를 타고 하는 크로스컨트리 경주 – 옮긴이) 경주로를 설치할 계획이라는 거였다. 그 소음만으로도 초원에서의 새 관찰은 끝장이었다. 방문객은 새소리를 듣지 못할 것이다. 새들은 오토바이 소리에 겁을 먹고 초원을 떠나거나, 혹 남는다 해도 다른 새들이나 짝의 울음소리를 들을 수 없을 게 뻔하다. 지부장은 우리에게 초원 지키기 캠페인을 도와달라고 부탁했다.

내 첫 반응은 이랬다. '오 제발, 지금은 안 돼.' 나는 이 책을 쓰기 위해 마지막 몇 달을 차분하게 보내는 중이었다. 2월 초에는 인터뷰, 강연, 국내 여행 등의 일정이 잡혀 있었다. 초원에 닥친 위기가 내 중요한 계획을 방해하는 훼방꾼으로 보였다. 하지만 익히 배워왔듯 이런 훼방꾼은 자주 삶의 귀한 교훈을 준다.

나는 내가 설득하는 글에 대해 잘 알고 있다고 생각했다. 하지만 정치 현실이라는 복잡다단한 연구실에서 실험해본 결과 내가 알고 있다고 생각했던 지식은 잘못된 거였다. 경주로 설치 허가 여부를 결정할 카운티위원회의 다섯 위원에게 보낸 내 편지를 여기 소개한다. 나는 문학적 인용으로 글을 열었다.

● "실패한 경제와 전쟁을 견뎌내게 해주는 영원불변의 지혜가 있다. 모든 사람이 중요하게 여기지만 형언하기는 어려운 지혜다. 바로 품위 있는 삶을 살고 타인과 대지를 정당하게 대하는 방법을 이해하는 것이다." 배리 로페즈 Barry Lopez

저는 작가이자 오듀본 네브래스카 지부 회원이며 스프링크리크 대초원의 친구입니다. 저는 모든 계절에 이 초원을 걷습니다. 푹푹 찌는 토요일 아침 그곳에서 사향엉겅퀴를 캡니다. 초원에서 열리는 축제에 참가하고 그곳의 저녁노을을 감상합니다. 혼자만의 시간이 필요할 때면 언제나 그곳에 가서 고요함과 고독을 즐깁니다.

내년 여름에는 두 살 난 손녀를 데리고 스프링크리크를 방문하려 합니다. 아이가 성인이 되어 뒤적여볼 삶의 소중한 추억 한 페이지가 되기를 바라면서요.

기성 작가인 저는 손님들에게 초원을 구경시켜줄 기회가 많았습니다. 손님 중에는 〈뉴욕타임스〉 기자와 유럽임상심리학회 의장도 있었지요. 두 사람 모두 초원을 걷는 동안 말수가 줄고 호흡이 느려졌습니다. 기자가 이렇게 말하더군요. "작가님이 네브래스카에 사는 이유를 알겠어요." 스코틀랜드에서 온 그 심리학자는 8월의 일몰을 감상하면서 이렇게 말했습니다. "오기를 정말 잘했어요." 저는 제 집에서 초원까지의 여정을 두고 하는 말인 줄 알았습니다. 그런데 그가 이렇게 덧붙이더군요. "스코틀랜드에서 말이에요."

제가 속한 모임 회원들은 초원에 모여 시간을 보내곤 합니다. 다들 전국적으로 책을 출간하는 작가입니다. 모임 이름은 '초원의 송어'입니다. 우리는 초원 위로 끝없이 펼쳐진 하늘과 창공의 새들, 고요함, 온갖 빛깔의 풀에서 영감을 얻습니다.

밥 딜런이 〈불어오는 바람 속에〉를 발표한 뒤 누군가 그에게 제목의 의미를 물었습니다. 그가 대답했죠. "바람 소리를 들어봤다면 알 겁니다. 못 들어봤다면 나도 설명할 길이 없고요."

오늘 전 그걸 느꼈습니다. 지저귀는 새소리, 풀 위를 스치는 바람, 들판에 자라는 난초의 아름다움. 과연 이런 것의 가치를 누가 측정할 수 있을까요? 이런 건 금전적 맥락에서 논의될 수 없습니다. 돈과는 전혀 다른 가치 질서에 속하니까요. 이런 것이 우리를 인간답게 해주고 우리 본분을 잊지 않게 해주며 분별력을 잃지 않게 합니다. 우리에게 기쁨과 평화를 주고 우리를 우리 자신보다 훨씬 크고 오래된 뭔가와 연결해줍니다.

모터크로스 경주로가 설치되면 대초원은 심각한 타격을 입고 우리 인간에게 선물을 줄 능력 대부분을 잃을 겁니다. 자연 그대로의 모습을 간직한 아름다운 대초원에 시끄럽게 울리는 오토바이 소음을 들으면 세계 각지의 제 친구들이 어떤 반응을 보일지 상상조차 할 수 없습니다. 경주로 설치 허가로 인해 제 손녀가 잃게 될 추억은 떠올리고 싶지도 않습니다. 기계로 가득한 이 시끄러운 세상에 마법처럼 고요한 땅은 이제 얼마 남지 않았습니다. 스프링크리크 대초원이 그중 하나이지요. 초원을 방문해보시길 바랍니다. 그리고 당신 자신을 위해, 우리 모두를 위해, 우리 아이들과 그 아이들의 아이들을 위해 초원을 보호해주시기를 바랍니다. 감사합니다.

나는 이 편지가 꽤 자랑스러웠다. 위원장인 내 친구 레이 스티븐스가 전하길, 위원회가 받은 편지 중에서 가장 문학적이고 사랑스러운 편지였다고 했다. 하지만 공청회가 열렸을 때, 유감스럽게도 내 편지는 전혀 효과가 없었다는 사실을 깨달았다. 사실 감정 가득한 나의 간청은 결정적인 투표권을 쥔 위원 하나를 화나게 했다. 짐작컨대 그는 내가 잘난 체한다고 생각했던 것 같다. 아마 과격했던 60년대를 상징하는 밥 딜런 운운했던 게 큰 실수였을 것이다. 심지어 내 인용문은 순진하기 짝이 없었다. 대부분은 배리 로페즈가 누군지 모른다. 또 인용문을 좋아하는 사람도 있지만 흥미를 잃거나 방어적이라고 느끼는 사람도 있다. 내 편지에 힘을 싣기 위해 언급한 작가 경력은 오히려 으스대는 듯한 역효과만 낳았다.

들판의 풀과 바람 소리를 들먹인 내 편지는 나와 입장이 같은 사람들에게나 통할 설교였다. 내 편지에는 나와 위원들을 연결할 만한 끈이나 반대 입장에 있는 사람들의 의견에 정당성을 부여해줄 만한 말이 단 한마디도 없었다. 사실 나는 편을 더 분명하게 가르는 역할을 했다. 결국, 이 문제를 두고 나뉘어 있던 양쪽을 연결해낸 사람들이 초원을 구했다.

내 친구 카렌 슈메이커가 쓴 좀 더 설득력 있는 편지의 예를 보자.

• 　스프링크리크 대초원 북쪽에 모터크로스 경주로 설치를 승인해 달라는 요청과 관련해 한 말씀 드리고자 합니다. 우선 저라면 위원으로서의 소임을 맡고 싶지 않았을 텐데, 그럼에도 그 일을 기꺼이 맡아주고 계신 여러분께 감사드립니다. 저는 여러분이 앞두고 있는 그 결정이 결코 쉽지 않으며, 여러분이 가능한 한 최선의 결정을 내리기 위해 애쓰는 좋은 분들이라는 걸 잘 압니다.

　모터크로스는 재미있는 스포츠고, 개발업자들이 원하는 시간과 공간을 허락할 만하다고 생각합니다. 하지만 저는 평온하고 아름다운 초원 바로 옆보다 더 적당한 장소가 있다는 사실을 알려드리고 싶습니다. 제 남편은 웨스트오스트리트West O Street에서 화물 자동차 휴게소를 운영합니다. 제가 초원에 곧 닥칠지 모르는 피해에 대한 슬픔을 전하자 남편이 휴게소 근처에 경주로로 완벽한 땅이 많다고 말하더군요. 철로와 나란한 웨스트오스트리트 남쪽 지역은 언덕이 많은 미개발지역입니다. 도심과 가까울 뿐 아니라 이미 그 지역 분위기의 일부가 된 철로나 공항의 소음에 비하면 경주로의 소음은 무시해도 될 수준일 겁니다. 더 좋은 건, 그곳 주민 대다수가 모터크로스 팬이나 경기 참가자의 방문을 반긴다는 사실입니다.

　2월 24일 공청회에서 경주로 설치를 원하는 모터크로스 지지자들은 그 사업에 더 적합한 장소를 찾을 수 없다고 주장했습니다. 저는 그게 사실이라고 믿지 않습니다. 여러분도 그러기를 희망합니다. 부디, 그 사람들에게 그들이 원하는 땅이 아니라 경주로로 적합한 장소를 찾을 때까지 탐색을 멈추지 말아달라고 말해주십시오.

　저는 두 아이의 엄마입니다. 열여섯 첫째 아들은 랭커스터카운티에서 모터크로스 경주를 보고 싶어 할 거고, 열 살 난 둘째 딸은 들판을 걷고 초원의 야생동물을 관찰하고 싶어 할 겁니다. 이건 너무나 다른 두 아이와 매일 협상을 이어가야 하는 제 일상의 한 예일 뿐입니다. 저는 한쪽의 요구와 필요가 다른 쪽의 요구와 필요보다 우선시되지 않도록 항상 최선을 다합니다. 쉽지 않은 일이지요. 여러분도 잘 아실 거라고 믿습니다. 그런데 때로는 방향만 살짝 바꿔도 해결점이 찾아질 때가 있습니다. 저는 여러분이 고심하는 이 사안의 해결책도 그렇게 찾을 수 있다고 생각합니다. 부디, 모터크로스 경주로 지지자들이 우리의 소중한 자연을 해치지 않는 방향으로 생각을 바꾸게 해주세요.

　교육의 장, 연구 대상지, 야생동물 보호구역으로서 이 초원의 중요성에 대해서는 잘 알고 계시리라 생각합니다. 물론 그 모든 관점에 동의하지만, 제게 이번 일은 대단히 개인적인 문제이기도 합니다. 설명을 해보지요. 2001년 9월 11일 아침, 저는 친구와 함께 스프링크리크 초원을 걷고 있었습니다. 높푸른 하늘, 맑은 새소리, 들판의 풀을 쓰다듬는 산들바람. 정말 아름다운 아침이었지요. 우리가 걷던 오솔길 남쪽으로 한 남자가 소를 모는 모습이 보였습니다. 문득 이런 소리가 들리더군요. "이쪽이오, 대장." 소를 그렇게 부르는 걸 들어본 적 있나요? 저는 35년쯤 전에 할아버지가 그러는 소리를 들은 게 마지막이었습니다. 순간 저는 제 가족의 역사에, 심지어 이 세상에 완전히 연결된 느낌이 들었습니다. 그 자리에 서서 그 말을 들을 수 있었다는 사실에 더없이 행복했습니다. 하지만 산책을 마치고 돌아온 저를 기다리고 있는 건 미국이 공격을 받았다는 소식이었지요. 그날 아침 이후로 저는 그 초원만이 줄 수 있는 위로를 구하기 위해 몇 번이고 그곳으로 돌아갔습니다. 진심으로 간청합니다. 부디, 누구도 그 평화를 깨트리지 못하게 해주십시오.

카렌 슈메이커

카렌의 편지는 연결의 진수를 보여준다. 어조는 공손하고 다정하다. 사안의 복잡성에 공감하면서도 희망적이다. 그는 흥분하기 좋아하는 10대, 모터크로스 팬, 사업가, 자연을 사랑하는 사람, 환경론자까지, 분쟁에 관련된 거의 모든 집단과 자신을 솜씨 좋게 연결했다. 편지 마지막에는 시골 풍경을 환기하는 풋풋한 이야기를 담아, 위원들이 네브래스카에서 유년을 보낸 중년이라면 누구나 간직하고 있을 법한 추억을 떠올리게 했다. '부디'라는 표현이 반복적으로 등장하는데, 정중하면서도 다급한 느낌을 준다. 특히 마지막에 쓴 게 절묘했다. 카렌의 편지는 위원들이 그의 메시지를 무시하기 어렵게 만들었다.

이 위원회는 스프링크리크 대초원에 모터크로스 경주로를 설치하는 문제와 관련해서 수백 통의 편지를 받았다. 레이 스티븐스의 말에 따르면, 과학자나 카운티 주민에게 존경받는 사람이 보낸 편지가 가장 큰 영향을 미쳤다고 한다. 감정적인 논쟁이나 악의적인 비난을 쏟아낸 편지는 무시됐다. 자기 재산을 지키기 위해 목소리를 높이는 근처 부동산 소유자들의 편지는 설득력을 발휘하지 못했다. 반면 주민의 삶의 질에 관한 언급은 영향을 미쳤다. 위원 두 명이 토지를 갖고 있었는데 그들은 고요함의 가치를 이해하는 사람들이었다.

초원을 지지하는 편지의 순전한 숫자도 영향력을 발휘했지만 공공선을 설득력 있게 주장한 편지도 한몫을 했다. 예를 들어, 네브래스카주 오듀본 지부에서 보낸 편지는 그들이 스프링크리크 대초원과 교육센터에 이미 수백만 달러를 투자했고, 모터크로스 경주로를 포장하려면 납세자들의 세금 35만 달러가 든다는 사실을 지적했다.

아이들이 쓴 편지의 효과는 놀라웠다. 위원회 구성원들은 모두 교육 및 자연과의 교감을 가치 있게 생각하는 부모이자 조부모였다. 레이는 한 소녀가 소음 제거용 귀마개를 쓴 새를 그려 넣은 편지를 보냈다고 얘기했다. 아이의 애달픈 질문이 압권이다. "이 새들이 쓸 귀마개는 전부 누가 살까요?"

결국 스프링크리크 대초원 수호자들이 가까스로 승리했다. 위원회는 모터크로스 경주로에 강력히 반대하는 위원 둘과 지지하는 위원 둘로 나뉘어 있었다. 중립적인 태도를 취했던 다섯 번째 위원이 결국 반대표를 던졌다. 카렌이 지적했던 것처럼, 모터크로스 시설은 필요하지만 초원 옆은 적합하지 않다는 데 동의했다.

이 기쁜 소식이 발표되기 전까지 초원의 지지자들은 엄청난 스트레스, 좌절감, 절망으로 고통받았다. 하지만 동시에 로비활동을 효과적으로 하려면 어떻게 해야 하는지에 대해서도 많은 걸 배웠다. 초원 구하기에 동참했던 사람들은 그 목적을 점점 더 명확하게 깨닫고 신념을 더 확고하게 키워나갔다. 비난받고 낙담할 때 계속 나아가게 해주는 도덕적 소임을 공유했다. 이 위기를 새로운 사람들에게 스프링크리크 대초원의 아름다움과 중요성을 알리는 기회로 활용했다. 우리 카운티에서 사용하고 있는 토지와 관련된 문제의식이 높아졌다.

승리가 확정된 뒤, 우리는 초원에서 치유의식을 치르기로 했다. 3월의 어느 늦은 오후, 남편과 나 그리고 오리건트레일을 연구했던 역사학자가 모였다. 그 주 내내 날씨가 흐렸고 간간이 이슬비가 내리고 바람이 불었다. 하지만 4시쯤 되자 바람이 잦아들면서 해가 얼굴을 빼꼼 내밀었다. 구름이 동쪽으로 빠르게 미끄러져갔다.

한동안 우리는 노랗게 물든 키 큰 풀밭을 걸었다. 댐 위를 걸을 때는 비버, 스컹크, 코요테, 토끼, 여우가 지나다니는 통로를 지나쳤다. 연못에서는 사향쥐가 헤엄을 치고 있었다. 고성청개구리의 첫 울음소리와 아름다운 곳에서만 사는 들종다리의 울음소리를 들었다. 적당한 장소를 물색하느라 열심히 주위를 살피는데 누군가가 말했다. "어디라도 초원이면 거기가 맞춤한 장소죠."

커다란 쇠풀로 뒤덮인 야트막한 언덕을 올라가는데 초원뇌조 세 마리가 코앞에서 푸드덕 날아올랐다. 누가 먼저랄 것도 없이 바로 거기가 우리가 찾던 장소임을 알았다. 세 사람은 노랗게 물든 산비탈 풀숲 깊숙이 몸을 뉘였다. 햇살이 따뜻한 삼베 이불처럼 우리를 감쌌다.

겨울 동안 희멀개진 얼굴에 스치는 산들바람을 느끼며 세이지와 흙과 새로 돋은 풀잎의 냄새를 호흡하며 하늘을 올려다봤다. 웬델 베리Wendell Berry와 월트 휘트먼의 시를 읽고, 초원을 구하기 위해 벌였던 투쟁에 대해 이야기했다. 짐이 기타 반주를 하며 스티븐 포스터Stephen Foster의 〈고난의 나날은 다시 오지 않으리Hard Times Come Again No More〉를 불렀다. 다 같이 우디 거스리의 〈이 땅은 너의 땅This Land Is Your Land〉을 불렀다. 마지막으로 그저 서로의 옆에 나란히 누워 윌라 캐더가 '내륙의 거대한 붉은 바다'라고 했던 풀숲을 스치는 바람 소리에 귀를 기울였다.

해가 서쪽으로 기울고, 연못은 은청빛으로 일렁였다. 청둥오리와 흰기러기가 우리 위로 날았다. 우리는 가장 열정적이고 치열한 환경운동가 에드워드 애비가 동료 활동가들에게 쓴 편지를 읽는 것으로 의식을 마쳤다. 서로 포옹을 나누고 나서 자동차를 세워둔 곳으로 향했다. 그리고 휴대전화와 기계에 둘러싸인 일상으로 돌아왔다.

집으로 돌아오는 동안 나는 초원을 사랑하는 이 작은 무리에 대해 생각했다. 어떤 사회운동이든 성과의 대부분은 매일, 매주, 매년 하루 열 시간씩 열정을 쏟을 각오가 된 열성적인 사람들이 땀 흘려 노력한 결과다. 이 '일벌'들은 그런 일을 한 번으로 끝내는 게 아니라 오랫동안 하기로 마음먹은 이들이다. 나는 이 장에서 그런 열혈 활동가들이 자신이 사랑하는 대의를 설득력 있게 주장하는 데 도움이 될 만한 글을 쓰고 싶었다. 옳은 것만으로는 충분치 않다. 사실과 증거만으로는 부족하다. 빼어난 말솜씨만으로도 충분치 않다. 가장 중요한 건 설득하고자 하는 사람들과 연결의 끈을 찾는 것이다. 그리고 승리했다면 축하해야 한다.

나는 공직자와의 대화를 통해 활동가가 영향력을 발휘할 수 있는 방법에 대한 중요한 단서를 얻었다. 네브래스카주 상원의원 다

이아나 시맥DiAnna Schimek은 갈등이 첨예하거나 스스로 확신하지 못하는 사안에 대해 정치인이 결정을 내려야 할 때 편지가 도움이 된다고 말했다. 이미 견해가 확고한 사안에 미치는 영향은 제한적이었다.

시맥은 현재 진행 중인 안건을 예로 들었다. 의회는 퇴역군인 연금에 대한 과세법안을 논의 중이다. 이 법안은 주의 사업계획, 세금 기반, 다른 은퇴자들과의 공정성 등에 영향을 미치는 복잡한 안건이다. 시맥은 여섯 달 동안 이 문제에 관한 편지를 주의 깊게 읽었고, 그 편지들은 그가 던지는 표에 영향을 미칠 것이다. 그는 아직 입장을 확실히 정하지 않았다.

한편, 시맥 상원의원은 복역기간을 채운 중범죄자들의 투표권을 회복시키는 법안을 3년 연속 제출했다. 그가 받은 편지는 그의 입장을 더 확고하게 굳히는 쪽으로만 영향을 미쳤다. 그는 수많은 죄수에게 편지를 받았는데, 대부분 민주주의 국가의 시민으로서 투표권을 행사한다는 게 그들에게 얼마나 중요한지를 호소하는 내용이었다.

그는 손 글씨로 쓴 진심 어린 편지가 가장 감명 깊었다고 말했다. 이 법안에 영향을 받을 사람들의 개인적인 이야기가 특히 그의 마음을 울렸다. 공청회에 섰던 수감자, 전과자, 그들의 친구와 가족, 그리고 지지 그룹의 증언도 상원의원들에게 깊은 인상을 남겼다. 상당히 보수적인 우리 주에서, 상원의원 대다수가 이 법안에 찬성표를 던졌고, 나중에는 심지어 주지사의 거부권을 무효화하는 투표까지 거쳐 이 법을 통과시켰다.

내가 이야기를 나눠본 모든 정부 관료는 편지의 간결함을 강조했다. 또 외부인보다는 자기를 지지하는 유권자들에게 훨씬 많은 관심을 기울인다고 말했다. 지인들의 의견에도 관심을 쏟는다고 했다. 인쇄되거나 복사된 같은 내용의 편지나 엽서는 곧바로 제외된다. 독선적이거나 분노로 가득한 편지는 무시되는 경향이 있다. 내가 본 과격한 편지 중 하나는 이렇게 시작된다. "이 편지를 읽고 제발 우리 삶에서 꺼져버려. 당신 같은 종자들은 지금 당신들이 그토록 끔찍히도 원하는 정치적 생명을 위해 싸우고 있겠지만, 가망 없는 싸움이니까……." 이런 편지는 바로 제쳐진다.

정치인은 정책이 유권자들에게 어떤 영향을 미칠지에 대한 사적인 이야기에 관심을 갖는다. 또 감사 편지에도 영향을 받는다. 수많은 정치인이 감사장을 받으면 울컥한다고 말했다. 공직자들의 헌신에 대한 감사가 얼마나 부족한지 짐작할 수 있는 대목이다.

지금 우리는 편지에 대해 이야기하고 있지만, 많은 정치인이 직접 얼굴을 보고 대화하는 만남을 중요하게 생각한다는 점을 일러둬야겠다. 링컨시티의 테리 워너Terry Werner 의원은 정말 중요한 사안이라면 편지를 보낸 뒤에 만남을 요청하는 방법을 써보라고 추천했다. 모든 정치는 지역을 기반으로 한다. 커피와 도넛을 함께 먹으면 설득하기가 비교적 수월해진다.

설득력 있는 편지의 요건

편지의 처음부터 끝까지 읽는 사람을 존중하고, 공통점을 찾고, 되도록 그 공통점을 놓아버리지 마라. 당신의 편지를 읽을 사람의 입장을 헤아려라. 예를 들면 이런 식으로. "저는 시장이라는 자리가 사람들에게 감사받지 못하는 직업이라는 걸 잘 압니다." 또는 "경전철 문제는 복잡할 뿐 아니라 정치적으로나 경제적으로 문제투성이인데, 그런 문제를 해결하려고 애쓰시는 점에 깊이 감사드립니다." 또는 "목표 달성을 위해서 우리가 택한 방법이 서로 다르긴 하지만 지역민 모두를 위한 저렴한 의료보험을 원한다는 사실에는 동의할 거라고 생각합니다."

스스로 편지의 요지를 잘 알고 있는지, 받는 사람도 그걸 명확하게 인식할 수 있는지 확인해라. 이 편지로 이루고자 하는 목표가 정확히 무엇인가? 편지를 받는 사람이 어떤 조치를 취하기를 바라는가? 뭔가를 옹호하는 편지나 독자투고란에는 '이 사람이 지금 무슨 말을 하고 싶은 거지?' 또는 '음, 그래서 뭘 원한다는 거야?'라는 생각이 들게 하는 글이 정말 많다.

말은 간단하게 해라. 쓸데없이 길고 어려운 말, 학술적인 용어, 줄임말 사용을 피해라. 솔직하고 단순하게 얘기해라. 편지를 읽는 사람, 특히 당신을 모르는 사람은 당신의 농담이나 비꼬는 말을 이해하지 못할 수 있다. 시인 로버트 프로스트는 단순한 어휘만 갖고도 글을 잘 썼다. 당신도 할 수 있다. 명확한 사고와 간결함이 합쳐지면 글의 힘이 극대화된다.

긍정적인 전망은 자기실현적 예언이 되곤 한다. 희망은 전염된다. '우리 주 교도소 시스템은 엉망진창입니다'보다 '우리 주의 모든 수감자를 위해 인도적인 학습환경을 조성합시다'라고 쓰는 편이 낫다. 희망적인 말을 해라. '이건 어려운 문제입니다. 하지만 다 같이 힘을 모으고 서로를 격려한다면 분명 성공할 거라고 확신합니다.'

편지에 비판적인 내용을 꼭 포함시켜야 할 때 나는 '샌드위치 전략'을 쓴다. 내가 좋아하고 가치 있다고 생각하는 내용으로 글을 열고 그 뒤에 문제점과 이해가 상충하는 사안을 끼워 넣는다. 그런 다음, 처음 내가 상대방에게 나타냈던 존경심, 낙관, 우리 둘 모두에게 좋은 방향으로 문제를 해결하고자 하는 진정한 바람으로 돌아온다. 상냥함, 칭찬, 관대함 그리고 희망으로 가득한 편지에는 누구도 저항하기 힘들다.

세상의 변화를 목표로 하는 편지는 행동을 제안하면서 마무리될 때가 많다. '다음 주에 만나서 이 문제를 상의해봅시다'라거나 '저와 직접 그곳에 가서 초원의 장엄함을 경험해보셨으면 좋겠습니다'라는 식의 구체적인 제안을 하기도 한다. 아래 글은 나탈리아 레드포드라는 열다섯 살 소녀가 나에게 보낸 이메일이다. 나는 이 편지의 명확성, 진정성, 열심이 마음에 든다. 나탈리아는 나와 자신을 연결하고, 나에게 행동을 강하게 촉구했다.

● 안녕하세요! 전 나탈리아라고 해요. 당신을 영화 〈보이지 않는 아이들Invisible Children〉 상영회에 초대합니다. 우리는 학교에서 이

영화를 보고 큰 영향을 받았습니다. 그래서 이 문제를 사람들에게 알리고 영화 속 아이들을 위한 기금을 마련하려고 해요. 7월 12일에 영화를 보러 와주세요. (입장료는 무료예요.)

아직 영화를 보지 못했거나 들어본 적 없는 분들을 위해 말씀 드릴게요. 이 영화는 우간다 정부와 LRA 반군조직이 벌이고 있는 전쟁 이야기입니다. (LRA는 '신의 저항군'을 의미하는 the Lord's Resistance Army의 약자입니다.) 이 전쟁은 다른 어떤 전쟁과도 달라요. LRA는 지원병들로 이뤄진 군대가 아니라 아이들을 납치해서 억지로 전쟁에 내몰고 있기 때문입니다. 납치당한 아이들은 LRA 부대에 도착한 다음 날부터 폭력과 피로 세뇌당하고, 강제로 다른 아이들을 죽이거나 죽어가는 아이들을 지켜봐야 합니다. LRA가 노리는 아이들은 주로 다섯 살에서 열네 살 사이의 소년입니다. 총을 쥘 수 있을 만큼 몸집은 컸지만 자기들 뜻대로 세뇌시킬 수 있을 정도로 자아는 아직 다 형성되지 않은 시기이기 때문이지요. 납치된 아이들은 폭력적이고 정신이 불안한 어른으로 자라납니다.

이건 도덕적으로 분노할 일이에요. 심지어 납치당하지 않은 아이들도 이 내전 때문에 고통스러운 삶을 삽니다. 집에서 자다가 납치당할까 봐 두려워 밤이 되면 도심으로 쏟아져 나옵니다. 건물의 차양 아래 길가나 버스 정류장, 사람들이 많이 오가는 주차장 아니면 병원 복도 같은 데서 잠을 잡니다. 이런 곳은 대부분 지저분하고 돌봐줄 어른도 없습니다. 그마저도 이 아이들을 전부 수용하기에는 공간이 턱없이 부족한 실정입니다. 하지만 가난한 아이들에게는 선택의 여지가 없습니다. BBC는 우간다의 이런 상황을 '세계에서 가장 심각한 인도주의적 위기'라고 지적했습니다. 국제사회는 도저히 있을 수 없는 이런 일을 모른 척하고 있습니다. 반드시 모두의 관심을 이끌어내야 합니다.

제 여동생과 저는 링컨고등학교에서 이 영화를 보고 깊은 울림을 느꼈습니다. 그래서 더 많은 사람에게 이 비극적인 이야기를 알려 이 문제에 대한 사람들의 인식을 높이고 기금을 모으겠다는 목표를 세웠습니다. 7월 12일 화요일 저녁 6시에 루터 교회에서 상영합니다. 가능한 한 많은 사람과 함께 와주세요. 오시면 아이들을 위해 기부하실 수 있습니다.

화요일에 참석할 수 없다면, 웹사이트를 확인해주세요. (www. invisiblechildren.com) 이 메일은 다른 사람에게 자유롭게 전달하셔도 됩니다. 고맙습니다. 상영일에 만나요.

친애하는, 나탈리아 레드포드

많은 사람이 교회 행사에 참석했고 나탈리아와 동생 한나의 할머니가 기증한 퀼트 경매에도 참여했다. 그날 밤 많은 기부금이 모였고 지금도 계속 모금 중이다. 지역신문인 〈링컨저널스타Lincoln Journal Star〉에서 이 자매와 〈보이지 않는 아이들〉 이야기를 기사로 실었다. 기사 내용에는 다 같이 모여서 이 영화 DVD를 함께 보라는 자매의 제안이 담겼다. 두 소녀의 열정과 헌신으로 링컨의 많은 사람이 자신이 가진 관심의 원을 우간다 아이들에게까지 넓혔다. 두 소녀는 볼드윈이 말했던 1밀리미터만큼 세상을 바꿨다.

12장

연설문 쓰기

———

예술가는 듣는 사람들이 불쾌해할 걸 각오하고
그 사람들의 마음속 비밀을 이야기한다.

로빈 콜링우드 Robin Collingwood

———

정당대회 연설은 최대한의 단어를
최소한의 사상으로 압축하는 것이다.

윈스턴 처칠

———

좋은 설교는 열정적인 대화의 한 측면이다.

마릴린 로빈슨 Marilyn Robinson

———

결국 우리는 사랑하는 것만 보존할 것이며,
이해한 것만 사랑할 것이고,
배운 것만 이해할 것이다.

바바 디오움 Baba Dioum

말을 할 때, 우리는 듣는 사람과 단기적인 관계를 맺는다. 우리는 함께 시간을 보내는 데 동의하고, 듣는 이는 그들 자신에게 영향을 미칠 수 있는 권리를 우리에게 보장한다. 우리는 그들에게 우리가 가진 가장 멋진 생각을 전달한다. 연설은 내용, 전달력, 태도라는 세 가지 요소로 구성된다. 이 가운데 어떤 것도 하나만으로는 효과를 내지 못한다. 내용이 아무리 좋아도 귀에 쏙쏙 박히는 전달력과 매력적인 태도가 없으면 영감을 주지 못한다. 노련한 연사는 청중의 관심을 휘어잡는다. 청중은 자신이 연사를 비롯한 다른 사람들과 연결된 듯한 강렬한 기분을 느낀다. 변화하고 있는 뭔가의 일부라고 느낀다.

능숙한 연설은 청중에게 '환영합니다'라고 말하는 듯한 느낌을 준다. 작가에게 연설은 공동체를 형성하고, 신념을 널리 알리고, 독자층을 넓힐 기회다. 연설은 연사와 청중의 거리가 가장 가까운 행사다. 우리는 그들을 보거나 들을 수 있고, 심지어 그들을 만질 수도 있다. 그건 청중도 마찬가지다. 연설은 새롭게 떠올린 아이디어를 시험해볼 수 있는 좋은 무대다. 그리고 그 아이디어가 다른 사람들로부터 이끌어내는 반응을 참고해 연설문을 다듬을 수 있다. 나는 연설을 하고 나면 효과가 있었던 부분과 그렇지 않은 부분에 표시를 해놓는다. 청중이 산만해지는 것처럼 보였던 부분, 청중석에서 웃음이 터져 나왔던 부분, 기대감에 숨을 죽였던 부분을 기록한다. 나와 생각이 다른 사람들의 관점을 고려해볼 수 있도록 그들이 던진 가치 있는 질문이나 의견을 적어둔다. 같은 연설문으로 다시 연설을 할 기회가 생기면 이전 연설에서의 경험을 거울삼아 연설문을 손질한다.

모든 조직과 단체에서 연사를 초청한다. 학교나 교회, 공동체 포럼, 집회, 공식행사, 모임 등에 자발적인 연사로 나서서 당신의 글을 청중에게 들려줄 기회를 잡을 수 있다. 철저하게 준비하고 기민한 모습을 보이고 활발하게 소통할 준비를 해라. 나는 출판물이나 기사를 쓸 때 못지않게 연설문을 쓰는 데 많은 시간을 투자한다. 먼저 생각을 자유롭게 펼치고 난 다음 체계를 잡고 발전시켜나간다. 조사한 내용, 사실, 이야기, 논리적 주장 등을 신중하게 배치한다. 마지막으로 전체를 읽고 수정한다.

이런 방식으로 준비하면 불안감이 줄어든다. 연설이 끝나고 나면, 이제 당신의 신념이 변화를 만들어낼 수 있는 출발점에 섰다는 사실에 뿌듯함을 느낄 것이다.

변화를 일으키고자 하는 모든 사람은 자신의 소임을 다하기 위해 연설을 활용한다. 예를 들어, 도시계획가는 지역사회 포럼을 주최해 지역제 및 포괄적인 도시계획의 필요성을 논의할 수 있다. 성직자는 선교 여행을 하면서 봤던 가난의 현실과 그에 대해 우리가 할 수 있는 일을 설파할 수 있다. 건축업자는 태양열 발전이나 짚단을 사용한 건축 교육과정을 이끌 수 있고, 코하우징cohousing(사생활과 공동체 생활을 결합시킨 공동주거 형태 – 옮긴이) 프로그램 참가자는 코하우징 운동을 모르는 사람을 위해 자신의 일상을 묘사해줄 수 있다. 변호사는 화해의 기술을 가르칠 수 있고, 심리학자는 깊이 귀 기울이는 방법을 가르칠 수 있다. 선생님이라면 낙제학생방지법No Child Left Behind Act(저소득 소외계층 자녀들의 낮은 학력을 향상시키기 위해 시행되고 있는 법안 – 옮긴이) 시행 이후 교실에 생긴 변화에 대해 설명할 수 있다. 과학자는 정치가 연구기금에 어떠한 영향을 미치는지를 논의하기 위한 전국적인 노력을 지지할 수 있다. 비영리단체의 장은 진행 중인 프로젝트를 알리고 지지를 호소할 수 있다.

때로 그저 자신의 경험을 이야기할 때 가장 큰 설득력이 발휘되기도 한다. 좋은 사례 하나는 열댓 개 이론 부럽지 않다. 탬파에 있는 오필리아 프로젝트Ophelia Project(10대 소녀들이 자기 가치를 높이고 사회에 기여할 수 있도록 돕는 비영리 프로그램 – 옮긴이)에서 강연을 할 때였다. 내 연설은 좋은 반응을 얻었다. 하지만 청중석에서 박수갈채가 터져 나오고 그 단체에 기금을 모아준 연설은 내 순서 다음에 이어졌다. 이 연사는 힘든 시간을 지나온, 대중 앞에 처음 서보는 여자아이였다. 소녀는 이 프로젝트가 자신의 삶에 어떤 의미인지 이야기했다. 진심으로 전하는 소녀의 이야기는 감동적이었다.

유능한 연사는 모든 대의명분에 도움이 되는 반면, 지루하고 불쾌감을 주는 데다 잘못된 정보를 전달하는 연사는 오히려 커다란 해를 끼친다. 대다수 사람에게 있어 말하기는 타고나는 능력이 아니라 배워야 하는 기술이다. 대중 앞에서 연설을 해야 한다면 잘하는 법을 익히고 싶을 것이다. 다른 연사들을 관찰해라. 마이크 사용법을 익혀라. 처음에는 몇몇 사람 앞에서 연습해보고 점점 많은 사람 앞에 서봐라. 연습하고 또 연습해라.

청중에 대해 생각하는 것이 중요하다. 그들에게 필요한 것, 그들이 걱정하는 것, 그들의 신념과 목표, 꿈은 무엇인가? 청중을 당신의 굳은 신념을 함께 나누고 싶은 진실한 개인으로 대해라. 자료를 정리해라. 완급조절을 훈련해라. 자연스러운 흐름과 강약의 변화를 고려해라. 연설의 핵심을 뒷받침하는 이야기를 들려줘라. 당신이 보는 그대로의 진실을 솔직하게 말해라. 청중은 당신의 열정을 느낄 것이고, 당신이 그 주제에 대해 얼마나 잘 아는지, 준비를 얼마나 했는지, 얼마나 적절히 대응하는지 알아챌 것이다.

자신감 있는 연설을 위한 준비

누구나 사람들 앞에서 자기 생각을 자신 있게 말하고 싶어 한다. 그 비결이 있다면 자기 신념과 글에 확신을 갖는 것이다. 자신감은 준비에서 나온다. 노력을 제일 많이 하는 무용수나 배우처럼, 가장 열심히 노력하는 연사는 힘 들이지 않고 물 흐르듯 자연스럽게 말하는 것처럼 보인다. "준비를 제대로 못했는데……"라고 말문을 여는 연사를 보면 한숨이 절로 난다. 연설문에 공을 들이지 않는 연사는 보통 말이 두서없고 효과적이지 못하며, 장황한데 내용은 없다.

좋은 연설을 하려면 반드시 청중에 대해 미리 조사를 해야 한다. 지역신문을 읽거나 행사 기획자와 대화를 하며 연설을 할 단체의 최근 소식이나 관련 사건을 파악해둬라. 고등학생의 자살이나 지역주민의 고용을 책임지던 공장의 폐업, 지역 농구팀의 주 챔피언십 진출, 새로 당선된 시장의 공약 등 연설에 도움이 될 만한 정보를 수집해라. 그 지역의 영웅이나 중요한 프로젝트는 그 지역사회를 칭송하고 당신의 생각과 청중의 생각을 연결할 수 있는 계기를 마련해준다.

심리학자는 첫인상과 끝 인상이 상대방을 평가하는 중요한 단서라는 걸 안다. 시작하는 말은 결코 부수적이지 않다. 연단에 서면 맨 먼저 미소 띤 표정으로 청중과 눈을 맞춰라. 연설을 들으러 와준 데 감사하고, "전 늘 사서가 대단하다고 생각해왔어요", "미줄라에는 처음인데 정말 멋진 곳이네요", "오래전부터 이 단체가 하는 일을 존경해왔어요. 저와 생각이 같은 분들이라고 느꼈거든요" 같은 식으로 청중이나 그 지역을 칭찬해라. 진심에서 우러난 칭찬은 청중의 마음속으로 걸어 들어가는 확실한 길이다.

나는 '가르칠 수 있는 순간'을 그냥 흘려보내지 않으려고 애쓴다. 기회가 닿을 때마다 깨끗한 물이나 녹지, 훌륭한 교육 시스템, 노인을 위한 커뮤니티 서비스 등을 칭찬한다. 보스턴에 가면 찰스강변에 심긴 플라타너스 고목의 아름다움에 대한 찬양을 빼놓지 않는다. 해안 지역을 방문하면 나처럼 내륙에서 자란 사람에게 바다가 얼마나 놀라운 곳인지 이야기한다. 다른 사람도 내 감탄을 듣고 나와 마찬가지로 자연에서 기쁨을 찾았으면 하는 마음에서다.

청중에 따라 우리 자신을 다르게 표현할 수도 있다. 청중에게 영향을 미치려면 반드시 그들과 연결의 끈을 가져야 한다. 사람들은 자기가 동일시하는 사람의 말을 가장 귀담아 듣기 때문에, 우리는 그들과의 공통점을 찾아야 한다. 나는 아내이자 엄마, 할머니, 새 관찰자, 독자, 심리치료사, 학자, 작가, 선생님, 오자크의 딸, 노동자 계급의 배경을 가진 네브래스카 주민이다. 새로운 사람들과 유대감을 형성하고자 한다면 이 정체성 중 하나를 사용하면 된다.

일본 오키나와와 도쿄에 주둔해 있는 미군들 앞에서 연설할 때 나는 아버지 이야기로 말문을 열었다. 아버지는 2차 대전 때 남태평양에서 싸웠고, 오키나와와 도쿄 두 곳 모두에 주둔했었다. 나는 아버지가 오자크라는 작은 마을을 떠날 때 할머니와 고모들이 기차역에서 하염없이 울었다는 이야기를 했다. "가족 중에 네 아빠가 고향에서 제일 멀리 떠난 사람이었지." 나중에 헨리에타 고모가 해준 말이다. 그 군인들은 내 아버지처럼 대부분 남부의 가난한 시골 출신이었다. 아마 그들 역시 고향에서 그렇게 멀리 떠나본 적은 처음일 것이다.

청중은 공통점과 차이점을 재빨리 알아챈다. 우리가 상세하게 이야기하고 사적인 부분까지 터놓고 말할수록 청중의 마음을 파고들 가능성도 커진다. 실수나 실패담, 결점의 고백은 연사에 대한 호감을 높인다. 그들은 우리의 정직함을 존중할 것이고, 우리를 더 많이 신뢰할 것이다.

실력 있는 연사는 빛바랜 노트를 들여다보며 읽지 않는다. 항상 최신 정보를 업데이트한다. 나는 2001년 10월과 11월에, 9.11 이전에 연설문을 썼다는 연사들의 변명을 자주 들었다. 그런 연설은 상한 생선처럼 역한 냄새를 풍긴다.

노련한 연사는 연설 도중에 분위기가 바뀌면 그 분위기에 맞춰 어조를 조절한다. 휴대전화가 울리거나 아기가 울음을 터트리면 자연스럽게 그 상황을 연설로 끌어들여 아무도 당황하지 않게 분위기를 이끈다. "전 아기들이 너무 좋아요. 저 아기를 안고 달래줄 수 있다면 좋겠네요. 울음소리를 들으니까 아기와 텔레비전에 관해서 하고 싶었던 말이 생각나네요." 마찬가지로, 휴대전화가 울리면 이렇게 말할 수 있을 것이다. "핸드폰 벨소리를 들으니 나중에 기술에 대해서도 한번 얘기해보면 좋겠다는 생각이 드는군요." 이런 순발력은 연설에 방해가 되는 산만함을 오히려 연설에 도움이 되도록 바꿀 수 있다.

호기심과 긴장감은 청중이 계속 집중할 수 있도록 만들어준다. 내가 쓰는 방법은 간단하다. "여기에 대해서는 나중에 더 얘기하기로 하죠"나 "나머지 이야기는 조금 뒤에 할게요"라고 말한다. 이런 식의 복선은 듣는 이의 집중력을 유지시켜준다. 인간의 마음은 생각의 완성을 추구한다. 호기심은 이야기 전체를 듣고 싶어 한다.

노화나 죽음처럼 무거운 주제를 다룰 때는 신중하게 고른 농담으로 그 아픔을 어루만질 수 있다. 그런 농담은 다정하고 적절해야 한다는 걸 기억해라. 인종이나 나이, 성별에 관련된 농담은 사람들을 쉽게 흥분시키고 누군가에게 모욕이 될 소지가 크다. 한번은 어떤 모임의 회장이 분위기를 띄운답시고 매춘부 두 명에 관한 농담을 한 뒤에 나를 소개했다. 내 연설을 들으러 온 중년 여성들은 경악했다. 내가 그 회장 옆에 앉자 모두의 눈이 내게로 쏠렸다. 나는 웃지도 찡그리지도 않고, 무표정하게 자리를 지켰다. 머쓱해하는 그가 안됐기는 했지만, 내가 그의 소개말에 감사 인사를 하거나 섭식장애에 관한 강연으로 자연스럽게 넘어가기 어렵게 만든 장본인은 다른 누구도 아닌 바로 그였다.

이야기의 힘

우리는 이야기와 함께 성스러운 무아지경에 빠진다.
이야기한다는 것은 이 상처 입은 아름다운 세상에서
우리의 인간성을 떠올리게 한다.

테리 템페스트 윌리엄스 Terry Tempest Williams

언젠가 테리 템페스트 윌리엄스의 워크숍에 참석한 적이 있다. 그는 참가자들에게 자연과 함께했던 첫 번째 기억을 옆 사람에게 이야기해보라고 권했다. 우리가 둥그렇게 둘러앉자 그는 원 주위를 걸으면서 각자 그 기억에서 떠올린 한 가지 이미지를 말해달라고 했다. 이 연습을 끝낸 뒤, 이번에는 그 기억을 설명하는 단어와 그 기억이 환기시키는 느낌을 하나씩 말해달라고 했다. 그런 다음,

우리는 이 그룹 활동을 바탕으로 각자의 이야기를 써내려갔다. 우리 대부분이 좋은 이야기를 썼을 뿐 아니라, 나의 이야기와 너의 이야기가 연결돼 있었고, 이야기를 전부 한데 모으니 자연과 치유에 관한 공동체의 이야기가 된 것 같았다.

사람들은 말과 글의 형태로 이야기를 기억한다. 능숙한 연사는 같은 이야기를 해도 다르게 전달해 방 안을 잠잠하게 만들기도 하고 웃음이나 눈물을 자아내기도 한다. 이야기는 논리적으로 접근하면 논쟁만 부추기기 십상일 때 특히 효과적이다. 이야기가 잘 짜였고 표현력이 좋다면, 청중은 자신의 입장에서 잠시 물러나 연사의 관점에서 생각해볼 마음이 생긴다. 좀 더 나아가 연사가 청중으로부터 이야기를 끌어낼 수 있다면, 그 청중은 변화의 힘을 지닌 공동체로 탈바꿈한다. 이따금 나는 청중에게 양육, 특히 텔레비전이 아이들에게 미치는 영향이나 아이들 물건을 살 때 미치는 영향에 대한 경험담을 들려달라고 부탁한다. 그때마다 사람들은 혼자만 느낀다고 생각했던 감정을 얼마나 많은 사람이 함께 느끼고 있는지를 깨닫는다.

연설을 흥미진진하게 시작하는 방법으로 그 주제를 어떻게 알게 됐는지, 왜 관심이 생겼는지 이야기하는 것만 한 것도 없다. 연사를 대중 앞에 세울 만큼 강한 신념은 일종의 깨달음에서 비롯될 때가 많다. 깨달음을 얻었던 경험은 이야기를 시작하기에 좋은 소재다. 예를 들어, 지미 카터는 알래스카의 혹독한 날씨를 뚫고 풀을 찾아 대이동하는 수천 마리 순록 무리를 목격한 이야기를 했다. 그는 이 마법 같은 경험을 한 뒤, 더 넓은 야생지역을 추가해서 데

날리 국립공원을 재지정했다. 사형제도에 반대하는 헬렌 프리젠 Helen Prejean 수녀는 사형수를 방문했던 경험으로 연설을 시작한다.

힘 있는 연설의 핵심은 논리적 주장인데, 주장은 사실, 인용, 이야기, 시, 농담 등으로 뒷받침돼야 한다. 통계는 꼭 필요할 때만 사용해라. 누구나 다 아는 사실이라면 굳이 통계로 그 사실을 입증하지 않아도 된다. 예를 들어, 노인이 젊은 사람보다 더 자주 아프다거나 건강한 생활을 유지하면 더 오래 산다는 주장을 뒷받침하려고 통계를 제시하는 건 무의미하다.

연설의 척추가 곧고 단단하면 청중의 관심을 얻을 수 있다. 논리가 허술하면 사람들의 주의가 금방 흐트러진다. 나는 초등학교 때 배웠던 방식, 그러니까 큰 점 뒤에 가, 나, 다를 쓰고 그 밑에 숫자를 나열하는 형태의 개요를 즐겨 쓴다. 이 개요는 수학의 정리定理처럼 논리적이어야 한다. 핵심 주장을 요약하고 강조하고자 한다면 반복이 한 가지 방법이다. 다만 자칫하면 같은 말을 되풀이하는 것처럼 들릴 수 있기 때문에 요령 있게 해야 한다. 보통 나는 "오늘 저는 제 강연의 요지를 세 번 강조할 겁니다"라고 말한 뒤에 딱 세 번 이야기한다. 아니면 이런 식으로 말하기도 한다. "오늘 강연에서 여러분이 꼭 기억하셨으면 하는 한 가지가 바로 이것입니다." "오늘 밤 제 이야기에서 딱 두 가지만 기억하시겠다면, 이 둘을 기억하시기 바랍니다."

당신의 신념을 영웅적인 인물과 연관 짓는 것도 효과적일 수 있다. "예수님이라면 어떻게 했을까요?"라는 질문은 많은 생각을 유발할 수 있다. 어떤 행동을 하자고 제안하면서, 토마스 제퍼슨이나 간디, 바츨라프 하벨Václav Havel 같은 인물들도 똑같은 제안을 했었다는 사실을 언급하면 당신에 대한 신뢰가 높아질 것이다. 한편, 우리 같은 보통 사람은 제퍼슨이나 간디, 하벨 같은 사람들 이야기보다 평범한 사람이 영웅으로 등장하는 사례에서 더 쉽게 동기를 부여받을 수 있다. 나는 인간관계나 처세에 관한 한 전문가 못지않은 내 어머니나 그레이스 숙모의 예를 즐겨 사용한다. 최근에 한 연설에서는 사라라는 젊은 여성 이야기를 했다. 사라는 스웨터를 사러 쇼핑몰에 갔다가 돈을 지불하려는 순간, 갑자기 친구를 향해 돌아서서 이렇게 말했다. "99달러나 하는 캐시미어 스웨터가 당장 필요하진 않아. 이 돈은 허리케인 피해자 성금으로 내야겠어."

당신의 이웃, 손자, 동료, 약사 등 당신이 아는 사람의 말을 인용해 인간미를 보여라. 한 친구가 9.11 사태 이후 자기 딸 레이나가 그에게 했던 질문을 들려줬다. "부시 대통령이 테러리스트들한테 죽으면 어떻게 돼?" 친구는 딕 체니 부통령이 그 자리를 대신한다고 대답했다. 레이나가 다시 물었다. "그 사람도 죽으면?" 친구는 대통령 지위 승계에 관해 다 알지는 못했지만, 부통령 말고도 각 정당에 미국을 이끌기 위해 기다리는 사람들이 많다고 조심스럽게 설명했다. 그러자 레이나가 물었다. "테러리스트가 어른들을 전부 다 죽이면 아이들은 뭘 해야 돼?" 친구가 대답했다. "서로를 보살피면 돼." 레이나는 이 대답을 듣고 걱정을 멈췄다. 나는 아이들이 세상에서 벌어지는 사건에 겁을 먹고 있고, 좋은 부모라면 자식에게 진실을 이야기하고 스스로 강해지는 법까지 알려줘야 한다는 걸 강조하고 싶을 때 이 이야기를 한다.

인용은 연설을 더 빛나게 하지만 잘 선택해서 신중하게 활용할 때만 그렇다. 단지 아름다운 이야기라서가 아니라, 전달하고자 하는 주제와 관련이 있어야 한다. 또 인용을 너무 자주 하면 당신의 목소리를 따라가던 청중이 맥락을 놓치는 역효과를 낳을 수 있다. 이런 점만 주의하면 인용은 청중에게 다양한 목소리를 들려주고, 시공을 가로질러 당신과 사람들을 연결해준다.

연설을 하면서 작가의 문장을 인용하면 좋은 독자로서의 권위가 설 뿐만 아니라 그 작가의 문장에서 실질적인 도움도 얻을 수 있다. 내 책《또 다른 나라》를 주제로 연설을 할 때 나는 월리스 스테그너의 다음 글을 인용했다. "우리는 세상에 흔적을 남기려 했지만, 오히려 세상이 우리에게 흔적을 남겼다." 이는 누구나 느끼듯, 우리가 품었던 꿈의 일부가 시간과 함께 사그라지고 삶이 우리 예상보다 훨씬 힘들다는 것을 표현한 말이다.

연설은 청중과 관련 있는 이슈를 담아내는 창의적인 프레임이라고 볼 수 있다. 이 프레임 안에는 새로운 문제, 가설, 아이디어, 실천할 수 있는 행동이 담겨 있다. 연설 초반에는 이슈와 해결해야 할 문제에 초점을 맞춰라. 그리고 나중에는 해결 방안으로 관심을 모아라. 프레임은 그 자체로 새로운 사유의 가능성을 만들어내야 한다. 프레이밍을 멋지게 활용한 대표적인 예가 토머스 프리드먼이다. 그는《세상은 평평하다 The World Is Flat》에서 세계화를 이야기하면서 민족주의, 계급, 거리, 경계가 점점 희미해지고 있다는 프레임을 발전시켰다. 프리드먼의 프레임은 도발적이다. 생성력도 갖췄다. 비록 논쟁일지언정 대화를 촉발했다.

반드시 희망의 메시지를 던져라. 절망은 기운을 소진시키지만 희망은 활력을 불어넣는다. 환경운동가 도넬라 메도스는 세상을 구할 시간이 얼마나 남았느냐는 질문을 자주 받았는데, 그의 대답은 한결같았다. "시간은 충분해요." 변화를 이끌어내고자 하는 당신은 사람들이 저마다 하는 행동의 중요성을 인식하기를 바란다. 자기 스스로 그렇다고 믿지 않는 한 무력한 사람은 아무도 없다. 연사로서 당신은 사람들의 참여와 행동을 이끌어낼 수 있는 엄청난 잠재력을 지녔다. 그 힘은 그들에 대한 믿음과 진심으로 전하는 당신의 이 한마디에서 나온다. "당신은 할 수 있어요."

연설을 마무리하면서는 행동을 촉구해라. 핵심적인 주장을 관통하는 구호를 제시해라. 2004년 6월 3일, 뉴욕대학교에서 빌 모이어스Bill Moyers가 미국의 부자와 가난한 사람 사이의 간극에 대해 연설을 했다. 그는 교육의 불평등, 건강보험의 불평등, 직장 내에서의 불평등을 이야기했다. 그리고 마지막을 멋진 구호로 장식했다. "화내세요. 맞아요. 세상에는 화낼 일이 넘칩니다. 그러니 사람들을 조직하고 부지런히 뛰세요. 이건 우리 삶을 위한 투쟁입니다."

많은 연사가 연설 내내 힘차게 부르짖다가도 마지막에 가서 흔들린다. 청중은 연사가 좋은 지적을 했다고 생각하면서도 뭘 어떻게 도와야 하는지 감을 못 잡고 집으로 돌아간다. 소로가 말했듯이 청중이 '행동과 신념을 일치'시킬 수 있게 도와라. 이메일 쓰기부터 상당한 양의 시간이나 금전의 기부까지, 되도록 많은 사람의 참여가 필요한 다양한 수준의 활동을 제시해라. 다양한 재능을 기부할 수 있는 자원봉사 기회를 제안해라. 봉투에 내용물 집어넣는 것부터 보도자료를 쓰거나, 웹사이트를 만들거나, 특정 대의를 뒷받침하는 과학 연구에 참여하는 것까지 사람들이 가진 기술이라면 뭐든 도움이 될 수 있다. 연설의 핵심은 이런 것이어야 한다. "당신이 해줄 일이 있습니다."

해결책이 다양할수록 청자가 그중 하나를 실천할 가능성이 높아진다. 예를 들어, 당신은 그들에게 가족이나 친구들과 이번 선거에 누구에게 표를 줄지와 그 사람을 뽑는 이유에 대해 이야기해보라고, 또는 친환경 제품 구매를 고려해보라고, 아니면 어떤 정책에 반대하는 행진이나 시위를 자기 지역에서 조직해보라고 권할 수 있다. 기회가 있을 때마다 탄원서를 돌리거나 기부를 청해라. 자원봉사 신청서를 비치해라. 어떤 프로젝트에 무슨 도움이 필요한지 정확히 대답해줄 수 있는 사람을 언급해라. 주소, 웹사이트, 도서목록, 멘토와 상담자 이름을 제공해라. 강연장을 떠나는 모든 이가 즉시 행동할 수 있게 해라.

연설은 인용문이나 이야기, 속담처럼 영감을 주는 내용으로 끝마쳐라. 나는 '거미줄을 합치면 사자도 묶을 수 있다'라는 에티오피아 속담을 즐겨 쓴다. 아니면 마치 엄마가 아이와 헤어질 때처럼 "서로를 친절하게 대하세요" 같은 격려의 말을 하기도 한다. 이런 말도 좋을 것 같다. "우린 서로의 선함을 과소평가하고 있습니다. 서로 힘을 합하면 이 문제를 해결할 수 있어요." 최근에 내가 연설을 마치며 한 말은 이것이다. "미국에서 할 수 있는 가장 급진적인 일 두 가지는 삶의 속도를 늦추고, 서로 대화하는 겁니다. 이 두 가지만 하면 미국을 더 좋은 나라로 바꿀 수 있습니다."

효과적으로 전달하기

진심으로 하는 말은 진심으로 듣는다.

유대인 격언

사람들은 지나치게 현실적인 것을 견디지 못한다.

카를 융

베를린 장벽이 무너진 그 주에, 링컨에서 러시아 지도자의 딸이 하는 연설을 들었다. 그는 베를린 장벽을 독특한 관점으로 조명했지만 연설이 너무 밋밋해서 자꾸 딴생각이 들었다. 최근에는 퓰리처상 수상 작가가 우리 대학에서 강연을 했다. 그는 깊이 있는 에세이를 썼지만 청중을 쳐다보지도 않고 준비해온 글을 단조롭게 읽었다. 유능한 연사는 건성으로 준비하지 않는다. 에너지는 에너지를 만들어낸다.

연설에서는 시간의 길이가 매우 중요하다. 복잡다단한 생각을 짧은 연설문에 풀어내려면 여간 고통스러운 게 아니다. 50분이 주어진다면 말하고자 하는 주제를 더 풍성하고 우아하게 발전시킬 수 있다. 하지만 10분이라면 정말 많은 내용을 덜어내야 한다. 하지만 우리는 링컨의 게티즈버그 연설과 그가 두 번째 취임식에서 했던 짧지만 강렬한 연설의 파급력을 기억해야 한다. 짧은 것은 강력할 수 있다. 우리 대부분에게 50분 이상의 연설은 위험지역에 발을 들이는 것이나 마찬가지다. 집중력에 관한 수많은 연구에서 알 수 있듯, 우리 인간은 내용이 얼마나 흥미진진한가와 상관없이 50분이면 집중력이 바닥난다. 50분이 지나면 하품이 나고 시나몬롤이 먹고 싶어지거나 욕조에 몸을 담그고 싶어지고 휴대전화를 만지작거리기 시작한다. 나는 50분 이상 연설을 해야 하면 이렇게 말한다. "엉덩이가 들썩거리는 거 알아요. 하지만 5분만 더 시간을 뺏을게요." 또 어떤 방식이든 휴식 시간 없이는 한 시간 이상 말하지 않는다.

만약 당신이 구성력이 탁월한 연설가라면 그 50분 안에 많은 내용을 담을 수 있다. 청중을 집중시키기 위해 편지, 시, 인용문, 이야기 등을 적절히 배분해 다채롭게 구성해라. 강약조절은 연설의 효과를 높이는 특효약이다. 진지함에서 유쾌함으로, 다시 통렬함으로, 감정을 변화무쌍하게 바꿔가며 분위기를 이끌어라. 정서적 대비는 사람들의 주의력을 붙든다. 좋은 연설은 기쁨, 공감, 슬픔, 분노, 희망을 이끌어낸다.

대부분 불안하면 말이 빨라진다. 나는 연사가 너무 느리게 말하는 걸 들어본 적이 없다. 연설이 지루하다면, 그건 느려서가 아니다. 오히려 산만한 구성이나 피상적인 내용, 반복, 따분한 말투, 에너지 부족 때문이다. 공영라디오에서 들은 이야기가 있다. 클린턴 대통령이 집무실을 떠나려는데 부시 당선인을 만났다. 부시가 물었다. "연설할 때 기억해야 할 팁 같은 거 있어요?" 클린턴이 대답했다. "속도를 늦춰요. 문장이 끝날 때마다 셋을 세요. 콤마가 나올 때마다 숨을 길게 쉬어요. 그렇다고 너무 느리면 안 되고요."

연설이 끝나면 눈보라를 뚫고 강연장을 찾아준 성의나 유난히 귀 기울여 들어준 태도, 지적인 질문을 해준 것 등에 대해 감사의 말을 해라. 연단에 서서 마지막으로 미소 지으며 청중과 눈을 맞춰라. 연설을 잘했다면 박수갈채를 받을 테고, 당신은 그로써 그들과 연결됐다는 것을 알게 될 것이다.

무대공포증 이겨내기

진눈개비가 흩날리던 11월 어느 밤, 내 남편과 그의 밴드 멤버는 행사장 공연을 위해 호텔의 멋진 연회장으로 장비를 나르는 중이었다. 그들은 진창에 미끄러졌고 추위에 오들거렸다. 짐이 말했다. "멋지고 화려한 밤하고는 거리가 너무 멀잖아." 드러머가 맞장구쳤다. "화려함은 무슨." 완전히 맞는 말이었다. 화려함은 보는 사람들 눈에만 있다. 무대 위 공연자들은 땀에 젖고, 두렵고, 걱정스럽고, 말 그대로 삥기 일보직전 상태다. 하지만 청중은 공연자들이 편안해 보일 때 박수갈채를 보낸다.

연설에는 스트레스, 고립, 은총의 순간이 묘하게 뒤섞여 있다. 나도 연설을 하며 많은 우여곡절을 겪었다. 1995년 늦은 겨울, 책을 내고 생애 첫 홍보 투어가 시작됐다. 눈과 얼음 때문에 툭하면 지연되는 비행기를 타고 온 나라를 돌아다녔다. 어두운 밤이 되면 밖을 돌아다닐 수도 없는 도시에서 주로 혼자 호텔에 묵었다. 어느 날 뉴스를 보려고 텔레비전을 켰는데 자꾸 포르노 채널만 나왔다.

이리저리 몸을 움직이는 벌거벗은 몸뚱이들이 화면을 채웠다. 나는 몸이 아픈 것처럼 움츠러드는 기분이 들었다. 우연히 로렌스 웰크Lawrence Welk(ABC방송국에서 '로렌스 웰크 쇼'라는 버라이어티쇼를 맡아 진행했다 – 옮긴이)의 출연작이 재방송되는 채널을 발견해서 중서부 분위기가 물씬 풍기는 소박한 음악을 듣고서야 겨우 긴장을 풀 수 있었다. 정말 힘든 밤이었다.

내 가족, 내 고양이, 내 서재 그리고 내 욕조가 그리웠다. 대중연설에 대한 스트레스로 수면장애와 어지럼증이 심했다. 시카고 공항에서 프로비던스행 비행기를 기다릴 때였다. 고향으로 가는 마지막 비행기의 탑승 안내방송이 흘러나왔다. 나는 그 게이트 앞에서 펑펑 울었다.

투어고 뭐고 그대로 달아나고 싶은 마음뿐이었다. 그때 딸에게서 전화가 왔다. 딸이 신시아 오지크Cynthia Ozick의 《숄The Shawl》을 읽어줬다. 태어나서 처음으로 '엄마'라고 말문을 연 순간 나치 수용소 간수에게 죽임을 당한 아기에 대한 아름다운 이야기였다. 언제 들었더라도 눈물을 쏟았을 법한 이야기였다. 하지만 그날 나는 툭 건드리기만 해도 부스러질 것 같은 상태였다. 나는 완전히 무너져 내렸다. 눈물이 멈추지 않았다.

혼자여서, 불안해서, 지쳐서 울었다. 태어나서 처음으로 '초조해 죽을 지경'이라는 말이 이해됐다. 하지만 눈물이 흐른 이유는 딸이 읽어준 이야기가 투어를 계속해야겠다는 힘든 결심을 굳히게 해줬기 때문이기도 했다. 세상 그 무엇도 잠재력을 낭비하는 것보다 나를 더 슬프게 하는 건 없었다. 당시 나는 심리치료사로서, 자신의 풍부한 목소리를 찾지 못하고 침묵에 빠져 있는 여자아이들을 살피고 있었다. 내게는 《리바이빙 오필리아》 책 홍보 투어 때가 딱 그랬다. 나는 어린 소녀들이 꽃을 활짝 피우도록 돕고 싶었다. 만난 적은 없지만 내가 그 임무를 멈추면 안 된다는 걸 깨닫게 해준 신시아 오지크에게 감사한다.

생애 대부분 나는 연설을 두려워했다. 소녀 시절, 억지로 떠밀려 사람들 앞에 섰을 때는 목소리가 나오지 않았다. 고등학교 때는 필수 과목이었던 스피치 수업 때문에 너무 긴장해서 엄마가 '건강 문제'라는 핑계로 편지를 써줄 정도였다. 대학 때는 강의실에서 거의 말을 하지 않았고 발표도 두려워했다. 5분짜리 발표를 대신할 수만 있다면 30쪽짜리 리포트도 마다하지 않았을 것이다.

하지만 대학원에서는 강연에서 달아날 방법이 없었다. 나에게는 강사직 수입이 필요했고 교수님들은 수줍음이 심해서 학생을 가르치기 어려워하는 심리학과 학생을 못마땅해했다. 나에게 '인간의 성'에 관한 수업이 배정됐다. 수업은 앞으로 18주 동안 인간의 성적 행동에 관한 내 지혜를 들으려고 열기 후끈한 강당으로 몰려든 학부생 175명으로 채워졌다. 이런!

강의 첫날에는 너무 긴장한 나머지 담배 두 개비를 동시에 입에 물었다. (당시는 교수와 학생이 강의실에서 담배를 피우던 1973년이었다.) 목소리가 떨리고 자꾸 기어들어갔다. 다리에 힘이 풀려서 교탁에 매달렸다. 얼굴이 빨개지고 진땀이 났지만 나는 결국 해냈다. 다행히 두 번째 수업은 조금 수월해졌다. 강의를 시작한 첫 주에 '페니스', '성교', '음문' 같은 단어를 입 밖으로 내야 하는 해부

학 수업이 시작되면서 다시 불안이 심해졌다. 하지만 키득거리는 수많은 학부생 앞에서 섹스에 관해 논의하는 법을 터득하고 나자 이제 어떤 주제든 이야기할 수 있게 됐다.

그 학기가 끝날 무렵에는 가르치는 일이 좋아졌다. 나는 내 학생들을 알았고, 그들이 배우는 내용에 신경을 썼다. 더 이상 학생 앞에서 긴장하지 않았다. 오히려 기운이 넘쳤다. 곤두선 내 신경보다 강의 내용과 청중에 더 집중할 수 있게 됐다.

운 좋게 무대공포증을 느끼지 않는 연사도 있지만 우리 대부분은 그렇지 못하다. 연단에 오르기 전에 공황발작을 일으키거나 토를 했다고 고백하는 연사가 얼마나 많은지 모른다. 말 한마디 동작 하나하나 평가받고 있다는 걸 알면서, 청중의 관심을 붙들어야 한다는 부담을 느끼며, 수십 수백 쌍의 눈앞에 선다는 것은 본질적으로 불안하지 않을 수 없는 상황이다.

연설에는 두 가지 법칙이 있다. 하나, 모두가 당신이나 당신의 메시지를 좋아하는 건 아니다. 둘, 청중석 맨 앞자리에는 항상 시작하자마자 입을 크게 벌리고 곯아떨어지는 사람이 있다. 기억해라. 당신의 생각에 질문을 던지는 사람이 그 생각을 더 온전하게 발전시킨다. 그럼에도, 무례한 사람들은 당신을 시험에 빠뜨릴 것이다. 100명 중에 한 명은 당신을 끔찍하게 괴롭힐 것이다. 기대해도 좋다.

질의응답

연사들은 시차증으로 고생하고, 피곤하고, 배고프고, 과로에 신경과민까지 겹쳐 힘들 때가 많다. 그리고 연설이 끝나면 충격방지장치 같은 것도 없이 질의응답 시간에 내던져진다. 때로는 우리나 우리 주제와 아무런 상관 없이 화가 잔뜩 난 사람들에게 화풀이 대상이 되기도 한다. 하지만 우리는 어떤 상황에서도 수용적인 태도로 질문을 받고 질문자에 대한 개인적인 판단을 피해야 한다. 우리 대답 하나하나가 그곳에 모인 청중에 대한 태도를 드러내기 때문이다. 질문한 사람을 모욕하는 건 청중을 모욕하는 것이고, 질문자한 사람을 존중하는 건 청중 전체를 존중하는 것이다.

나는 비꼬는 말로, 또는 무시하거나 방어적인 태도로, 아니면 어떤 청중을 비하하는 말로, 청중의 마음에서 멀어진 연사를 많이 봐 왔다. 거만함은 연설 내용에 구체적으로 표현돼 있을 수도 있지만 그보다는 연사의 태도에 배어 있을 때가 많다. 우월감은 표정이나 몸짓, 어조에서도 드러난다. 무시당한다는 느낌보다 청중의 마음을 빨리 돌아서게 하는 것도 없다. 유명인의 이름을 자꾸 들먹이거나 자신이 얼마나 중요한 사람인지 되풀이해 강조한다거나 자기 관점만 옳다는 식의 이야기는 모두 청중의 눈살을 찌푸리게 한다.

이상주의자가 되되 잘난 체는 하지 마라. 이런 옛말이 있다. "세상은 저마다 자기들이 옳다고 생각하는 사람들로 갈라져 있다." 세상에는 수많은 선한 대의가 있으며 오직 당신만 진실한 게 아니라는 사실을 명심해야 한다. 내 동생 제이크가 다섯 살 때였다. 혼자 어려운 질문 하나를 붙들고 고민하다가 마침내 답을 알아낸 동생이 엄마에게 진심으로 물었다. "난 이제 거의 모르는 게 없는 거 같아요, 그죠?" 제이크의 잘난 척 정도는 봐줄 만하지만 이런 환상에 빠진 연사는 봐주기 어렵다.

나는 내가 받는 모든 질문과 의견에서 존중할 점을 찾으려고 애쓴다. 질문자가 말을 잘 못해도 보통은 그 이슈에 관한 그들의 열정을 내가 어떻게 생각하는지 솔직하게 말할 수 있다. 이따금 사람들이 자신의 관심사에 관한 글을 써달라고 하면, 나는 그들 스스로 글을 써보라고 격려한다.

너무 이상한 질문, 이를테면 "중동 여성들은 자신들의 질에 대해 뭐라고 하나요?" 같은 질문을 받았을 때는 (그렇다, 밴쿠버 강연에서 실제로 내가 받은 질문이다) 그것을 품위 있게 대응할 수 있는 질문으로 재구성하는 게 최선이다. 이 질문에 나는 "생식기 건강 교육에 대해 질문하신 것 같군요"라고 대답하고 나서, 내가 바꾼 질문에 대답했다.

"그건 제 전문분야가 아니네요"라거나 단순히 "모르겠군요"라고 대답하는 것도 좋은 방법이다. 분별 있는 대답일 뿐만 아니라 당신에 대한 청중의 신뢰도를 높이고 청중과 더 활발히 소통하는 데 도움이 될 수 있다. 진정으로 겸손한 마음가짐을 가져야 방어적이지 않고 정직할 수 있다. 청중은 우리가 모든 것을 알기를 기대하지 않는다. 모든 걸 다 아는 사람은 어디에도 없다. 단지 자기가 알고 있는 게 전부라고 착각할 뿐이다.

질의응답 시간은 당신이 답변을 아주 잘한 긍정적인 질문을 끝으로 마무리하는 게 현명하다. 당신과 당신의 연설 주제에 대한 청중의 마지막 인상이 호의적이길 바란다면 말이다.

청중은 연사의 말이 다 끝나고 나면 대개 자기 이야기를 나누고 싶어 한다. 그들의 이야기에 귀를 기울여라. 그 이야기는 당신이 감사히 받아야 할 선물이다. 또 어쩌면 나중에 그 선물을 다른 누군가에게 나눠줄 기회가 있을지도 모른다.

태도

훌륭한 연사는 높은 산처럼 자기만의 기상 시스템을 만들어낸다. 연설의 날씨는 태도가 결정한다. 연사의 태도는 친절함, 감정 표현, 어조, 몸가짐, 연설의 템포, 참여 정도, 심지어 호흡과도 관련이 있다. 강력한 태도는 에너지를 내뿜는다.

전달력과 달리 태도는 일련의 기술이 아니다. 선형적인 방법으로 배울 수 없고 자기탐구, 집중, 주의력을 키워야 한다. 태도는 영혼의 깊이이자 성격이며, 다른 사람과 연결되고자 하는 열망이다. 다른 사람의 마음과 정신에 안착하는 능력이라고 바꿔 부를 수도 있다. 틱 낫 한은 가르침을 '이미지를 통한 가르침image teaching'과 '본질적인 가르침substance teaching'으로 구별했다. 전자는 단어와 아이디어를 통해 이뤄지고, 후자는 살아가는 방식으로 전달된다. 태도는 '본질적인 가르침'에 속한다.

세상에는 멋진 연사가 수없이 많다. 그들 각자에게는 청중을 휘어잡는 자기만의 방법이 있다. 마야 안젤루Maya Angelou는 마치 신 같은 저음의 굵은 목소리로 자기 시를 낭송한다. 코르넬 웨스트 Cornel West는 촌스러우면서도 멋진 말솜씨로 좌중을 홀린다. 진 킬본Jean Kilbourne의 바위처럼 단단한 지식은 그의 명분이 옳다는 걸 청중에게 납득시킨다. 캐롤 블라이Carol Bly는 고양이나 찻주전자, 바람 빠진 타이어 같은 흔한 소재에 절묘한 타이밍과 서스펜스를 곁들여 이야기를 풀어낸다.

태도에서 가장 큰 부분을 차지하는 건 어조다. 오늘날 미국에는 날카로운 목소리, 번지르르한 목소리, 히스테리를 부리는 듯한 목소리, 선정적인 목소리가 흔하다. 이 글을 쓰는 지금 나는 일부러 충격적인 말을 하는 라디오 토크쇼의 천박함을 떠올리며 낭패감을 맛보고 있다. 청취율을 높이는 데는 효과적인지 몰라도 더 나은 세상을 만드는 데는 보탬이 되지 않는다. 그들이 던진 조롱과 비웃음은 우리 모두가 공유한 문화의 격을 깎아내린다. 그런 연설은 내가 추구하는 바와 정반대다. 증오에 찬 연설은 누군가를 대상화하고 비인간화하며, 아무런 죄책감 없이 그에게 상처를 입히는 등의 나쁜 행동으로 이어진다. 반면, '나와 너' 관계의 연설은 시민을 열린 토론으로 이끌고 미국이라는 이 집을 유지하는 데 필요한 시멘트 역할을 한다.

동시대 정치적 숙적들에게 온갖 비난을 받던 엘리너 루스벨트는 항상 공손한 태도로 사람들을 대했다. 정치인으로서 그가 고수했던 삶의 지침은 이런 연설로 설명할 수 있을 것이다. "코뿔소 가죽처럼 외피를 단단하게 단련하십시오. 무엇도 개인적으로 받아들여서는 안 됩니다. 원한을 품지 마세요. 그날 일은 그날 끝내세요. 쉽게 낙담하지 마세요. 패배에 패배를 거듭하더라도 그때마다 자신을 일으켜 세워서 계속 앞으로 나가세요."

레이먼드 카버는 소설 속 등장인물에 대해 이렇게 썼다. "그는 사람들을 좋아했고 사람들도 그를 좋아했다." 우리는 누구나 자기가 공감하는 연사에게 영향을 받을 가능성이 더 크다. 하지만 좋아할 만한 사람이 된다는 건 복잡한 문제다. 결점을 감추는 게 능사가 아니다. 오히려 방어적이거나 빈틈없는 사람은 그다지 매력적이지 않다. 답은 진정성에 있다. 내가 할 수 있는 최선의 충고는 '청중을 사랑하라'다. 그들과 함께해라. 연설을 하는 동안만이라도 그곳에 모인 모든 사람이 하나가 되는 작은 공동체를 만들어라. 당신이 청중을 이웃이나 가족처럼 사랑하면 그들도 알아챈다. 당신이 그들 마음속에 들어가는 걸 허락한다. 그들을 변화시킬 수 있는 무대가 펼쳐진다.

13장 _____ 에세이 쓰기

_____
변화는 사적인 경험에 공적인 정당성이 부여됐다고 마음 깊이
느낄 때 일어난다.

간디

_____
심장이 덜컹하는 놀라움, 기분 좋은 감정이 탁 터지듯이 부풀
어 오르는 듯한 느낌이 하루 열 번씩 내게 찾아온다. 내가 아는
첫 번째이자 가장 자연에 가깝고 가장 지혜로운 것은, 영혼이 존
재하며 그 영혼이 전적으로 세심한 관심으로 이뤄졌다는 것이다.

메리 올리버

_____
달만큼 멀리 떨어져서 보면 지구가 살아 있다는, 숨 멎을 듯 놀
라운 사실을 깨닫게 된다.

루이스 토마스 Lewis Thomas

정서적 연결을 만들어내는 방법

나는 상점에 갈 때마다 건강, 환경, 인권 문제에 숱하게 부닥친다. 설탕과 트랜스지방, 나트륨을 피하고 싶지만 라벨 표시가 의도적으로 헷갈리게 돼 있다. 2월에 칠레산 블루베리를 사진 않지만 샐러리는 원산지조차 알아볼 수가 없다. 좋은 보수를 받는 일꾼이 딴 바나나인지 혹시 치명적인 살충제를 뿌려서 키운 바나나는 아닌지 알아내려고 끙끙댄다. 나는 호르몬주사를 맞지 않은 소에게서 난 우유를 사고 싶고, 개체수가 대폭 줄어들지 않은 생선이나 환경오염을 일으키는 양식장에서 생산되지 않은 생선을 사고 싶다. 그늘 재배shade-grown 방식(생태계를 보호하는, 지속 가능한 커피 재배 방식 – 옮긴이)으로 키우고 공정하게 거래된 커피를 마시고 싶지만 라벨을 보면 누구를 믿어야 할지 종잡을 수 없다. 이런 상황을 제대로 살피는 사람이 아무도 없다. 우리에게는 모든 식료품에 대한 국제적인 인증과 규정이 필요하다. 이런 거창한 발상을 상점을 방문한 소소한 일상을 그린 에세이에 담을 수 있을까?

틱 낫 한은 상대적인 진실과 절대적인 진실에 대해 이렇게 썼다. 상대적 진실은 파도다. 절대적 진실은 바다다. 좋은 에세이를 쓰는 순간, 우리는 우리가 만들어내는 진실의 파도가 진실의 바다에서 일떠난 일부임을 깨닫는다. 에세이는 개인의 평범한 일상을 더 큰 사회적 사건과 연결시킨다. 노숙자 쉼터에서 수프를 떠주는 남자, 친구들과 리얼리티쇼를 보는 10대 소녀, 이웃의 병문안을 온 중년 부부 등 어떤 일상도 깊이 있는 에세이의 글감이 될 수 있다. 그런 에세이에서 우리는 세상에 관해 우리가 아는 모든 걸 담고 있는 정확한 순간을 포착해 글로 옮긴다. 자신의 경험 속으로 더 깊이 들어갈수록 그 순간을 더 정직하고 통찰력 있게 묘사할 수 있다. 우리를 다른 사람과 더 많이 연결할 수 있다.

병치는 에세이에 깊이를 더하곤 한다. 예를 들어 최근 한 친구는 공항에서 뉴올리언스 홍수 피해 소식을 전하는 CNN 뉴스를 보고 있는데, 화면 바로 앞에서 치어리더 팀 여자아이들이 웃고 떠들며 연습을 하고 있었다고 한다. 또 최근에 나는 친한 친구가 심장 절개수술을 받는 시각에 작은 대학에서 강연을 하고 있었다. 수술대에 누워 있을 친구를 생각하는 동안 염소가죽으로 만든 백파이프, 드럼, 수자폰 소리가 어우러진 활기찬 폴카음악을 들었다. 둘 중 어느 것이든 찬찬이 들여다보면 에세이 글감이 될 수 있다.

애덤 고프닉Adam Gopnik은 〈라비올리 씨를 기다리며Waiting for Mr. Ravioli〉라는 에세이에서 상상의 친구와 어울리는 자기 딸을 관찰해 기록했다. 그는 딸이 결코 그 친구와 한 방에 있다고 상상하지 않는다는 걸 알고 깜짝 놀란다. 딸은 보통 라비올리 씨에게 문자를 보내거나 응답기에 메시지를 남긴다. 그리고 가끔은 전화를 해서 너무 바빠서 지금은 만날 수가 없다고 말한다. 고프닉은 이 안타까운 이야기를 가족이나 친구들과 보낼 여가시간이 부족한 미국인의 '분주함'에 대한 논의로 이끌었다. 그의 에세이는 감동적이고 재미있으면서도 그 무렵 우리 모두가 겪고 있는 삶의 진실을 포착해냈다.

빌 홀름Bill Holm은 미니애폴리스 심포니의 연주로 브람스의 〈비극적 서곡Tragic Overture〉과 알반 베르크Alban Berg의 바이올린 협주곡을 듣고 나서 〈전쟁 중인 미국을 위한 롱헤어 뮤직Long-Hair Music for an America at War〉(롱헤어 뮤직은 40~50년대의 고전 음악-옮긴이)이라는 에세이를 썼다. 위대한 음악이나 문학작품으로 형상화된 비극적인 세계관과 미국의 '할 수 있다' 식 낙관주의 사이의 간극을 성찰한 글이다. 그는 이렇게 썼다. "미국인은 비극과 슬픔을 대중의 의식 저 멀리에 떨어트려놓고 싶어 한다."

그는 글 마지막에 암을 극복한 친구이자 아이슬란드 피아니스트인 요나스 잉기문다르손Jonas Ingimundarson을 방문한 이야기를 들려준다. 잉기문다르손이 말했다. "이제 나한텐 최고로 아름다운 음악을 들을 시간밖에 없어." 그러고 나서 그는 쇼팽의 〈녹턴〉과 슈베르트의 마지막 〈피아노 소곡Klavierstucke〉을 연달아 연주했다. 홀름은 이렇게 적었다. "나는 그의 연주를 들으며 바보처럼 눈물을 쏟았다." 그리고 이렇게 글을 맺었다. "우리에게는 가장 아름다운 음악, 그리고 가장 위대한 음악을 듣고 연주할 시간밖에 없다. 미국도 마찬가지다." 빌 홀름은 우리 자신의 고통과 슬픔을 있는 그대로 받아들이고 실컷 울고 난 뒤에 온전한 모습으로 돌아와 다른 사람을 도울 채비를 해야 하는 미국인의 정서적 필요와 음악을 들으며 느꼈던 개인적 감정을 연결했다. 자신의 슬픔을 똑바로 바라볼 수 있어야 세상의 슬픔을 덜기 위해 행동할 수 있다. 뛰어난 시인인 홀름은 이 모든 감상을 아름다운 언어로 표현해냈다.

에세이는 자신의 삶을 타인이 깨달음을 얻는 순간으로 치환한다. 그래서 때로 독자를 위해 이야기를 단순화할 필요가 있다. 정부 보조로 운영되는 학교 식료품 지원사업에 대한 수많은 정보를 거르고 추려서 '고속도로 너머에 사는 조니와 루시가 학교에서 건강한 식사를 할 수 있을까?'라는 간단한 질문으로 압축하는 거다. 아니면 지구온난화와 기후변화를 설명한 뒤에 이렇게 물을 수도 있다. '이런 현상 때문에 내 스트로브 잣나무가 죽게 될까?'

다른 한편으로, 작은 사건으로 거대하고 복잡한 담론을 구현할 수도 있다. 해변에 떠밀려온 빈 페트병은 바다오염과 산호초와 물고기의 죽음에 대한 논의를 이끈다. 추위를 막아줄 외투도 없이 눈 오는 거리를 걷는 아이는 가난에 대한 에세이를 쓰는 데 영감을 준다. 차를 타고 가다가 우연히 눈에 띈 성인용품점과 주류 판매업소 사이에 낀 초등학교는 토지사용제한법에 대한 에세이를 쓰고 싶게 만든다.

에세이는 우리가 얻은 깨달음을 세상 사람들과 나누기 위해 보내는 초대장이다. 우리가 공유하고자 하는 것은 삶의 아주 작은 단편과 경험이지만 거기에는 우리 자신의 영혼으로 엮어낸 이야기가 담겨 있다. 우리는 이야기 속 한정된 순간을 넘어서서, 독자와 우리 자신의 마음을 활짝 열어젖혀 우주를 완전히 새로운 시선으로 보도록 할 수 있다.

● 통제력을 잃은 것 같다고요?

린다 메디슨 Lynda Madison 박사

이번 주말 나는 남편과 주방에 타일을 붙였다. (그런데 놀랍게도 그럴듯해 보인다.) 톱질을 하고 타일을 쪼개고 접착제를 바르는 동안, 이런 작업을 부모들에게 적용하면 꽤 괜찮은 치료 효과를 볼 수 있을 것 같다는 생각이 스쳤다. 육아는 결과를 얻는 데 여러 해가 걸리는 일이다. 그래서 통제력을 잃은 것 같은 기분이 들 때가 있다. (그나저나 그건 사실이 아니다.) 게다가 제대로 하고 있는 건지 알기도 어렵다. 내 아이가 지나치게 활동적인가? 너무 조용한가? 너무 몰두하나? 아무것도 안 하려고 하나? 걱정이 너무 많나? 너무 천하태평인가? 또한, 부모는 아이들에게서 주요 피드백을 받는데, 솔직히 말해서 때로는 조금 보람 없게 느껴지기도 한다. 이번 주에 나는 글쓰기나 그림 그리기, 주방에 타일 붙이기 같은 창의적인 과정에 몰입하면서 나에 관한 생각에서 벗어나는 경험을 했다. 일상의 걱정을 잊고 잠시 '무아지경'에 빠지면, 어쨌든 생기를 되찾아 일상으로 돌아올 수 있다. 덤으로 아이들에게 텔레비전 바깥의 삶도 있다는 걸 직접 보여줄 수 있다. 그건 그렇고, 내가 타일 붙이기를 왜 이렇게 좋아하는지 모르겠다. 일부러 잔뜩 어질러놓고 뚱땅뚱땅 시끄러운 소음 속에서 '내 마음대로' 모양을 잡아 그 작은 조각들을 붙일 수 있기 때문은 아닌지 짐작할 따름이다. 내가 원하는 곳에 타일을 탁 붙이면, 세상에, 타일이 그대로 붙어 있다. 부모라면 누구나 이따금씩 간절히 원하는 딱 그런 통제력이다. 그렇다고 모두들 한꺼번에 철물점으로 달려가지는 마시길……

메디슨의 에세이는 재치 있으면서도 가슴 찌릿하다. 주방에 타일을 붙인 소소한 일상을 '자녀들의 생활에 대한 통제력 상실'이라는 모든 부모의 보편적 문제와 연결했다.

켈리 매디건Kelly Madigan은 〈백 개의 씨앗A Hundred Seeds〉이라는 에세이에서 과거 알코올중독자였다가 이제 알코올중독 프로그램에 종사하는 자신의 삶에 대해 썼다. 이 글은 그의 사촌이 음주운전자가 낸 사고로 다친 뒤에 쓴 글이다.

> • 내 사촌을 전혀 모르는 한 간호사가 흙길에 쓰러진 그 옆에 누웠을 때, 그 간호사는 우리에게 상실이 어떤 의미인지 이해하는 계기를 만들어줬다. 그는 우리 대신 나섰고, 나라면 그렇게 할 수 있었을지 확신이 안 선다. 하지만 멕시코에서든 추수감사절 네브래스카의 어둑한 고속도로에서든, 그 운전자가 나였을 수도 있었다는 데에는 의심의 여지가 없다. 만약 그랬다면, 나는 보석으로 풀려나거나 뇌물 따위로 감옥행을 면하고자 하지는 않았을 것이다. 어떤 구명조끼도 나를 다시 안전한 곳으로 끌어올리지 못했을 것이다. 내 행동의 무게가 나를 수면 밑바닥까지 끌어내렸을 테니까.
>
> 해마다 1월이면, 내가 일하는 치료센터 동문회에서는 음식을 준

비하고 센터에서 치료받은 모든 이들을 초대해 행사를 연다. 보통 400~500명 정도가 모인다. 행사는 수상과 연설로 이뤄지는데, 자기 삶을 변화시켰거나 변화 중인 사람들을 표창한다. 대개 떠들썩한 사람들이지만, 공식적인 행사가 시작되기 전 우리는 '여전히 고통받는 사람들'을 위한 침묵의 시간을 준수한다.

침묵이 행사장 곳곳을 휩쓸고 지나간다. 나는 아주 오래전의 나 자신을 떠올린다. 치료를 받긴 했지만 금주하는 삶으로 옮겨가지 못한 사람들을 떠올린다. 멕시코 어딘가의 운전자들을 떠올리고, 그와 그 부모들을 위해 기도한다.

그리고 그 장면이 떠오른다. 사고를 당한 사촌이 골든아워에 있을 때 낯선 사람이 다가와 사촌 곁을 지켰다. 뜨거운 길 위 사촌 옆에 누워 떠나지 않았다. 줄리가 숨을 쉴 수 없었을 때 그의 얼굴에 입김을 불어 진정시켰다.

이런 장면도 떠오른다. 나는 지금, 정신을 잃고 한쪽 눈이 감기고 1973년형 뷰익을 탄 채 강변 도로 아래로 굴러 떨어지는, 그러고도 그 절망적인 상황을 전혀 알아채지도 못하는 어릴 적 내 모습을 보고 있다. 나는 그 소녀 옆으로 다가가서 말한다. 도와줄 사람들이 오고 있다고. 소녀가 내 목소리를 들을 수 있을는지는 모르겠다. 다시 한번 말한다.

매디건은 알코올중독에서 벗어난 사람으로서, 카운슬러로서, 음주운전 피해자의 가족으로서 자신의 경험을 솜씨 좋게 엮어냈다. 이 이야기는 우리의 경각심을 일깨우고 누구에게나 일어날 수 있는 고통에 우리의 눈과 마음을 열게 한다. 알코올중독이라는 특정 상황에 대한 개인의 경험과 생각을 다루고 있지만 마지막에는 치유, 개인의 책임, 용서라는 인간의 심오한 문제를 건드린다. 모든 것을 하나로 엮는다.

스즈키 음악학원 선생님인 팜 바거Pam Barger는 학생들이 열심히 연습하도록 동기를 부여하는 글을 쓴다. 음악 선생님으로서 그가 쓴 수많은 에세이 중 하나를 소개한다.

- **피아노 연습에 관하여**
  문제해결 과정으로서의 피아노 연습

  팜 허버트 바거

먼저 두 가지 이야기를 해보려고 해요.

첫 번째는 내 이야기예요. 고백컨대 난 어렸을 때 연습이 너무 싫었어요. 이미 알고 있고 사랑하는 곡들을 피아노로 '연주'하는 건 너무나 좋았지만 '연습'은 다른 이야기였어요. 연습한다는 생각만 해도 심한 두려움을 느꼈죠. 돌아보면, 그 공포심은 내가 잘하지 못하는 뭔가를 힘들게 해내는 모습을 마음속에 그리는 데서 비롯됐던 것 같아요. 힘들게 발버둥 치며 애쓰고 싶은 사람이 어디 있을까요?

다른 이야기 하나는 몇 해 전 〈스즈키〉 매거진에서 읽은 이야기예요. 그 기사의 필자는 스즈키에서 낸 교재를 연습해서 실력이 빠르게 향상된 아이들을 인터뷰했는데요. 그는 이미 '모든' 교재를 끝낸 열두 살 소년에게 하루 몇 시간씩 연습을 했느냐고 물었어요. "10분 정도요." 필자는 귀를 의심했지요.

소년은 곧, 연습이 끝나면 피아노 '연주'를 한 시간 이상 했다고 덧붙였어요.

나는 열다섯 살이 지나서야 연습 잘하는 법을 배웠어요. 바흐의 즉흥곡 하나를 좋아했는데, 적절한 운지법을 익히지 않고서는 연주할 수 없는 곡이었지요. 마침내, 나는 운지법을 제대로 익히려고 노력하다 보면, 조금씩 그 곡을 연주할 수 있게 될지도 모른다는 생각에 이르렀어요. 다행히 운지법을 다 익히기까지 그렇게 오랜 시간이 걸리지는 않았어요. 짜증나는 실수를 저지르지 않고 곡을 빠르게 연주하는 게 너무 재미있었죠.

그 무렵, 다니던 고등학교 합창단에 지원했다가 떨어졌어요! 그 정도는 너끈히 해낼 거라고 섣불리 판단했었죠. 충격이 컸지만, 노래에서 최고가 되겠다고 결심했어요. 엄마가 가창 선생님을 구해준 그날부터 매일 최소 40분 동안 선생님의 지시를 그대로 따라 하기 시작했어요.

놀랍게도 노래 실력이 쑥쑥 늘었어요. 그해 12월에 합창단에 재도전했고 이번에는 통과했죠. 나는 1년 만에 전문적인 노래 실력을 갖췄어요. 게다가 32년이 지난 지금도 그럭저럭 괜찮답니다.

바거는 현실적이고 통찰력 있고 겸손하다. 그는 학생들 눈높이에 맞춰 정중하고 재치 있고 너그러운 어조를 썼다. 연습을 대하는 새로운 관점을 제시하고, 큰 거부감 없이 시도해볼 만한 한 걸음을 제안했다. 그리고 마지막에는 행동을 촉구하는 명쾌한 구호를 덧붙였다. "날 놀라게 해봐요. 부모님을 놀라게 해봐요. 스스로 놀라게 해봐요!"

관찰하고 반문하기

에세이는 우리의 깊은 내면에서 떠오르는 질문과 씨름하고 그 치열한 고민을 종이 위에 펼쳐 다른 사람과 공유하는 무대다. 자기가 했던 경험이 어떤 의미인지 성찰할 기회를 얻을 수 있기 때문에 대부분은 에세이를 쓰면서 커다란 만족감을 느낀다. 평범한 일상에서 글감을 발굴해 에세이를 쓰다 보면 주의력의 질이 향상되는 걸 느낄 수 있다.

모든 글의 첫 단계는 관찰이다. 예를 들어, 독감 예방주사를 맞으려고 약국 앞에 길게 늘어선 노인들을 봤다고 해보자(미국에서는 처방 약국에서도 독감 예방주사를 맞을 수 있다 – 옮긴이). 이제 당신이 관찰한 걸 기록해라. 말끔한 갈색 정장 차림의 노신사가 나비넥타이 몇 인치 아래로 바지를 바짝 끌어올려 벨트로 조인 모습을 적어라. 보행보조기에 기댄 푸른색 낡은 스웨터를 입은 여인을 묘사해라. 산소 탱크를 끌고 간호사를 향한 줄에 서 있는 얼굴이 불그스름한 남자를 표현해라. 사람들에게 나눠줄 의자를 찾고 있는 상점 관리자를 기록해라. 의자를 나눠주는 친절한 마음씨를 적어라. 지친 표정, 다리 보호용 탄성 스타킹, 부은 발목, 파열된 혈관이 붉게 내비치는 콧잔등을 묘사해라. 물끄러미 쳐다보는 소년, 한 노인에게 물을 가져다주는 점원, 노인의 한숨, 더 이상 서 있기 힘들어서 줄을 떠나는 사람들의 모습을 적어라.

나중에, 책상 앞에 앉아 계속 써라. 스스로 반문해라. 왜 그 장면이 그토록 마음에 걸렸을까? 왜 이 이야기를 다른 사람에게 들려주고 싶을까? 무엇을 이루고자 하는가? 당신의 관찰과 경험을 묘사해라. 아니면, 그 경험이 조금 더 심오한 뭔가에 대한 은유는 아닌지 고민해봐라. 무엇을 의미하는지 감을 잡았다면 이제 그걸 정교하게 다듬어라.

글로 풀어내는 동안 그 순간의 의미가 분명해지기도 한다. 때로는 이해하려고 무던히 노력한 후에야 비로소 깨달음이 찾아오기도 한다. 어쨌든, 훌륭한 에세이는 언제나 깨달음을 준다. 에세이는 단순한 패턴을 따른다. 내가 얻은 깨달음을 다른 사람들과 나누기. 그러면, 놀랍게도, 세상이 바뀐다.

14장 _____ 블로그 쓰기

지적인 사람은 언제든 아무것도 하지 않을
지적인 이유를 생각해낸다.

스콧 사이먼 Scott Simon

우리는 대처할 수 없는 기회를 마주하고 있다.

포고 Partnership for Observation of the Global Ocean, POGO

블로그는 1990년대에 컴퓨터 기술 분야 종사자를 위한 온라인 일지로 출발했지만 들불처럼 번져 거대한 사회적 현상으로 자리 잡았다. 컴퓨터 이용자들은 일상적인 활동부터 시, 여행 팁, 영화평, 정치평, 우주론까지 다양한 주제의 글을 블로그에 올리기 시작했다.

9.11을 기점으로 정치 블로그가 생겨나는가 싶더니 이후 이용자가 폭발적으로 증가했다. 세계 각지에서 수많은 사람이 자기 생각과 감정을 공유하고 싶어 했다. 2005년에는 미국 인구의 16퍼센트, 즉 3,200만 명의 사람들이 매일 블로그를 읽고 열일곱 명 중 한 명꼴로 블로그를 운영하는 것으로 보고됐다. (모든 자료는 2005년 5월 16일자 〈퓨 인터넷 리포트The Pew/Internet Report〉의 기사 '입소문, 블로그 그리고 그 후Buzz, Blogs, and Beyond'에서 인용한 것임을 밝힌다.)

스티브라는 내 친구는 블로그에 주로 변호사로서 법적 문제를 다른 글을 올리는데, 약간 전형적이다. 그의 블로그에는 뉴스 칼럼, 책과 영화 후기, 레시피, 다른 블로그에서 퍼온 글 등이 게시돼 있다. 그는 하루에 50여 개의 블로그를 방문해 글을 읽고, 그의 블로그에는 매일 100여 명이 방문한다. 그는 바그다드에 사는 예닐곱 명의 블로거를 팔로우하는데, 그중에서도 바그다드 도심에 사는 젊은 여성이 운영하는 riverbendblog.blogspot.com을 제일 좋아한다. 그 여성은 전력공급 문제 때문에 글을 띄엄띄엄 올리기는 해도 현지 사건을 이라크인의 관점에서 기록하는 놀라운 기록자다. 이 블로그 글은 뉴욕시립대학교 페미니스트 출판부에서 책으로 엮여 나오기도 했다. dear_raed.blogspot.com을 운영하는 남성 블로거는 〈런던 가디언London Guardian〉의 객원기자로 채용돼 전쟁 소식을 전한다. secretsinbaghdad.blogspot.com이라는 블로그는 무스탄시리야대학교에 다니는 학생이 운영하는데 파티, 영화, 폭발 소식, 지인들의 죽음 등 가슴 아픈 이야기를 포스팅한다. 스티브는 블로그 덕분에 전쟁이 평범한 사람에게 어떤 의미인지를 꽤 잘 알고 있다.

일종의 즉석 자가출판 성격이 짙은 블로그에는 블로그만의 특별한 창의성이 발휘된다. 실시간 상호교류가 가능한 이 개인의 기록은 예리하고 기발하며 자기 색깔이 뚜렷한 글쓰기를 부추긴다. 블로그에는 자기성찰의 글이나 사회 논평이 주를 이룬다. 블로거는 컴퓨터 앞에 앉아 글을 쓰는 동안 좀 더 넓은 세상에서 자신이 어디쯤에 있는지에 관해 평소보다 더 깊이 생각한다. 그리고 포스팅을 한 후에는 독자가 보이는 반응에서 만족감을 얻는다.

블로그는 가장 민주적이고 가장 널리 활용되는 자가출판의 한 형태다. 사람들은 인터넷에 접속만 할 수 있으면 자신의 생각을 세상에 퍼뜨릴 수 있다. 자격도 필요 없고 돈도 안 든다. 적어도 미국에는 게이트키퍼가 없고 다룰 수 없는 이슈도 없다. 소통의 도구로서 블로그는 즉시적이고, 누구나 이용할 수 있으며, 어떤 내용이라도 다룰 수 있다. 블로그는 모든 이야기를 언제 어디서든 나눌 수 있게 해준다. 블로그에서 오가는 대화는 정치적일 수도, 학술적일 수도, 종교적일 수도, 아니면 단순히 실용적일 수도 있다. 이용자는 생각을 모을 수도 퍼뜨릴 수도 있다. 블로그는 애견가, 채식주의자, 소아과 의사, 퀼트 애호가, 작가 등 관심사가 같은 사람들의 공동체에 언제든 접근할 수 있도록 도와준다. 블로그는 인터넷 접속이 가능한 전 세계 8억 명과 함께 끊임없이 확산되고 번창할 것이다.

하지만 다른 매체와 마찬가지로 블로그에도 단점이 있다. 용납하기 힘든 증오심과 공포감을 퍼뜨리는 블로그도 있다. 테러리스트, 범죄자, 인종차별주의자는 인터넷에 접속해서 그들의 일을 더 효율적으로 할 수 있다. 인터넷에는 폭탄 제조법에서부터 정치적 숙적 리스트, 불법 무기 구매에 관한 정보, 아동 포르노까지 없는 게 없다. 질적인 관리가 전혀 이뤄지지 않는다. 무분별하고 경솔한 반응, 잘못된 정보, 금융사기, 추잡한 성적 관심 등을 피하기가 거의 불가능하다. 또한 이용자들이 원하는 정보를 빨리 찾아내는 방법을 점차 터득하고는 있지만 정보의 양이 너무도 많아 검색하고 분류하는 데 엄청난 시간이 든다. 신문, 공영 라디오, 출판물에는 책임을 물을 수 있지만 인터넷상의 글에는 그러기 어렵다. 그 이름에서 알 수 있듯(blog는 web복잡한 연결망과 log일지의 줄임말이다 - 옮긴이), 블로그는 불법과 무질서가 혼재된 국경지대다.

그럼에도 블로그에는 기존 미디어에는 없는 몇 가지 장점이 있다. 하워드 라인골드Howard Rheingold은 《똑똑한 군중Smart Mobs》이라는 책에서 하나로 연결된 블로거가 이뤄낼 수 있는 변화의 막강한 잠재력을 강조했다. 블로그는 기존 미디어에서 들려주는 이야기에 도전하고 그들이 놓친 이야기를 찾아 세상에 알리는 감시자 역할을 할 수 있다. 특히 가장 믿을 만하고 가장 많은 사람이 읽는 블로그를 운영하는 'A급' 블로거들은 미국 정치의 새로운 강자로 주목받고 있다. 이는 대단히 고무적인 일인데, 돈 많고 힘 있는 사람뿐 아니라 설득력 있고 열정적인 사람도 영향력을 가질 수 있게 됐다는 의미이기 때문이다. 우리는 누구나 팸플릿 집필자pamphleteer, 현대판 토마스 페인Thomas Paine(1776년에 소책자 〈상식Common Sense〉을 출간해 미국의 독립에 큰 영향을 미쳤다 - 옮긴이)이 될 수 있다.

블로그는 인식을 바꾸고, 행동을 변화시키며, 누군가를 당혹스럽게 만들거나 대담해지게 하고, 기부금이나 선거자금에도 영향을 미칠 수 있다. 이라크전쟁에 대한 초기 계획이 담긴 〈다우닝 스트리트 회의록Downing Street Minutes〉은 주요 언론에서 기사로 다루기 한 달 전부터 이미 블로그에 그 내용이 떠돌았다.

미국 의회 관계자들은 매일 아침 〈워싱턴 포스트〉와 함께 〈드러지 리포트The Drudge Report(주로 센세이셔널한 특종을 터뜨리는 인터넷 신문으로 클린턴과 르윈스키 스캔들을 보도해 명성을 얻었다 - 옮긴이)〉 그리고 정치 가십 블로그로 유명한 〈원케트Wonkette〉를 읽는다.

블로거들은 주요 뉴스 매체에서 (중요하지 않아서가 아니라 정치적 부담이 커서) 다루지 않는 이야기를 다룬다. 그들은 일어난 사건에 관해 논평하고, 정치 지도자와 정책을 비판하며, 시위와 캠페인을 조직하고 모금하며, 세상을 바꿀 수 있는 기회와 집회에 관한 정보를 알린다. 많은 사람이 블로그에 올라온 글을 읽고 특정 사안에 대한 다양한 시각을 이해하며, 자기 블로그를 통해 전 세계 사람들과 자신의 관점에 관해 토론한다.

전 세계 분쟁지역에서 올리는 블로그 글을 볼 때마다 그 일이 너무나 생생하게 느껴져 깜짝 놀라곤 한다. 예를 들어, 허리케인 카트리나가 미국 남동부를 강타했을 때 내가 제일 자주 찾던 뉴스 출처는 뉴올리언스에 있는 자비에대학교의 한 교수가 운영하는 블로그였다. 그는 자신과 친구들이 겪고 있는 상황에 대해 매일 글을 썼다. 그 후에도 곰팡이와 부식, 악취, 보험 문제 같은 허리케인의 여파에 대해 글을 썼다.(michaelhoman.blogspot.com)

이라크에 주둔한 수많은 미군이 고향에 전하는 글은 신문 1면 기사와 그 내용이 다를 때가 허다하다. 조나단 파이너Jonathan Finer 특파원은 〈워싱턴 포스트〉에 다음과 같은 글을 실었다.

* 엘리자베스 르 벨 중사가 탄 험비가 바그다드 북부 고속도로에서 사제폭탄 공격을 받고 콘크리트 벽 쪽으로 구르던 순간, 차 안에는 어떤 기자도 타고 있지 않았다. 군에서는 르 벨 중사의 동료였던 운전병이 사망한 이 사고에 대해 단 세 문장만을 언급했다. 그

날 대부분의 뉴스가 이 일을 간단히 전하고 넘어갔다. 하지만 12월 4일, 사고 몇 시간 만에 이 공격에 대한 생생한 설명이 인터넷에 올라왔다. 병원에 도착한 뒤 잠을 이룰 수 없었던 르 벨이 다리를 절며 컴퓨터 앞에 앉아 〈이 소녀의 군대 생활(http://www.sgtlizzie.blogspot.com))〉이라는 이름으로 운영하는 블로그에 '내 작은 전쟁 이야기'라는 제목으로 1,000자 내외의 글을 올렸다. "난 피투성이의 참혹한 광경 앞에 소리를 지르기 시작했다. 호송차량에서 한 여자가 다가오더니 내 손을 잡고 진정시켰다. 그는 나를 꼭 잡고 내 다리를 자기 어깨 위에 올려놨다." 르 벨은 이렇게 썼다. "난 폭발로 얼굴이 심하게 다쳤다고 생각했다. 다시는 예뻐질 수 없을 거라고 말했다. 물론 지금은 내 얼굴이 어떤지 알지만, 당시는 날 안심시키려는 의무병들의 노력이 도움이 됐고 그때 내가 어떻게 보였을지는 생각하고 싶지도 않다." 1년 전에 시작한 르 벨의 웹사이트는 4만 5,000회의 조회 수를 기록했다.

파이너는 이런 블로그의 영향력이 너무 커지고 있어서 군사적 검열의 대상이 됐다고 보고했다.

블로그는 이 새로운 세기에 사회적 시위의 주요한 형태가 될지도 모른다. 시민들이 손가락으로 시위행진을 하는 것이다. 다양한 사람이 한자리에 모여 노래하고 연설을 듣고 음식과 담요를 나누는 가두행진에 나름의 힘이 있는 것처럼, 블로그에도 그 못지않은 수많은 기능이 있다. 탄원서에 서명을 모으고, 사람들이 조직적으로 벌이는 운동의 힘을 보여주고, 신념에 찬 글을 끊임없이 올리고, 행동을 독려하고, 약자에게 힘을 부여한다.

　모든 분야의 사회활동가는 '전자 구호electronic calls'로서 갖는 블로그의 힘을 실감한다. 블로그는 지지자 수천 명을 삽시간에 결집시킨다. 특히 긴급행동이 필요할 때 요긴하다. 예를 들어 어떤 법안이 상원에 올라가 있거나, 어떤 법안에 반대하는 집회가 토요일 아침에 잡혔을 때, 사회적 프로그램 예산이 하룻밤 새 날치기로 삭감됐을 때, 블로그는 관련 소식을 이해 당사자들에게 재빠르게 알릴 수 있다.

　쓰나미가 아시아를 휩쓸었을 때, 나는 성금을 어디에 보낼 수 있는지에 대한 수십 건의 제안을 받았다.《부의 주인은 누구인가》의 공동저자 비키 로빈Viki Robin이 '난 괜찮아요. 하지만 스리랑카는 그렇지 않죠'라는 제목으로 보낸 제안도 그중 하나였다. 그는 이렇게 물었다. "당신이 얼마를 보내야 할까요? 사진을 다시 보세요. 방금 모든 걸 잃은 누군가의 자리에 당신을 대입해보세요. 당신이라면 당신 같은 사람으로부터 뭘 바랄까요? 나는 건강 문제로 개인적인 재앙을 겪어서 그 무엇도 보낼 형편이 안 됩니다. 하지만 1,000달러 수표를 보낼 생각입니다. 당신은 얼마를 보내야 할까요? 당신이 감당할 수 있다고 생각하는 것보다 더 많이 보내세요." 난 그의 호소를 읽고 보내려고 했던 금액의 두 배를 기부했다.

　하워드 딘Howard Dean의 대선 캠페인은 블로그를 주축으로 이뤄졌다. MoveOn.org에서 공동의 대의를 위해 유세장에서 일할 시민을 조직했다. 이 블로그는 클린턴 탄핵 청문회가 진행되는 동안, 정치 경험이 전혀 없던 실리콘밸리의 두 기업가가 시작한 것이었다. 워싱턴에서 벌어지는 당파싸움에 좌절감을 느껴 중요한 이슈를 논의하는 시민네트워크를 구축하고자 했던 것이다. 며칠 만에 수백 명이 회원으로 가입했다. MoveOn.org 정치활동위원회 Political Action Committee, PAC 이사는 스물네 살이지만 이 사이트에는 모든 연령대의 사람이 방문해 생생한 토론의 장에 참여한다. 이 블로그의 가장 큰 기여는 수많은 시민의 정치 참여 수준을 끌어올렸다는 데 있을 것이다.

블로그는 대화를 나눌 수 있는 카페이자 기술혁신에 기댄 스피커스 코너다. 국제적인 공동체나 비슷한 일을 하는 사람들의 공동체를 만드는 데 도움을 줄 뿐 아니라, 전 세계인이 참여하는 거대한 대화의 장에 목소리를 낼 수 있는 스피커 역할을 한다. 블로그는 우주의 중심 명제('모든 것은 연결돼 있다')가 실체화된 현상이다.

블로그는 누가 어디에 있든, 모든 사람의 거리를 '0'으로 수렴시킨다. 우리는 블로그를 통해 자신의 이야기를 전하는 평범한 사람의 목소리를 '들을' 수 있다. 우리와 전혀 다른 사람과 '나와 너' 관계를 맺을 수 있다. 시간이 흘러도 블로그는 여전히 우리를 연결하고, 우리에게 공감을 가르치고, 어쩌면 우리 자신으로부터 우리를 구원해줄 것이다.

한 걸음 한 걸음,
가장 긴 행진,
이길 수 있어요,
이길 수 있어요.

옛 노동가

우리가 아는 이것.
모든 것은 하나로 연결돼 있다.
가족을 하나로 묶는
피처럼
지구에 무슨 일이 닥쳐도
지구의 아들과 딸에게 무슨 일이 닥쳐도.
사람은 삶의 그물을 엮지 않았다.
그는 단지 그물의 한 가닥일 뿐.
그가 그물에 무엇을 하든
그건 자기 자신에게 하는 것이니.

시애틀 추장Chief Seattle

음악과 시는 우리를 서로에게, 그리고 우리 자신에게 연결해주는 변화의 도구다. 인류 역사가 시작된 이래로 우리는 노래와 시를 지어왔다. 그리스인, 페르시아인, 아이슬란드인이 그랬듯 중국인과 일본인도 수천 년 동안 시를 지었다. 인간 감정의 역사를 이보다 더 잘 알려주는 게 있을까. 사람들은 인류 역사상 최고의 시이자 음악인 《시편》을 2,000년 넘는 시간 동안 암송해왔다. 심지어 우리는 원시의 리듬, 원시의 부족, 인간의 고대 전통에서 아득히 멀리 와 있는 지금도 음악과 시를 통해 우리 과거의 고향으로 되돌아갈 수 있다.

　이번 장에서는 노래와 시 쓰는 법을 알려주지 않는다. 오히려 나를 감동시킨 작품을 소개하는 데 가깝다. 좋은 노래와 시는 그 자체의 문학성만으로도 빛을 발하지만, 우리를 좀 더 광범위한 문화적 주제에 연결해주기도 한다.

가사와 멜로디

음악은 모든 문화에서 중요한 역할을 한다. 역사적으로 음악은 우리를 하나로 뭉치게 하고, 분발하게 하며, 지치지 않고 버텨낼 수 있게 영감을 불어넣고, 우리 마음을 위로하고, 더 나은 세상에 대한 비전을 제시해왔다. 일부 인류학자는 시기상 음악이 연설보다 앞섰다고 믿는다. 하나의 종으로서 우리 인간은 일, 공동체 구축, 기도, 사랑, 탄생과 죽음에 대한 노래를 지어왔다.

음악을 뇌로 전달해주는 청각회로는 뇌에서 감정을 조절하는 부분과 가깝게 붙어 있다. 음악은 뇌의 두 부분을 동시에 진동시켜 말 그대로 감정을 움직인다. 음악은 우리의 정신 깊숙이 파고들기 때문에 말에 힘과 풍요로움을 더한다. 다음 문장을 읽고, 노래로 불러 직접 확인해보기 바란다. "영광, 영광, 할렐루야."

음악은 말과는 다른 방식으로 기억과 연결된다. 자기 이름을 기억하지 못하는 알츠하이머 환자도 노래는 부를 수 있다. 깊은 혼수상태에 빠진 환자가 음악에 반응을 보이기도 한다. 노래는 우리를 어릴 적 잠들었던 엄마 품으로, 등교 첫날로, 부모님 집 지하실에서 보낸 시간으로, 여행했던 바다로 데려다놓는다. 때로는 더 멀리 남북전쟁 시절로, 아일랜드 감자 대기근으로, 대초원의 첫 풍경으로, 대공황으로, 2차 대전으로 이끈다. 우리가 자식들에게 불러주던 자장가는 우리 할머니들이 부르던 노래고, 아마도 할머니의 할머니들이 불렀던 노래일 것이다.

음악은 우리 모두의 내면에 있는 은하계에 다가온다. 그리고 우리 리듬에 다른 사람들의 리듬을 불어넣어 함께 호흡하게 만든다. 같이 노래를 부르면 하나의 공동체가 만들어진다. 조화롭게 노래하면 말 그대로 조화로워진다. 포크송 가수 피트 시거Pete Seeger가 말했다. "함께 노래하면 논쟁이나 다른 어떤 식으로도 배울 수 없는 걸 서로에게서 배울 수 있다는 걸 알게 된다."

체르노빌 원전 사고 이후, 그곳에서 자라던 느릅나무가 낙진으로 모두 죽었다. 체르노빌에서 강제 이주당한 사람들은 고향 땅 주변으로 모여들어 함께 노래를 부르며 '느릅나무 춤The Elm Dance(사람들이 둥그렇게 모여 손을 잡고 추는 춤으로 연대를 북돋는다 – 옮긴이)'을 췄다. 9.11 사태 이후, 나 역시 샌프란시스코 남쪽 해변에 모인 사람들과 함께 체르노빌 사람들이 부르던 노래를 부르며 춤을 췄다. 그 노래는 멜로디가 인상적이었고, 노랫말은 바람에 흔들리는 나무, 특히 아침 안개 속에서 꽃을 틔워낸 황금사과나무를 묘사하고 있었다. 세계 각지에서 모여든 사람들은 자연의 이런 단순한 이미지에 감사함을 느꼈다. '느릅나무 춤'은 우리를 위로하고 심지어 구원한다.

음악은 얼어붙은 우리 마음을 녹이고 눈물과 결의를 이끌어낸다. 나는 친구의 죽음으로 슬픔에 넋을 잃고 있는 동안 루신다 윌리엄스Lucinda Williams, 조니 캐시Johnny Cash, 에밀루 해리스Emmylou

Harris, 솔로몬 버크Solomon Burke, 랄프 스탠리Ralph Stanley의 노래를 들었다. 이 노래를 듣고서야 울 수 있었다.

브룬디와 르완다 그리고 케냐와 가나의 난민캠프에서 활동하는 심리학자들은 트라우마를 겪는 (그리고 대부분 부모가 없는) 수천 명의 아이들을 치료하는 데 음악을 활용한다. 아이들에게 치유의 노래를 가르치는 것은 이런 외상후스트레스 피해자들을 위한 일종의 그룹치료법이다. 음악은 말보다 더 깊이 마음속으로 파고들어 아무리 힘든 상황이라도 치유력을 발휘한다.

시대와 장소를 불문하고 사람들은 노래의 치유력을 잘 알고 있었다. 존 레논과 폴 메카트니의 〈렛 잇 비Let it be〉에는 더없이 슬프지만 바꿀 수 없는 건 그냥 받아들이라는 위로가 담겨 있다. 누구에게나 후회하는 일이 있고, 떠나보내야 하는 생각, 감정, 경험이 있기 마련이다. 이 노래는 그 보편적인 경험을 건드린다. 노래를 듣다 보면 자연스럽게 가사를 자기 삶에 대입하게 된다.

거의 모든 굵직굵직한 사회운동이 노래와 함께했다. 흑인 민권운동 기간 동안 샘 쿡Sam Cooke은 〈변화는 올 거예요A Change Is Gonna Come〉를 불렀다. 너바나Nirvana의 〈스멜스 라이크 틴 스피릿 Smells Like Teen Sprit〉은 10대 문화를 사고파는 기업을 향한 분노에 찬 울부짖음, 의식의 깨침에 대한 요구였다. 조니 미첼Joni Mitchell 의 〈빅 옐로 택시Big Yellow Taxi〉와 부치 핸콕Butch Hancock의 〈당신은 세상을 돌아다닐 수 있었어요You Could Have Walked Around the World〉는 환경의식에 관한 노래다.

음악학자 오스카 브랜드Oscar Brand는 이렇게 썼다. "저항노래는 몸을 움직이고, 마음을 움직이고, 정부를 움직인다." 그는 완벽한 저항노래로 〈승리는 우리 손에We Shall Overcome〉를 꼽았다. 부르기 쉽고 강렬한 감정을 불러일으키는 곡이다. 게다가 굉장히 보편적인 내용을 담고 있어서 거의 모든 대의를 위해 부를 수 있다. 나는 카터 패밀리Carter Family의 〈원은 깨지지 않을까요?Will the Circle Be Unbroken〉도 '완벽한' 저항노래 후보로 추천한다.

1960년대와 70년대의 반전운동 음악인 〈꽃들은 다 어디로 사라졌나Where Have All the Flowers Gone〉, 〈더 이상 전쟁 훈련은 않겠네I Ain't Gonna Study War No More〉, 〈마지막 외로운 독수리Last Lonely Eagle〉, 〈전쟁의 신Masters of War〉, 〈평화에게 기회를Give Peace a Chance〉이 떠오른다. 그 시대 수많은 연설은 기억하지 못할지언정 누구나 노래 몇 곡쯤은 기억하리라고 확신한다.

미국에는 존 프라인John Prine, 아니 디프랑코Ani DiFranco, 브루스 스프링스틴Bruce Springsteen, 스티브 얼Steve Earle, 트레이시 채프먼Tracy Chapman 같은 위대한 음악가가 있다. 미국의 모든 동네에 노래가 흘러넘친다. 열 살부터 100살까지, 거의 모든 연령대 사람들이 정치와 부당함, 가난, 전쟁, 환경에 대한 노래를 쓴다.

음악에 끌린다면, 노랫말을 써보라고 권하고 싶다. 좋은 에세이처럼 좋은 노래는 단순하고 정확한 언어로 보편적인 생각을 표현해낸다. 멜로디가 떠오르지 않는다면 다른 노래에서 쉽게 빌려다 쓸 수 있다. 우디 거스리는 이를 두고 '포크음악을 만드는 과정'이라고 말했다.

다소 악명 높은 예로, 노예선 선장이었던 존 뉴턴John Newton은

〈어메이징 그레이스Amazing Grace〉의 멜로디를 미국으로 실어 나르던 아프리카인에게서 빌려온 게 거의 틀림없다. 한때 길을 잃었던 자칭 '몹쓸 놈'이었던 그는 사나운 폭풍우에 휩쓸린 바다에서 '위대한 구원'을 경험했다. 1748년에 목사가 된 뉴턴은 이 찬송가를 지었고, 이 곡은 지금까지도 세계 각지에서 울려 퍼지고 있다.

이미지는 가사를 쓰기에 좋은 출발점이다. 〈갈보리산 위에Old Rugged Cross〉나 〈흔들리는 포장마차Swing Low, Sweet Chariot〉, 또는 엘리자베스 코튼Elizabeth Cotton의 〈화물열차Freight Train〉는 모두 강렬한 이미지가 주를 이룬다. 지명도 대단히 효과적인 이미지를 만들어낸다. 존 프라인의 〈낙원Paradise〉은 뮬런버그카운티를 그리고 있으며, 오티스 레딩Otis Redding의 〈부둣가Dock of the Bay〉와 랜디 뉴먼Randy Newman의 〈1927년 루이지애나Louisiana 1927〉는 둘 다 지리적 위치에 뿌리를 두고 있다. 눈물 흘리게 했던 이야기를 떠올린 다음, 그걸 가사로 옮겨라. 밥 딜런의 〈해티 캐롤의 외로운 죽음The Lonesome Death of Hattie Carroll〉, 레너드 코언Leonard Cohen의 〈수잔Suzanne〉, 타운스 반 잔트Townes Van Zandt의 〈라톤에 내리는 눈Snowing on Raton〉은 모두 잊히지 않는 이야기를 담은 노래다. 대량 살상범 찰스 스타크웨더Charles Starkweather의 삶을 토대로 한 브루스 스프링스틴Bruce Springsteen의 《네브래스카Nebraska》는 앨범 전체가 그런 노래로 채워져 있다.

노래는 강렬한 감정에 영향을 많이 받는다. 빌리 홀리데이Billy Holiday는 남부 흑인들이 겪는 교수형의 고통을 〈이상한 열매Strange Fruit〉에 표현했다. 이 노래에 나오는 '열매'는 나무에 매달린 흑인들의 시체를 의미한다. 또 다른 예로 행크 윌리엄스Hank Williams의 〈너무 외로워서 울어요I'm So Lonesome I Could Cry〉와 카터 스탠리Carter Stanley의 〈흰 비둘기White Dove〉를 들 수 있다.

슬픔에서 헤어나지 못할 때, 주체할 수 없이 화가 치밀 때, 세상에 좌절했을 때, 펜이나 기타를 쥐고 혹은 피아노 앞에 앉아 무슨 일이 일어나는지 기다려보자. 물론, 즐거울 때에도 그 느낌을 가사로 써보자. 조니 미첼Joni Mitchell의 〈첼시의 아침Chelsea Morning〉이나 밴 모리슨Van Morrison의 〈문댄스Moondance〉를 떠올려라. 당신이 느끼는 감정을 정확히 짚어낸 은유에서 출발해라. 그 은유를 머릿속에서 이리저리 굴려라. 음악가들도 어떤 노래는 하늘에서 뚝 떨어진 듯 쉽게 써지지만 어떤 노래는 몇 년 동안 고치고 다듬어야 완성된다고 말한다.

문득 떠오른 영감이 노래로 이어지기도 한다. 밥 딜런은 존 케네디의 사망 두 달 뒤에 〈시대는 변하고The Times They Are A-Changin'〉를 녹음했다. 그는 새로운 질서를 향해 나아가는 젊은이들이 뒤에 남긴 먼지 속으로 사라지지 않으려면 답은 변화뿐이라고 경고하기 위해 이 노래를 지었다. 축하의 노래뿐 아니라 최고의 저항곡도 이미지에 바탕을 둔다. 작사와 작곡은 결코 사라지지 않을 것이다. 세상을 향한 우리 감정을 표현하는 수단이기 때문이다. 노래는 우리가 하나로 뭉쳐 계속 전진할 수 있게 돕는다.

시

시는 눈꽃의 섬세함과 칼의 힘을 겸비했다. 시를 쓴다는 건 모래
알에 풍경을 그리는 것과 같다. 시인은 신중하게 진실에 가까운 시
를 쓴다. 조이 하조Joy Harjo가 말했다. "궁극적으로, 시는 사랑이라
는 전기장을 지닌다."

왕과 군벌이 땅에 묻히고, 그들의 건물과 사당이 무너지고 삭
아 없어지고 나서도 한참 뒤에, 그들이 벌였던 전쟁에 대한 기
억까지 모두 잊힌 뒤에, 우리에게는 시가 남는다. 시는 그 자체
로 모든 문명의 기록이다. 오마르 하이얌Omar Khayyám의 《르바
이야트Rubaiyat》, 호메로스의 《오디세이》, 셰익스피어의 소네트.

결국 우리가 기억하는 것은 이런 것들이다.

시는 집단적인 분노와 멸시를 표현할 수 있다. 정부를 무너뜨릴 수도 있고, 적어도 그들이 쓰러질 때까지 희망을 잃지 않게 해 줄 수 있다. 보리스 파스테르나크는 소비에트 연방이 붕괴될 때까지 그의 동료 러시아인들이 절망에 빠지지 않도록 위험을 무릅쓰고 사마즈다트samizdat(구소련에서의 자가출판─옮긴이), 즉 지하 시를 썼다. 그와 동료 시인들은 시를 몰래 인쇄해 종이가 너덜너덜해질 때까지 돌려 읽었다. 또 시를 외워뒀다가 연기 자욱한 카페에 모여 암송하거나 공장에서 일하는 동안 읊기도 했다. 구소련에서의 시는 사람들이 그들 영혼은 그들 것이며, 그들의 삶을 정의하는 주체는 정부가 아닌 그들 자신이라는 걸 표현하는 수단이었다. 소련에 저항하는 반란의 대부분이 사마즈다트로 출판된 시에서 힘을 얻었다. 시인들은 자기가 쓴 시 때문에 투옥되고 총살당했으며, 평범한 시민은 그 시를 읽거나 듣기 위해 목숨을 걸었다.

조금 더 최근의 예로 미국에서는 전쟁, 인권, 사회적·경제적 정의, 환경문제가 시에 영감을 주고 있다. 시는 문제투성이인 우리 문화를 치료하는 약이다. 바바라 슈미츠Barbara Schmitz는 9.11에 대한 자신의 수많은 감정(도망치고 싶은 심정, 다른 사람과 깊이 연결되고 싶은 바람, 그 경험에서 뭔가를 배우고 싶다는 소망)을 짧은 작품으로 압축해 표현했다. 그의 시는 나의 외로움을 덜어줬다.

나는 무엇을 배웠나?

참사가 일어났다는 누군가의 외침에

달아날 수도 남을 수도 있다는 것.

"달아나, 달아나, 달아나,

네 삶을 향해."

나는 무엇을 배웠나?

공포의 시기에,

증오의 시기에,

인간의 마음은 사랑을 쏟아내고

고통의 도가니에서

잡으려고, 주려고

손을 내미네.

나는 무엇을 배웠나?

잘 사는 것.

깊이 사는 것.

아름다움을 마시고, 삶을 먹고.

보고, 보고, 보고 그리고 응시하고.

나는 무엇을 배웠나?

할 일을 하기 위해

완벽하게

기꺼이

다정해지길.

　나는 《또 다른 나라》의 집필을 위해 노인들을 인터뷰하면서 그
들이 시를 그토록 많이 기억하고 암송할 수 있다는 사실에 깜짝
놀랐다. 내 부모님 세대는 학교에서 시를 외웠다. 농부, 요리사, 주
부, 변호사가 헨리 롱펠로, 윌리엄 워즈워스, 로버트 서비스Robert
Service, 딜런 토머스를 인용했다. 내 조부모님들은 시를 삶에 대처
하는 수단이라고 여겼다. 또 서로를 즐겁게 해주고, 본질적으로 혹
독한 중서부인의 삶에 아름다움을 부여하는 도구로 여겼다. 요즘
은 더 이상 파티에서 낭독하거나 겨울밤 누군가에게 암송해주려고
시를 외우진 않지만, 여전히 미국 곳곳에서는 시 낭송회, 시 경연
대회, 워크숍이 열린다. 어찌 보면 랩도 결국 시다. 그리고 카우보
이 시cowboy poetry(카우보이들이 이야기를 전달하는 전통에서 비롯된 시
의 한 형식 – 옮긴이)도 시 세계에서 자라났다. 사실 창의적인 글쓰기
프로그램은 대부분 시를 지향한다. 시의 불꽃은 지금도 여전히 타
오르고 있다.

　나는 《모든 곳의 한가운데》를 집필하는 동안 크루드인 여섯 자
매와 그 어머니 가족을 도왔다. 그들은 오랫동안 가난과 고립을 견
뎌왔고 이제 망명생활을 견디고 있었다. 탈레반 통치 하의 국가에
서 살았던 그들은 학교나 직장, 놀이와는 거리가 멀었다. 미국에

도착한 처음 한 달은 교통수단과 영어수업, 의료서비스, 일자리를 찾아다니면서 어떻게든 살아남으려 애썼다. 하지만 필수적인 문제가 해결되자 곧바로 그 가족의 막내딸이 내게 물었다. "시집 한 권 사 주실 수 있어요?"

1970년대에 네브래스카대학교 학생회에서 주최한 존 나이하트John Neihardt의 마지막 낭송회에 참석한 적이 있다. 당시 나이하트는 노인이었다. 윤기 흐르는 검은 정장 차림의 그는 신체장애 때문에 앞을 보지 못했고, 150센티미터에 못 미치는 키에 비썩 마른 몸, 얼굴에 흰 머리칼을 늘어뜨린 모습이었다. 딸의 도움을 받아 수백 명이 기다리는 무대 위에 오른 그는 너무 연약해 보여서 무슨 말이라도 하기를 기대한다는 게 거의 잔인하게 느껴질 지경이었다. 하지만 그는 자리에 앉아서 마이크를 조절한 다음 시를 낭송하기 시작했다. 처음에는 말이 느렸지만 채 몇 분도 지나지 않아 목소리가 점점 천둥처럼 크게 울렸다.

그는 아내와의 만남에 대해 이야기했다. 파리에서 시를 읽고 그의 작품에 반한 아내는 그에게 편지를 보냈고, 나중에는 앞이 보이지 않는 그와 결혼하기 위해 미국까지 건너왔다. 두 사람은 아내가 죽을 때까지 삶을 함께했다. 나이하트가 말했다. "아내는 그의 방식으로 내 삶의 지형을 쫬습니다." 그런 다음 그는 《검은 고라니는 말한다Black Elk Speaks》에 실린 시 〈크레이지 호스의 죽음The Death of Crazy Horse〉을 낭송했다. 오래된 가죽 같은 그의 뺨에 눈물이 흘렀고 청중석에 앉은 우리 대부분의 뺨에도 눈물이 흘렀다.

어쩌면 존 나이하트는 크레이지 호스의 죽음과 장엄한 대평원이라는 인디언의 잃어버린 세계를 슬퍼하며 울었는지도 모른다. 그 붐비는 강당에 있던 우리도 그런 이유로 눈물을 흘렸다. 하지만 우리는 또한 나이하트라는 존재에 대한 경외와 그를 곧 잃으리라는 예감 때문에도 울었다. 우리는 다시는 그와 같은 사람을 보지 못할 거라는 사실을 알고 있었다.

돌, 기도, 키스, 심지어 총도 시가 될 수 있다. 시인은 아름다움을 창조하고, 진실을 들려주며, 목소리 없는 것들을 대변하고, 슬퍼하는 사람을 위로하고, 희망을 잃은 사람을 격려하며, 연약한 것에 주의를 환기시키고, 잊지 않도록 독려한다. 러시아인이 그랬던 것처럼 이런 어두운 시기를 지나는 우리에게도 시가 필요하다. 당신에게는 변화를 일으킬 힘이 있다.

마조리 세이저의 〈10월, 에서티그 섬Assateague Island, October〉은 개인적인 것과 정치적인 것이 충돌하는 교차로를 가로지르는 시다. 그는 하나의 이미지에서 출발해, 그 이미지를 아들과의 관계 속에 짜 넣고, 마지막으로 두 사람의 이야기를 엮어 베트남 전쟁에 대한 슬픔으로 승화시킨다. 나는 이 시의 메시지를 우리가 우리 자신을 치유할 수 있다면 나라도 치유할 수 있다는 것으로 읽었다. 용서와 구원에 관한 시지만, 그 전쟁으로 미국이 입은 상처를 절묘하게 드러내고 있다는 점에서 활동가의 시이기도 하다.

10월, 에서티그 섬

한 시간째
아들은 어깨에 신발을 걸친 채
청록빛 바다에 서서
조갯빛 초록 물속
파도가 넘실대는 그곳 너머
시작도 없는 파도 너머
동쪽을 바라본다.

일곱 번째 파도는 저마다
그의 발목, 종아리, 무릎에 부딪히고
낡은 하이킹 반바지에 물을 튀긴다.
그는 부서지는 파도를 호흡이라 말한다.

모래 위에 앉아, 나도 듣는다.
행성이 숨 쉬는 소리
후우 후우
호흡이 느려지며
하나가 된다.

그땐 화가 나서
네 머리를 당겼어. 미안해.

파도가 치유해줄 거야.

작은 아이였던 너에게

별일도 아닌 일을

사과하게 했던 것.

파도가 치유해줄 거야.

너의 아빠가 오해할까 두려워,

너에게 편지 쓰지 않았던 것.

한 줌의 작고 하얀 거품처럼

쓸려가게 내버려두자.

너한테 야단스럽게 굴었던 것.

네가 싫어하는 줄 알면서

멈출 수 없었던 것.

이 파도가 씻어가게 두자.

네 친구들 앞에서

말을 너무 많이 했던 것.

이 물과 거품이

데려가게 두자.

네가 병원에 있을 때, 침대에서

내려오려고 난간과 내 팔을 잡고

씨름했던 것.

이 파도가 쓸어가게 두자.

나는 나이 먹느라 바빴고

네가 날 필요로 했던 것.

하늘빛 초록 바다가 부풀어 올라

삼켜버리게 두자.

내일은 베트남 기념관에

갈 거야. 너와 나.

비가 오겠지. 빗속에서 우린

사람들과 나란히 서서

땅에 핀 분홍 장미와

흰색 검은색 우산을 든

노인을 위해 울 거야.

나는 울고 너는,

울지 않고,

네 손바닥을

장미처럼

내 젖은 코트 어깨에 살포시 올리겠지.

이름 뒤에 이름

이름 뒤에 이름

너를 치유하고, 나를 치유하며

우리 안에, 우리 위에 맴돈다.

고요한 행동

———

온 세상이 기쁨이다.
천국은 1년 내내 축제다.
모든 거짓 중에 가장 큰 거짓은 우울함이다.
이것이 진정한 진실이다.

아이작 바세비스 싱어 Isaac Bashevis Singer

———

우리는 아둔함에서 깨어나
정의를 향해 힘차게 일어설 것이다.

힐데가르트 폰 빙엔 Hildegard of Bingen

2003년 10월 30일. 진눈깨비가 예보된 흐린 아침이었다. 위장염으로 일주일을 끙끙거린 뒤에 감기까지 걸리려는 참이었다. 짐은 계속 쿨럭쿨럭 기침을 하고 코를 훌쩍거렸다. 우린 멍하고 병약한 부부였다. 어제는 보일러 모터를 교체하고 엄청난 건강보험 특약비를 지불했다. 워싱턴에 사는 딸이 전화를 걸어 도둑이 딸 차를 부수고 CD플레이어를 훔쳐갔다며 분통을 터트렸다. 친한 친구가 유방암 판정을 받았고, 또 다른 친구는 아들이 알코올중독 치료를 받기로 했다는 소식을 전했다.

이런 아침에 나는 차 한잔과 분홍 장미가 담긴 꽃병을 들고 책상 앞에 앉는다. 일기를 쓰고 업무 메일에 답장을 보낸다. 그러고 나서 마침내 이 책 작업으로 돌아온다. 나에게는 펜과 종이 그리고 몇 가지 아이디어가 있다. 종이 위에 생각을 펼치는 동안 서서히 나 자신을 잃어간다. 은행 잔고와 주말 계획을 걱정하는 내 작은 자아가 사라진다. 나는 잠시 단어의 신전 안으로 모습을 감춘다.

가장 친밀한 일생의 관계는 우리 자신만의 안전지대에 있다. 나는 글을 쓰는 동안 심리학자 미하이 칙센트미하이_{Mihaly Csikszentmihalyi}가 시간과 장소의 흔적을 잃어버리고 집중된 순간에 머문다고 했던 '몰입_{flow}'의 순간으로 진입한다.

몰입은 살아 있다는 것, 그 자체가 축복이라는 느낌을 설명해준다. 나는 글쓰기를 통해 몰입을 경험한다. 질서정연한 언어의 우주에서 뇌가 제 역량을 마음껏 발휘하는 경험은 이루 말할 수 없는 큰 기쁨을 안긴다. 글쓰기는 이 혼란하고 무질서한 세계 속에서 고요함과 명료함의 틈바구니를 찾아낸다. 내 삶의 포용력을 무한대로 확장시킨다.

윌라 캐더는 《나의 안토니아_{My Ántonia}》에 이렇게 썼다. "이것은 뭔가 완벽하고 위대한 것으로 녹아드는 행복이다." 대초원의 하늘을 언급하며 한 말이지만, 어쩌면 글쓰기를 이야기하는 것이었는지도 모른다. 발견하고, 분석하고, 개선시켜 더 깊숙이 파고들고 더 강하게 밀어붙이면서 자아를 잃어가는 것. 이것이 내가 제일 좋아하는 녹아드는 방법이다.

어릴 적 나는 뒤죽박죽 무질서한 우리 집 안의 해결사였다. 설거지를 하고, 코트를 제자리에 걸고, 담배꽁초와 날짜 지난 신문을 내다버렸다. 틈만 나면 오크나무 테이블이 있고 가죽장정 책이 가지런히 꽂힌 공공도서관이나 왁스칠을 한 마룻바닥에 줄 맞춘 책상, 뾰족하게 깎은 연필이 있는 학교로 달려갔다.

어른이 된 지금도 나는 내 가족의 해결사다. 추수감사절을 맞아 아이들과 손자들이 도착한다. 모두들 다시 만나 기뻐한다. 하지만 우리는 물리적으로는 작은 공간을, 정서적으로는 복잡한 가족사를 공유한 가족이다. 조금만 지나면 오래된 긴장감이 표면 위로 떠오르고 가족의 역사 속에서 갈등의 원인이 됐던 단층선이 모습을 드러낸다. 내는 내가 통제할 수 없는 우주에서 최선을 다해보지만 점점 염려가 되는 건 어쩔 수가 없다. 우리는 기쁘고 즐겁지만, 그건 우리가 공유한 이야기, 갈등, 웃음, 마음의 상처, 감정적 충돌, 포옹이 뒤범벅된 골치 아픈 집안의 기쁨과 즐거움이다.

나는 나의 피난처, 내가 쌓아올린 이 글쓰기 성당으로 돌아오기를 고대할 것이다. 책상 앞에 앉아 호흡이 느려진다. 글쓰기로 녹아든다.

스스로 자기 삶에 권능한 자가 되어 깨달은 목적을 위해 쓰이는 것, 이것이 진정한 기쁨이다.
조지 버나드 쇼

나는 동화를 믿지 않고, 다른 사람에게 믿으라고 권하는 것도 별로 도움이 되지 않는다고 생각한다. 수많은 종 가운데 하나인 인간은 스스로 파멸의 길을 걷고 있고, 나머지 세상도 우리와 함께 끌고 가는 중이다. 나는 은총을 믿는다. 만약 우리가 세상의 절망과 고통에 마음을 열고 세상과 함께 비통해할 수 있다면, 그렇다면 우리는 세상을 여전히 사랑하면서 세상을 위한 치료제 역할을 할 수 있을 것이다.

변화를 추구한다 해도 세상과 연결돼 있지 않은 작가는 독자와도 연결의 끈을 잘 찾지 못한다. 우리를 짓누르는 현실 세계의 압박은 우리의 발목을 잡고 우리를 때려눕힌다. 시간을 훔치고 집중력을 흩어놓는다. 하지만 결국 누구나 느끼는 이 압박이 인간 종이라는 우리의 회원 자격을 유지시켜준다.

훌륭한 이야기꾼은 세상을 치유한다. 우리를 구원하는 이야기는 몇몇 불교인이 말하듯 우리를 더 큰 그릇으로 변모시킨다. 이야기는 우리를 세상에 대한 새로운 이해와 성장의 가능성으로 안내한다. 더 큰 그릇의 이야기는 우리가 가진 관심의 원을 키우고, 우주를 단순화하는 게 아니라 반대로 복잡화한다. 세상에 보탬이 되는 일에 냉소적이고 싫증 내고 조심스러워하는 태도를 바꾸어, 세상을 위해 위험을 감수하도록 격려한다.

작가로서 우리는 관심의 원을 식물과 동물, 강과 바다, 산호초에까지 넓힐 수 있다. 종교와 상관없이 청년과 노인, 부자와 가난한 자, 동성애자와 이성애자, 난민, 노숙자, 정서적으로 완고한 사람과 정신적으로 아픈 사람, 수감 중인 범죄자까지 모두를 아우르는 관심의 원을 만들 수 있다. 심지어 나는 '테러리스트'도 거기 포함시킬 생각이다. 그들 역시 인간이고, 우리와 똑같이 필요와 욕망, 이상을 가진 사람이다. 이 관점으로 그들을 볼 때에만 그들을 온당하게 대할 수 있다. 궁극적으로, 그들을 원 바깥에 두는 건 우리 모두에게 해만 될 뿐이다. 누구든 한 명이라도 비인간화되면 인류 총합의 인간성에서 그만큼을 잃는 결과를 낳기 때문이다. 우리 모두는 거울을 들여다보는 거울이다.

《모든 것의 한가운데》의 집필을 위해 조사를 할 때였다. 나는 검은 피부에 마르고 늘 땋은 머리에 회색 운동복 차림을 한 베트남 소녀 뎁을 만났다. 아이는 가난했고, 병든 할머니와 같이 살았으며, 의심의 여지 없이 임상적으로 우울증을 겪고 있었다. 뎁의 선생님과 나는 아홉 달 동안 아이가 무슨 말이라도 하게 하려고 애썼지만 뎁은 호응해주지 않았다. 그러다가 학기 마지막 주에 셋이서 남동아시아에서 자라는 연꽃에 관한 영화를 봤다. 진흙 속에서 하얀 꽃을 피우는 연꽃은 회복력의 상징이다. 베트남 소녀의 내레이션으로 진행되던 영화 마지막 즈음에 뎁이 속삭였다. "저 소녀가 꼭 나 같아요."

글쓰기는 자신의 도덕관념과 진실성을 표현해내는 방법 가운데 하나다. 도덕성은 섬세한 콩소메 요리가 아니다. 생선과 새우, 오징어, 고추, 채소, 국수를 한 그릇에 담아내는 맛 좋은 진한 수프, 걸쭉하고 매운 맛을 내는 짬뽕이다. 알싸하고, 흥미진진하며, 기운을 돋운다.

도덕성은 특정 장소와 특정 시간, 특정한 행동을 포함한다. 도덕성은 밤새 아픈 딸의 침대 곁을 지키는 아빠, 더 이상 말을 할 수 없는 남편을 돌보는 아내, 자기보다 더 가난한 학생과 점심을 나눠 먹는 소녀, 코앞에 폭탄이 떨어져도 수술하고 봉합하는 손을 멈추지 않는 의사다. 식이장애 환자에 관한 희곡을 쓰는 대학원생이나 자기 연구가 함축하고 내용을 설명하는 과학자, 시간의 비극을 해결하려고 발버둥치는 우리를 돕는 신학자, 평화를 노래하는 음악가다.

살면서 우리가 할 수 있는 가장 좋은 일은 영혼을 성장시키고, 그 성장시킨 영혼을 인류를 위해 사용하는 것이다. 작가는 독자의 영혼이 성장하도록 촉진한다. 성장을 위한 가장 좋은 토양은 사랑이다. 글쓰기는 눈에 보이는 사랑이 될 수 있다. 결국 우리가 독자를 진정으로 변화시킬 방법은 그들을 사랑하는 것이다. 우리가 글을 쓰면서 의도했던 변화를 확인하기 위해 사는 건 아니지만, 독자는 우리가 심은 나무 그늘을 즐길 것이다.

폴란드 시인이자 사회활동가인 체슬라브 밀로즈Czeslaw Milosz는 2004년 8월 14일, 93세의 나이로 생을 마감했다. 레온 위젤티어Leon Wieseltier는 그를 기억하기 위해 이런 글을 남겼다. "그에게는 걱정을 하면서도 동시에 침착해질 줄 아는 드문 재능이 있었다. 빛이 필요할 때 그는 빛이었다. 돌이 필요할 때 그는 돌이었다."

위젤티어는 2차 대전 당시 폴란드 지하조직과 함께 치열하게 싸우는 동안에도 밀로즈가 〈세계The World〉라는 걸작을 썼다고 전한다. 그의 글은 이렇게 이어진다. "악에 저항하는 방법에는 두 가지가 있다. 참여와 이탈, 지지와 거리두기, 맞서 싸우기와 사색하기. 밀로즈는 그가 살던 암흑의 시대에 이 복잡함, 이 구원, 이 자각의 문제를 훌륭하게 다뤘다."

체슬라브 밀로즈의 삶은 끈기의 모범이다. 그는 창의성과 용기를 온몸에 휘두르고 혹독한 시대를 살아냈다. 그것이 바로 우리의 도전이다. 성찰, 사랑, 기쁨의 삶을 일구고 어떻게든 이 아름답고도 망가진 지구를 위해 우리 몫을 다하는 것.

마거릿 미드는 이상적인 문화란 모든 인간이 자신의 재능을 마음껏 발휘할 수 있게 해주는 문화라고 정의한 바 있다. 세상이 파멸의 낭떠러지로 향하고 있는 지금, 우리는 F. 스콧 피츠제럴드가 말한 '경이로워할 줄 아는 우리 능력에 상응하는 그 무엇'에 해당하는 새로운 문화를 건설해야만 살아남을 수 있을 것이다. 우리는 치유의 이야기를 통해 모든 존재가 귀하게 대접받고 모든 재능이 밝게 빛나는 선하고 강한 세상을 만들 것이다.

—— 인문 에세이 ——

- Albert Schweitzer, *Out of My Life and Thought*, Johns Hopkins University Press, 1998.
- Anne Garrels, *Naked in Baghdad*: *The Iraq War and Aftermath as Seen by NPR's Correspondent*, Picador, 2004.
- Annie Dillard, *Pilgrim at Tinker Creek*, HarperCollins, 1998. 애니 딜러드,《대지의 순례자 애니 딜라드가 전하는 자연의 지혜》, 민음사, 2007, 절판.
- Aung San Suu Kyi, *Freedom from Fear*, Penguin, 1996.
- Barbara Ehrenreich, *Nickle and Dimed*: *On (Not) Getting By in America*, Holt, 2002.
- Ben Franklin, *The Autobiography of Benjamin Franklin*, Simon and Schuster, 2004. 벤저민 프랭클린,《프랭클린 자서전》.
- Beverly Lowry, *Crossed Over*: *A Murder, a Memoir*, Random House, 2002.
- Bill Holm, *The Music of Failure*, Milkweed, 2000.
- Booker T. Washington, *Up From Slavery*, Penguin, 1986.
- Cathy Davidson, *Thirty-six Views of Mt. Fuji: On Finding Myself in Japan*, Plume, 1994.
- Da Chen, *Colors of the Mountain*, Anchor Press, 2001.
- Doris Grumbach, *Coming Into the End Zone*, Norton, 1991.
- Drs. Sampson Davis, George Jenkins, and Rameck Hunt, *The Pact*: *Three Young Men Make a Promise and Fulfill a Dream*, Riverhead, 2003.
- Ernest Shackleton, *South*: *The Endurance Expedition*, Signet, 1999.
- Eudora Welty, *One Writer's Beginnings*, Harvard University Press, 1995. 유도라 웰티,《작가의 시작》, 엑스북스, 2019.
- Eugenia Ginzburg, *Into the Whirlwind*, Harcourt, 2003.
- Eugenia Ginzburg, *Within the Whirlwind*, Northwestern University Press, 1997.
- Floyd Skloot, *In the Shadow of Memory*, Bison Books, 2004.
- Forrest Carter, *The Education of Little Tree*, University of New Mexico Press,

2001. 포리스트 카터, 《내 영혼이 따뜻했던 날들》, 아름드리미디어, 2014.

- Fox Butterworth, *All God's Children*, HarperCollins, 1996.
- George Washington Carver, *George Washington Carver: In His Own Words*, University of Missouri Press, 1996.
- Helen Keller, *Helen Keller: The Story of My Life*, Signet, 2002. 헬렌 켈러, 《헬렌 켈러 자서전》.
- J. G. Myer, *Executive Blues: Down and Out in Corporate America*, Dell, 1996.
- James McBride, *The Color of Water: A Black Man's Tribute to His White Mother*, Riverhead, 1997. 제임스 맥브라이드, 《컬러 오브 워터: 흑인 아들이 백인 어머니에게 바치는 글》, 올, 2010년, 절판.
- Jennifer Gonnerman, *Life on the Outside: The Prison Odyssey of Elaine Bartlett*, Picador, 2005.
- Joe Klein, *Woody Guthrie: A Life*, Dell, 1999.
- Joe Starita, *The Dull Knives of Pine Ridge: A Lakota Odyssey*, University of Nebraska Press, 2002.
- John Gunther, *Death Be Not Proud*, HarperCollins, 1998.
- John Howard Griffin, *Black Like Me*, Signet, 1997. 존 하워드 그리핀, 《블랙 라이크 미: 흑인이 된 백인 이야기》, 살림, 2009.
- John Neihardt, *Black Elk Speaks: Being the Life Story of a Holy Man of the Oglala Sioux*, University of Nebraska Press, 2004. 존 니이하트, 《검은고라니는 말한다》, 두레, 2002, 절판.
- Joshua Wolfe Shank, *Lincoln's Melancholy: How Depression Challenged a President and Fueled His Greatness*, Houghton Mifflin, 2005.
- Kathleen Norris, *The Cloister Walk*, Riverhead, 1997.
- Loung Ung, *First They Killed My Father: A Daughter of Cambodia Remembers*, HarperCollins, 2001. 로웅 웅, 《킬링필드, 어느 캄보디아 딸의 기억》, 평화를품은책, 2019.
- Marie Vassiltchikov, *Berlin Diaries*, Vintage, 1998.
- Mark Mathabane, *Kaffir Boy*, Simon and Schuster, 1998.
- Mark Twain, *The Autobiography of Mark Twain*, HarperCollins, 2000.
- Nelson Mandela, *Long Walk to Freedom: The Autobiography of Nelson Mandela*, Little Brown, 1995. 넬슨 만델라, 《자유를 향한 머나먼 길》, 두레, 2020.
- Pablo Casals, *Joys and Sorrows*, Touchstone, 1970.
- Paul Gruchow, *Grass Roots: The Universe of Home*, Milkweed, 1995.

- Primo Levi, *Survival in Auschwitz*, Simon and Schuster, 1996. 프레모 레비,《이 것이 인간인가》, 돌베개, 2007.
- Robert Caro, *The Path to Power*: *The Years of Lyndon Johnson*, Vol. 1. Knopf, 1982.
- Ruth Behar, *Translated Woman*: *Crossing the Border with Esperanza's Story*, Beacon Press, 2003.
- Ted Kooser, *Local Wonders*: *Seasons in the Bohemian Alps*, University of Nebraska Press, 2004.
- Temple Grandin, *Thinking in Pictures*: *And Other Reports from My Life with Autism*, Random House, 1996. 템플 그랜딘,《나는 그림으로 생각한다: 자폐인의 내면 세계에 관한 모든 것 》, 양철북, 2005년.
- Tracy Kidder, *Mountains Beyond Mountains*: *The Quest of Dr. Paul Farmer, a Man who Would Cure the World*, Random House. 2003. 트레이시 키더,《작은 변화를 위한 아름다운 선택》, 황금부엉이, 2005, 절판.
- Vera Brittain, *Testament of Youth*, Penguin, 2005.
- Yáng Èrchē Nàmūand, Christine Merthieu, *Leaving Mother Lake*: *A Girlhood at the Edge of the World*, Back Bay Books, 2004. 양 얼처 나무, 크리스틴 매튜,《아버지가 없는 나라》, 김영사, 2007, 절판.
- Zainab Salbi, *Between Two Worlds*: *Escape From Tyranny*: *Growing Up in the Shadow of Saddam*, Gotham Books, 2005.

심리학

- Carl Jung, *Man and His Symbols*, Laurel Press, 1970. 카를 융,《인간과 상징》.
- Carol Gilligan, *In a Different Voice*: *Psychological Theory and Women's Development*, Harvard University Press, 1983.
- Daniel Goleman, *Emotional Intelligence*, Bantam, 1997. 대니얼 골먼,《EQ 감성 지능》, 웅진지식하우스, 2008.
- David Myers and Letha Scanzoni, *The American Paradox*: *Spiritual Hunger in the Age of Plenty*, Yale University Press, 2000.
- Edwin Schur, *The Americanization of Sex*, Temple University Press, 1989.
- Fred Rogers, *Mister Rogers Parenting Book*: *Helping to Understand Your Young Child*, Running Press, 2002.

- Jean Kilbourne, *Can't Buy My Love*: *How Advertising Changes the Way We Think and Feel*, Simon and Schuster, 2000. 진 칼본,《부드럽게 여성을 죽이는 법: 광고는 어떻게 생각과 감정을 조종하는가》, 갈라파고스, 2018.
- Julie Schor, *Born to Buy*: *The Commercialized Child in the Consumer Culture*, Simon and Schuster, 2004. 줄리엣 B. 쇼어,《쇼핑하기 위해 태어났다》, 해냄, 2005, 절판.
- Kay Redfield Jamison, *Touched by Fire*: *Manic Depressive Illness and the Artistic Temperament*, Simon and Schuster, 1996.
- Margaret Mead, *Coming of Age in Samoa*: *A Psychological Study of Primitive Youth for Western Civilization*, HarperCollins, 2001. 마거릿 미드,《사모아의 청소년》, 한길사, 2008, 절판.
- Mihaly Csikszentmihalyi, *Flow*: *The Psychology of Optimal Experience*, Harper-Collins, 1991. 미하이 칙센트미하이,《몰입》, 한울림, 2004.
- Neil Postman, *The Disappearance of Childhood*, Knopf, 1994. 닐 포스트먼,《사라지는 어린이》, 분도출판사, 1987, 절판.
- Shinichi Suzuki, *Nurtured by Love*, Warner Books, 1986.
- William Doherty, *Soul Searching*: *Why Psychotherapy Must Promote Social Responsibility*, Basic Books, 1995.

—— 철학 및 종교 ——

- Alice Walker, *Living by the Word*, Harcourt, 1988.
- Anne Lamott, *Traveling Mercies: Thoughts on Faith*, Anchor Books, 2000. 앤 라모트,《마음 가는 대로 산다는 것》, 청림출판, 2008, 절판.
- Bertrand Russell, *Why I Am Not a Christian and Other Essays on Religion and Related Subjects,* Simon and Schuster, 1976. 버트런드 러셀,《나는 왜 기독교인이 아닌가》.
- Charles Johnson, *Turning the Wheel*: *Essays on Buddhism and Writing*, Simon and Schuster, 2003.
- Eckhart Tolle, *The Power of Now*: *A Guide for Spiritual Enlightenment*, New World Library, 1999. 에크하르트 톨레,《지금 이 순간을 살아라》, 양문, 2008.
- George Crane, *The Bones of the Master*: *A Journey to Secret Mongolia*, Bantam, 2001.

- His Holiness the Dalai Lama, *The Art of Happiness*: *A Handbook for Living*, Riverhead, 1998. 달라이 라마, 《달라이 라마의 행복론》, 김영사, 2001.
- Jack Kornfield, *A Path with a Heart*: *A Guide through the Perils and Promises of Everyday Life*, Bantam, 1993. 잭 콘필드, 《마음의 숲을 거닐다》, 한언출판사, 2006.
- Joanna Macy, *Coming Back to Life*: *Practices to Reconnect Our Lives, Our World*, New Society Publishing, 1998.
- Martin Buber, *I and Thou*, Simon and Schuster, 1976. 마르틴 부버, 《나와 너》.
- Pema Chörön, *When Things Fall Apart*: *Heart Advice for Difficult Times*, Shambala, 2000. 페마 초드론, 《모든 것이 산산이 무너질 때》, 한문화, 2017.
- Philip Gulley and James Mulholland, *If Grace Is True*: *Why God Will Save Every Person*, HarperCollins, 2004.
- Ram Dass, *Be Here Now*, Crown, 1976.
- Stephen Mitchell, translator, *Tao Te Ching*, HarperCollins, 1992. 노자, 《도덕경》.
- Tara Brach, *Radical Acceptance*: *Embracing Your Life with the Heart of a Buddha*, Bantam, 2004. 티라 브랙, 《받아들임》, 불광출판사, 2012.
- Thich Nhat Hanh, *Being Peace*, Parallax Press, 1988. 틱 낫 한, 《틱낫한의 평화로움》, 열림원, 2002, 절판.
- Viktor Frankl, *Man's Search for Meaning*: *An Introduction to Logotherapy*, Simon and Schuster, 1984. 빅터 프랭클, 《빅터 프랭클의 죽음의 수용소에서》, 청아출판사, 2005.
- Wes Nisker, *Buddha's Nature*: *A Practical Guide to Discovering Your Place in the Cosmos*, Bantam, 2000.

—— 역사 ——

- Adam Hochschild, *King Leopold's Ghosts*: *A Story of Greed, Terror and Heroism in Colonial Africa*, Houghton Mifflin, 1999. 아담 호크실드, 《레오폴드 왕의 유령: 아프리카의 비극, 제국주의의 탐욕 그리고 저항에 관한 이야기》, 무수, 2003, 절판.
- Barbara Tuchman, *A Distant Mirror*: *The Calamitous Fourteenth Century*, Random House, 1979.
- Daniel Bergner, *In the Land of Magic Soldiers*: *A Story of White and Black in*

West Africa, Farrar, Straus and Giroux, 2003.

- Eleanor Roosevelt, *My Day*: *The Best of Eleanor Roosevelt's Acclaimed Newspaper Columns 1936–1962*, MJF Books, 2005.
- Elizabeth Neuffer, *The Key to My Neighbor's House*: *Seeking Justice in Bosnia and Rwanda*, Picador, 2002.
- Erik Larson, Isaac Monroe Cline, *Isaac's Storm*: *A Man, a Time and the Deadliest Hurricane in History*, Knopf, 2000.
- H. G. Bissinger, *Friday Night Lights*, DeCapo, 2003.
- Howard Zinn, *A People's History of the United States*, HarperPerennial, 1995. 하워드 진,《미국민중사1》《미국민중사2》, 이후, 2008년.
- Iris Chang, *The Rape of Nanking*: *The Forgotten Holocaust of World War Two*, Penguin, 1998. 아이리스 장,《난징 대학살》, 이끌리오, 1999, 절판.
- Jared Diamond, *Collapse*: *How Societies Choose to Fail or Succeed*, Viking, 2004. 재레드 다이아몬드,《문명의 붕괴》, 김영사, 2005.
- Melissa Fay Greene, *Praying for Sheetrock*, Random House, 1992.
- Norman Maclean, *Young Men and Fire*, University of Chicago Press, 1993.
- Pascal Khoo Thwe, *From the Land of Green Ghosts*: *A Burmese Odyssey*, Harper-Collins, 2003.
- Philip Gourevitch, *We Wish to Inform You That Tomorrow We Will Be Killed with Our Families*: *Stories from Rwanda*, Picador, 1999. 필립 고레비치,《내일 우리 가족이 죽게 될 거라는 걸, 제발 전해주세요!: 아프리카의 슬픈 역사 르완다 대학살》, 갈라파고스, 2011.
- Stephanie Coontz, *Marriage, A History*: *From Obedience to Intimacy or How Love Conquered Marriage*, Viking, 2005. 스테파니 쿤츠,《진화하는 결혼》, 작가 정신, 2009, 절판.
- Winston Churchill, *The Gathering Storm*, Houghton Mifflin, 1948.

—— 글쓰기 ——

- Anne Lamott, *Bird by Bird*, Knopf, 1995. 앤 라모트,《쓰기의 감각: 삶의 감각을 깨우는 글쓰기 수업》, 웅진지식하우스, 2018.
- Bill Moyers, *Fooling With Words*: *A Celebration of Poets and Their Craft*, Harper-Collins, 2000.

- Bonnie Friedman, *Writing Past Dark*: *Envy, Fear, Distractions, and Other Dilemmas in the Writer's Life*, HarperCollins, 1994.
- Jane Hirshfield, *Nine Gates*: *Entering the Mind of Poetry*, HarperCollins, 1997.
- John Gardner, *On Moral Fiction*, Basic Books, 1979.
- Joseph Wood Krutch, *Five Masters*: *A Study in the Mutations of the Novel*, Smith Peter, 1990.
- Natalie Goldberg, *Writing Down the Bones*: *Freeing the Writer Within*, Shambhala, 2006. 나탈리 골드버그,《뼛속까지 내려가서 써라》, 한문화, 2018.
- Peter Elbow, *Writing with Power*: *Techniques to Mastering the Writing Process*, Oxford University Press, 1998. 피터 엘보,《힘 있는 글쓰기》, 토트, 2014.

--- 논픽션 ---

- Adam Hochschild, *Mirror at Midnight*: *A South African Journey*, Viking, 1990.
- Adrienne Rich, *Of Woman Born—Motherhood as Experience and Institution*, Norton, 1986. 에이드리언 리치,《더이상 어머니는 없다》, 평민사, 2018.
- Alan AtKisson, *Believing Cassandra*: *An Optimist Looks at a Pessimist's World*, Chelsea Green, 1999.
- Aldo Leopold, *Sand County Almanac*: *With Essays on Conservation from Round River*, Random House, 1970. 알도 레오폴드,《모래 군의 열두 달》, 따님, 2000.
- Anne Fadiman, *The Spirit Catches You and You Fall Down*: *A Hmong Child, Her American Doctors, and the Collision of Two Cultures*, Farrar, Straus and Giroux, 1998. 앤 패디먼,《리아의 나라: 몽족 아이, 미국인 의사들 그리고 두 문화의 충돌》, 월북, 2010, 절판.
- Arundhati Roy, *Power Politics*, South End Press, 2002.
- Benjamin Barber, *Jihad vs. McWorld*, Ballantine, 1996. 벤자민 바버,《지하드 대 맥월드》, 문화디자인, 2003, 절판.
- Betsy Taylor, *What Kids Really Want That Money Can't Buy*, Warner Books, 2003. 베치 테일러,《아이들이 말하는 가장 소중한 것 10가지》, 더난출판사, 2005, 절판.
- Bill McKibben, *The Age of Missing Information*, Plume, 1993.

- Buckminster Fuller, *Critical Path*, St. Martin's Press, 1982.
- Carl Sagan, *Cosmos*, Random House, 1985. 칼 세이건, 《코스모스》, 사이언스북스, 2006.
- Carol Bly, *Changing the Bully Who Rules the World: Reading and Thinking About Ethics*, Milkweed, 1996.
- Cornel West, *Democracy Matters: Winning the Fight Against Imperialism*, Penguin Press, 2005.
- Czeslaw Milosz, *Legends of Modernity: Essays and Letters from Occupied Poland*, Farrar, Straus and Giroux, 2005.
- Donella Meadows, Dennis Meadows, and Jorgan Randers, *Limits to Growth: The Thirty-Year Update*, Chelsea Green, 2004. 도넬라 메도즈, 데니스 메도즈, 요르겐 랜더스, 《성장의 한계》, 갈라파고스, 2012, 절판.
- Duane Elgin, *Voluntary Simplicity: Toward a Way of Life That Is Outwardly Simple, Inwardly Rich*, HarperCollins, 1993. 두에인 엘진, 《단순한 삶: 뜨거운 지구에서 쿨하게 사는 법》, 필로소픽, 2011.
- Edward Abbey, *Desert Solitaire: A Season in Wilderness*, Random House, 1973. 에드워드 애비, 《태양이 머무는 곳, 아치스: 한 반문명주의자의 자연예찬》, 두레, 2003.
- Eric Schlosser, *Fast Food Nation: The Dark Side of the All-American Meal*, Harper-Collins, 2002. 에릭 슐로서, 《패스트푸드의 제국》, 에코리브르, 2001, 절판.
- Erik Reece, *Lost Mountain: A Year in the Vanishing Wilderness Radical Strip Mining and the Devastation of Appalachia*, Riverhead, 2006.
- Frank Wu, *Yellow: Race in America Beyond Black and White*, Basic Books, 2003.
- George Lakoff, *Don't Think of an Elephant: Know Your Values and Frame the Debate: The Essential Guide for Progressives*, Chelsea Green, 2004. 조지 레이코프, 《코끼리는 생각하지 마》, 와이즈베리, 2015.
- Henry David Thoreau, *Walden and On Civil Disobedience*, Barnes and Noble, 2005. 헨리 데이비드 소로, 《월든》《시민 불복종》.
- Howard Rheingold, *Smart Mobs: The Next Social Revolution*, Basic Books, 2003. 하워드 라인골드, 《참여 군중》, 황금가지, 2003.
- Ira Byock, *Dying Well: Peace and Possibilities at the End of Life*, Riverhead, 1998. 아이라 바이오크, 《품위 있는 죽음의 조건》, 물푸레, 2010, 절판.

- James Baldwin, *The Fire Next Time*, Knopf, 1993.
- Jawanza Kunjufu, *Countering the Conspiracy to Destroy Black Boys*, African American Images, 1987.
- Joe Dominguez, Vicki Robin, *Your Money or Your Life*: *Transforming Your Relationship with Money and Achieving Financial Independence*, Penguin, 2000. 조 도밍후에즈, 비키 로빈,《부의 주인은 누구인가》, 도솔플러스, 2019.
- John Hershey, *Hiroshima*, Knopf, 1989. 존 허시,《1945 히로시마》, 책과함께, 2015.
- Julia Alvarez, *A Cafecito Story*, Chelsea Green, 1989. 줄리아 알바레스,《커피 이야기》, 나무심는사람, 2003, 절판.
- Katherine Newman, David Harding, and Cybele Fox, *Rampage*: *The Social Roots of the School Shootings*, Basic Books, 2005.
- LeAlan Jones, Lloyd Newman with David Isay, *Our America*: *Life and Death on the South Side of Chicago*, Simon and Schuster, 1998 .
- Lewis Thomas, *The Lives of a Cell*, Penguin, 1975.
- Loren Eiseley, *The Immense Journey: An Imaginative Naturalist Explores the Mysteries of Man and Nature*, Knopf, 1976. 로렌 아이슬리,《광대한 여행》, 강, 2005, 절판.
- Mark Salzman, *True Notebooks*: *A Writer's Year at Juvenile Hall*, Knopf, 2004. 마크 살츠만,《새장 안에서도 새들은 노래한다》, 푸른숲, 2005, 절판.
- Noam Chomsky, *Hegemony or Survival*: *America's Quest for Global Dominance*, Holt, 2004. 놈 촘스키,《패권인가 생존인가: 미국은 지금 어디로 가는가》, 까치, 2004, 절판.
- Parker Palmer, *The Courage to Teach*: *Exploring the Inner Landscape of a Teacher's Life*, Jossey-Bass, 1997. 파커 파머,《가르칠 수 있는 용기》, 한문화, 2013.
- Paula Huntley, *The Hemingway Book Club of Kosovo*, Tarcher, 2004.
- Paul Rogat Loeb, *Soul of a Citizen*: *Living with Conviction in a Cynical Time*, St. Martin's Press, 1999.
- Pico Iyer, *The Global Soul*: *Jet Lag, Shopping Malls, and the Search for Home*, Knopf, 2001.
- Rachel Carson, *Silent Spring*, Houghton Mifflin, 2002. 레이첼 카슨,《침묵의 봄》, 에코리브르, 2011.
- Richard Dyer, *White*, Taylor and Francis, 1997.

- Robert Coles, *The Call of Service*: *A Witness to Idealism*, Houghton Mifflin, 1994.
- Samantha Power, *A Problem from Hell*: *America and the Age of Genocide*, Harper-Collins, 2003. 사만다 파워, 《미국과 대량 학살의 시대》, 에코리브르, 2004, 절판.
- Sarah Hardy, *Mother Nature*: *Maternal Instincts and How They Shape the Human Species*, Random House, 2005.
- Scott Russell Sanders, *Staying Put*: *Making a Home in a Restless World*, Beacon Press, 1994.
- Simone de Beauvoir, *The Second Sex*, Random House, 1990. 시몬 드 보부아르, 《제2의 성》.
- Stephen Bloom, *Postville*: *A Clash of Cultures in Heartland America*, Harvest Books, 2001.
- Studs Terkel, *Working*: *People Talk About What They Do All Day and How They Feel About What They Do*, New Press, 1997. 스터즈 터클, 《일》, 이매진, 2007.
- Susan Griffin, *Pornography and Silence*: *Culture's Revolt Against Nature*, Harper-Collins, 1982.
- Susan Sontag, *Illness as Metaphor and AIDS and Its Metaphors*, St. Martin's Press, 2001. 수전 손택, 《은유로서의 질병》, 이후, 2002.
- Terry Tempest Williams, *Refuge*: *An Unnatural History of Family and Place*, Knopf, 1992.
- Thomas Friedman, *The Lexus and the Olive Tree*: *Understanding Globalization*, Knopf, 2000. 토머스 프리드먼, 《렉서스와 올리브나무》, 21세기북스, 2009, 절판.
- Thomas Paine, *Common Sense*, Bantam, 2003. 토머스 페인, 《상식》, 효형출판, 2012.
- Václav Havel, *Open Letters*: *Selected Writing 1965–1990*, Knopf, 1992.
- Wendell Berry, *What Are People For?*, Farrar, Straus and Giroux, 1990. 웬델 베리, 《나에게 컴퓨터는 필요없다》, 양문, 2002, 절판.
- William Finnegan, *Cold New World*: *Growing Up in a Harder Country*, Random House, 1999.

- Alan Paton, *Cry, the Beloved Country*, Simon and Schuster, 2003.
- Albert Camus, *The Plague*, Knopf, 1991. 알베르 카뮈,《페스트》.
- Anchee Min, *Becoming Madame Mao*, Houghton Mifflin, 2001.
- Andre Brink, *A Dry White Season*, Penguin, 1984. 안드레 브링크,《메마른 계절》, 동아일보사, 2001, 절판.
- Andre Dubus III, *House of Sand and Fog*, Knopf, 2000.
- Ann Pachett, *Bel Canto*, HarperCollins, 2001. 앤 패칫,《벨칸토》, 문학동네, 2019.
- Armistead Maupin, *Maybe the Moon*, HarperCollins, 1993.
- Arundhati Roy, *The God of Small Things*, HarperCollins 1998. 아룬다티 로이, 《작은 것들의 신》, 문학동네, 2020.
- Asne Seierstad, *The Bookseller of Kabul*, Little Brown, 2004. 오스네 사이에르 스타드,《카불의 책장수》, 아름드리미디어, 2005, 절판.
- Barbara Kingsolver, *The Poisonwood Bible*, HarperCollins, 2003. 바버라 킹솔버, 《포이즌우드 바이블》, 알에이치코리아, 2013.
- Boris Pasternak, *Doctor Zhivago*, Knopf, 1991. 보리스 파스테르나크,《닥터 지바고》.
- Chaim Potok, *The Chosen*, Random House, 1976.
- Chang-rae Lee, *A Gesture Life*, Riverhead, 2000. 이창래,《척하는 삶》, 알에이치 코리아, 2014, 절판.
- Charles Dickens, *Pickwick Papers*, Oxford University Press, 1998. 찰스 디킨스, 《픽윅 클럽 여행기》, 2020.
- Charles Johnson, *Middle Passage*, Simon and Schuster, 1998.
- Chimamanda Nqozi Adichie, *Purple Hibiscus*, Knopf, 2004. 치마만다 응고지 아디치에,《보라색 히비스커스》, 민음사, 2019.
- Chinua Achebe, *Things Fall Apart*, Doubleday, 1994. 치누아 아체베,《모든 것이 산산이 부서지다》, 민음사, 2008.
- Cynthia Ozick, *Heir to the Glimmering World*, Houghton Mifflin, 2005.
- Daniel Quinn, *Ishmael*, Bantam, 1995. 다니엘 퀸,《고릴라 이스마엘》, 필로소픽, 2013.
- Doris Lessing, *The Golden Notebooks*, HarperCollins, 1999. 도리스 레싱,《금색 공책》, 창비, 2019.
- Erich Maria Remarque, *All Quiet on the Western Front*, Random House, 1976.

에리히 마리아 레마르크, 《서부 전선 이상 없다》.

- Ernest Hemingway, *For Whom the Bell Tolls*, Simon and Schuster, 1995. 어니스트 헤밍웨이, 《누구를 위하여 종은 울리나》.
- Franz Kafka, *The Transformation*: *Metamorphosis and Other Stories*, Penguin, 1995. 프란츠 카프카, 《변신》.
- Fyodor Dostoevsky, *The Brothers Karamazov*, Barnes and Noble, 2004. 표도르 도스토예프스키, 《카라마조프가의 형제들》.
- George Orwell, *1984*, Signet, 1976. 조지 오웰, 《1984》.
- George Orwell, *Animal Farm*, Signet, 1996. 조지 오웰, 《동물농장》.
- Günter Grass, *The Tin Drum*, Knopf, 1989. 귄터 그라스, 《양철북》.
- Ha Jin, *Waiting*, Knopf, 2000. 하 진, 《기다림》, 시공사, 2007.
- Halldor Laxness, *Independent People*, Random House, 1996.
- Harper Lee, *To Kill a Mockingbird*, HarperCollins, 2002. 하퍼 리, 《앵무새 죽이기》.
- Harriet Beecher Stowe, *Uncle Tom's Cabin*, Bantam, 1981. 해리엇 비처 스토, 《톰 아저씨의 오두막》.
- Henry James, *The Turn of the Screw*, TOR Books, 1993. 헨리 제임스, 《나사의 회전》.
- Isaac Bashevis Singer, *"Androgynous," in Collected Stories of Isaac Bashevis Singer*, Farrar, Straus and Giroux, 1982.
- Isak Dinesen, *Out of Africa*, Random House, 1992. 카렌 블릭센, 《아웃 오브 아프리카》, 열린책들, 2009.
- James Welch, *Winter in the Blood*, Penguin, 1986.
- Jhumpa Lahiri, *The Namesake*, Houghton Mifflin, 2004. 줌파 라히리, 《이름 뒤에 숨은 사랑》, 마음산책, 2004.
- John Steinbeck, *The Grapes of Wrath*, Penguin, 2002. 존 스타인벡, 《분노의 포도》.
- JoséSaramago, *Blindness*, Harcourt, 1999. 주제 사라마구, 《눈먼 자들의 도시》, 해냄, 2019.
- Julia Alvarez, *In the Time of the Butterflies*, Plume, 1995.
- Kent Haruf, *Plainsong*, Knopf, 2000. 켄트 하루프, 《플레인송》, 한겨레출판, 2015.
- Leif Enger, *Peace Like a River*, Grove/Atlantic, 2002. 레이프 엥거, 《강 같은 평화》, 아름드리미디어, 2010, 절판.

- Leo Tolstoy, *War and Peace*, Signet, 1976. 레프 니콜라예비치 톨스토이, 《전쟁과 평화》.
- Marcel Proust, *Remembrance of Things Past*, Random House, 1981. 마르셀 프루스트, 《잃어버린 시간을 찾아서》.
- Marilynne Robinson, *Gilead*, Farrar, Straus and Giroux, 2004. 메릴런 로빈슨, 《길리아드》, 마로니에북스, 2013.
- Mark Salzman, *The Soloist*, Knopf, 1995. 마크 살츠만, 《솔로이스트》, 김영사, 1996, 절판.
- Mark Twain, *The Adventures of Huckleberry Finn*, Barnes and Noble, 2004. 마크 트웨인, 《허클베리 핀의 모험》.
- Michael Ondaatje, *Anil's Ghost*, Knopf, 2001.
- Miguel de Cervantes, *Don Quixote*, Signet, 2001. 미겔 데 세르반데스, 《돈키호테》.
- Milan Kundera, *The Book of Laughter and Forgetting*, HarperCollins, 1999. 밀란 쿤데라, 《농담》.
- Nadine Gordimer, *July's People*, Penguin, 1982.
- Nikolay Gogol, *The Overcoat*, Dover, 1992.
- Pearl S. Buck, *The Good Earth*, Simon and Schuster, 2004. 펄 벅, 《대지》.
- Ralph Ellison, *The Invisible Man*, Knopf, 1995. 랠프 엘리슨, 《보이지 않는 인간》.
- Ray Bradbury, *Farenheit 451*, Random House, 1972. 레이 브래드버리, 《화씨 451》, 황금가지, 2009.
- Raymond Carver, *Cathedral*, Knopf, 1989. 레이먼드 카버, 《대성당》, 문학동네, 2014.
- Rohinton Mistry, *A Fine Balance*, Random House, 2001. 로힌턴 미스트리, 《적절한 균형》, 도서출판 아시아, 2020.
- Ruth Ozeki, *My Year of Meats*, Penguin, 1995.
- Sherman Alexie, *The Lone Ranger and Tonto Fistfight in Heaven*, Grove/Atlantic, 2005.
- Stephanie Kallos, *Broken for You*, Grove/Atlantic, 2005.
- Thomas Mann, *The Magic Mountain*, Knopf, 1996. 토마스 만, 《마의 산》.
- Tim O'Brien, *The Things They Carried*, Random House, 1998. 팀 오브라이언, 《그들이 가지고 다닌 것들》, 한얼미디어, 2004, 절판.
- Upton Sinclair, *The Jungle*, Dover, 2001. 업튼 싱클레어, 《정글》, 페이퍼로드, 2009.

- Ursula Hegi, *Stones from the River*, Simon and Schuster, 1997.
- Victor Hugo, *Les Miserables*, Barnes and Noble, 2003. 빅토르 위고, 《레 미제라블》.
- Wallace Stegner, *Joe Hill: A Biographical Novel*, Penguin, 1990.
- Willa Cather, *My Ántonia*, Houghton Mifflin, 1995. 윌라 캐더, 《나의 안토니아》, 열린책들, 2011.
- William Golding, *Lord of the Flies*, Perigee, 1959. 윌리엄 골딩, 《파리대왕》.
- William Styron, *Confessions of Nat Turner*, Knopf, 1993.
- Yann Martel, *Life of Pi*, Harcourt, 2003. 얀 마텔, 《파이 이야기》, 작가정신, 2004.
- Zadie Smith, *White Teeth*, Knopf, 2001. 제이디 스미스, 《하얀 이빨》, 민음사, 2010, 절판.

—— 시·희곡 ——

- Allen Ginsberg, *Collected Poems, 1947–1980*, Harper and Row, 1988.
- Anna Akhmatova, *Poems of Akhmatova*: *Izbrannye Stikhi*, Houghton Mifflin, 1997.
- Arthur Miller, *All My Sons*, Dramatists Play Service, 1951. 아서 밀러, 《모두가 나의 아들》, 민음사, 2012.
- Carolyn Forche, *The Angel of History*, HarperCollins, 1995.
- Eugene O'Neill, *The Iceman Cometh*, Knopf, 2000. 유진 오닐, 《아이스맨이 오다》, 동인, 2019.
- Federico García Lorca, *The House of Bernada Alba*: *A Drama About Women in Villages in Spain*, Dramatists Play Service, 1999. 페데리코 가르시아 로르카, 《베르나르다 알바의 집》, 지만지, 2019.
- Joy Harjo, *She Had Some Horses*, Thunder Mountain Press, 1997.
- Mary Oliver, *New and Selected Poems*, Vol. 1, Beacon, 2004.
- Pablo Neruda, *Twenty Love Poems and A Song of Despair*, Penguin, 2003. 파블로 네루다, 《스무 편의 사랑의 시와 한 편의 절망의 노래》, 민음사, 2007.
- Rob Brezsny, *Pronoia is the Antidote for Paranoia*: *How the Whole World Is Conspiring to Shower You with Blessings*, Frog LTD, 2005.
- Robert Frost, *Robert Frost's Poems*, St. Martin's Press, 2002.
- Robert Hass, editor, *The Essential Haiku*: *Versions of Basho, Buson and Issa*,

Vol. 20, HarperCollins, 1994.

- Walt Whitman, *Leaves of Grass*, Signet, 2000. 월트 휘트먼, 《풀잎》, 열린책들, 2011.
- William Stafford, *Even in Quiet Places*, Confluence Press, 1996.

—— 아동·청소년 ——

- Anna Sewell, *Black Beauty*, Dover, 1999. 애너 슈얼, 《블랙 뷰티》.
- Anne Frank, *The Diary of Anne Frank*, Bantam, 1997. 안네 프랑크, 《안네의 일기》.
- Antoine de Saint-Exupéry, *The Little Prince*, Harcourt, 2000. 앙투안 드 생텍쥐페리, 《어린 왕자》.
- Barry Denenberg, *The Journal of Ben Uchida, Citizen # 13559*, Scholastic, 2003.
- Betty Smith, *A Tree Grows in Brooklyn*, HarperCollins, 2005. 베티 스미스, 《나를 있게 한 모든 것들》, 아름드리미디어, 2002.
- E. B. White, *Charlotte's Web*, HarperCollins, 1952. E. B. 화이트, 《샬롯의 거미줄》, 시공주니어, 2018.
- Frances Hodgson Burnett, *A Little Princess*, HarperCollins, 1991. 프랜시스 호지슨 버넷, 《소공녀》.
- Ian Serraillier, *Escape from Warsaw* (*The Silver Sword*), Scholastic, 1990.
- Louisa May Alcott, *Little Women*, Signet, 2004. 루이자 메이 올콧, 《작은 아씨들》.
- Marion Dane Bauer, *What's Your Story: A Young Person's Guide to Writing Fiction*, Houghton Mifflin, 1992.
- Pearl S. Buck, *The Big Wave*, HarperCollins, 1973. 펄벅, 《해일》, 내인생의책, 2002.
- Shel Silverstein, *A Light in the Attic*, HarperCollins, 1981. 셸 실버스타인, 《다락방의 불빛》, 보물창고, 2007.

옮긴이 **김정희**

국문과를 졸업하고 외국계 기업에 근무하다가 번역에 뜻을 두고 과감히 직업을 바꾸었다.
지금은 바른번역 소속 번역가로 활동하며 인문, 사회, 심리, 자기계발 등 사람과 밀접한
분야의 책을 우리말로 옮기는 작업에 열을 올리고 있다. 옮긴 책으로는《재능은 어떻게
단련되는가?》《우리는 왜 착한 선택을 해야 하는가》《내 곁에, 당신》《예비 작가를 위한
창의적인 글쓰기 전략》《최고가 되라》《몸값 높이기의 기술》등이 있다.

나의 글로 세상을 1밀리미터라도 바꿀 수 있다면

1판 1쇄 발행 2020년 6월 15일
1판 3쇄 발행 2020년 7월 3일

지은이 메리 파이퍼
옮긴이 김정희
발행인 유성권

편집장 양선우
책임편집 신혜진 **편집** 윤경선 백주영
해외저작권 정지현 **홍보** 최예름 **본문디자인** 김수미
마케팅 김선우 박희준 김민석 박혜민 김민지
제작 장재균 **물류** 김성훈 고창규

펴낸곳 ㈜이퍼블릭
출판등록 1970년 7월 28일, 제1-170호
주소 서울시 양천구 목동서로 211 범문빌딩 (7995)
대표전화 02-2653-5131 **팩스** 02-2653-2455
메일 tiramisu@epublic.co.kr
인스타그램 instagram.com/tiramisu_thebook
포스트 post.naver.com/tiramisu_thebook

이 도서의 국립중앙도서관 출판예정도서목록(CIP)은 서지정보유통지원시스템 홈페이지
(http://seoji.nl.go.kr)와 국가자료공동목록시스템(http://www.nl.go.kr/kolisnet)에서
이용하실 수 있습니다. (CIP2020017295)

편 가르고 비아냥거리고 기어코 상대방을 때려눕히겠다는 식의 공격적인 글을
어디서나 볼 수 있는 지금, 그 어느 때보다 필요한 책이 아닌가 싶어요. 누군가의
마음을 조금이라도 바꾸고 싶다면 공격이 아니라 공감으로 부드럽게 감싸고
연대의 길을 제시해주세요. 그럴 때야말로 쉴 새 없이 찾아오는 의심과 회의를
넘어 우리가 쓰는 글이 마침내 빛을 발할 거라고, 그럴 거라고 믿어요.